A. von der Elbe, Fr. Regensberg, u. a.

Bibliothek der Unterhaltung und des Wissens

Zwölfter Band

A. von der Elbe, Fr. Regensberg, u. a.

Bibliothek der Unterhaltung und des Wissens
Zwölfter Band

ISBN/EAN: 9783741110849

Hergestellt in Europa, USA, Kanada, Australien, Japan

Cover: Foto ©Andreas Hilbeck / pixelio.de

Manufactured and distributed by brebook publishing software
(www.brebook.com)

A. von der Elbe, Fr. Regensberg, u. a.

Bibliothek der Unterhaltung und des Wissens

Bibliothek

der

Unterhaltung

und des

Wissens.

Mit Original-Beiträgen
der hervorragendsten Schriftsteller und Gelehrten,
sowie zahlreichen Illustrationen.

Jahrgang 1898.

Zwölfter Band.

Stuttgart, Berlin, Leipzig.
Union Deutsche Verlagsgesellschaft.

Zu der Erzählung „Die Nebenbuhler" von B. Rittweger. (S. 104)
Originalzeichnung von E. Klein.

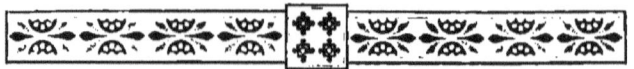

Inhalts-Verzeichnis.

Kaiser und Arzt.

Historischer Roman von A. von der Elbe.

(Fortsetzung.)

(Nachdruck verboten.)

Es herrschte in dieser Zeit ein böses Fieber in Spanien, das den Aerzten viel zu schaffen machte. Auch der kaiserliche Beichtvater Glapion und der Bischof von Palencia starben daran, was großes Aufsehen hervorrief. Eines Tages erfuhr die Prinzessin, daß Doktor Marliano ebenfalls erkrankt sei. Man erzählte sich, daß er sich in die Pflege der Dominikaner von San Pablo begeben habe, um seinem Kollegen, dem fremden, gottlosen Doktor, nicht unter die Hände und, wenn's zum Ende gehen sollte, gar unter das Messer zu geraten.

Die Damen des Hofes bekreuzten sich, wenn sie von der Vermessenheit und Abscheulichkeit einer Sektion sprachen, wie sie jetzt im Hospital der Universität durch den Niederländer eingeführt sein sollte, und konnten kein Ende finden mit der Ausmalung solchen Greuels und der Aussprache ihres Entsetzens.

In Katharinas Herzen entglomm ein Fünkchen Hoffnung und mit der Hoffnung heller Jubel. Sie sann und sann, wie sie erkranken oder sich verletzen könne. Aber etwas Wirkliches mußte es sein! Sie durfte nicht zögern, denn wenn Marliano genas, hörte für sie wieder jede Aussicht auf, ihren Wunsch in Erfüllung gehen zu sehen. Der Abend kam; es begann, da der Herbst herannahte, schon etwas früher zu dunkeln, als in den Sommer: monaten.

Katharina bewohnte zwei Zimmer zu ihrem persön: lichen Gebrauch. Sie saß mit ihrem Lieblingsfräulein, der Jüngsten in ihrem Gefolge, der schlanken Doña Uraca de Mendoza, am Stickrahmen, auf dem eine Altardecke gearbeitet wurde.

„Es greift mir die Augen an, Uraca," sagte die Prin: zessin und lehnte sich ermüdet zurück. „Auch zieht die Nachtluft kühl herein. Schließt das Fenster und befehlt dem Pagen, Licht zu bringen."

Das Fräulein gehorchte. Im Vorzimmer harrte der Page vom Dienst jedes Winkes. Es dauerte nicht lange, so erschien Alonzo; er trug in jeder Hand einen silbernen Armleuchter mit zwei brennenden gelben Wachskerzen, stellte beide auf den Tisch, neben dem die Damen saßen, und ging.

„Ach, ich bin müde, liebe Uraca," begann Katharina und stützte ihren Kopf. „Ich möchte allein sein — einen Augenblick schlafen."

„Ich will so leise sein wie ein Mäuschen."

„Mich würde es doch stören, Euch dort zu sehen."

„Aber Ihr habt doch gehört, teure Herrin, daß ich Euch nicht verlassen darf," sagte Uraca verlegen und klein: laut. „Die Frau Marquesa de Denia hat uns erst neu: lich als Hauptregel des Dienstes eingeschärft, daß eine Infantin nie allein sein dürfe."

„Ihr wißt, ich habe Euch gern, ich bin Eurer durch: aus nicht überdrüssig. Es geht nicht auf Eure Person,

ja, ich mag keine meiner Damen lieber um mich ſehen,
als Euch. Aber benkt Euch einmal in meine Lage, nie
allein ſein, Tag und Nacht ein zweites Weſen als Auf=
paſſer neben ſich dulben zu müſſen, es iſt furchtbar! Ich
meine, es würde ein rechtes Ausruhen ſein, wenn ich ein=
mal allein bleiben könnte."

„Was ſoll ich thun?" fragte die weichmütige Uraca
mit Thränen in den Augen.

Katharina erhob ſich, ſie ergriff den einen Armleuchter
und ſprach mit der ihr eigenen Hoheit: „Mir nicht
folgen!"

Das Fräulein wagte nicht, ſich zu rühren. Die Prin=
zeſſin hob den ſchweren Teppich, der die Thür zum Neben=
zimmer verhängte, und verſchwand dahinter.

Doña Uraca blieb zitternd zurück. Sie ſaß am Tiſche,
blickte in die Kerze und wußte nicht, was ſie benken
ſollte. Würde etwas Beſonderes geſchehen? Würde die
Oberhofmeiſterin nicht nachzuſehen kommen? Sie erſchien
oft ganz unerwartet.

Als Katharina im Nebenzimmer ſtand, atmete ſie tief.
Es war wirklich eine wunbervolle Erleichterung, allein,
enblich einmal einen Augenblick ganz allein zu ſein. Dann
warf ſie einen Blick zurück nach der Thür. Ja, der Vor=
hang ſchloß bicht. Aber ſollte ihr Fräulein nicht boch
vielleicht lauſchen? Sollte ſie nicht argwöhniſch, nicht
neugierig ſein?

Die Prinzeſſin ſetzte ihren Armleuchter nieder, glitt
zur Thür zurück, bog ein wenig ben Teppich zur Seite
und ſah Uraca unbeweglich, mit ängſtlichem Geſichte ba=
ſitzen. Die ehrliche Seele, vor ber war ſie ſicher!

Nun beſchlich ſie bieſelbe Sorge, die das Mädchen eben
empfunden hatte. Die Marqueſa konnte kommen, ſie zu
beaufſichtigen. Was ſie thun wollte, mußte bald geſchehen,
ſonſt verrann bieſer mühſam gewonnene Augenblick, und

wann fand sich dann wieder eine Möglichkeit, ihr Vorhaben auszuführen? Mit raschem Entschluß trat Katharina an den Tisch, stützte sich mit der Rechten darauf und
hob die linke Hand zum Lichte empor. Sie griff geradezu
in die Flamme und hielt mit zusammengebissenen Zähnen,
mit der Selbstüberwindung einer Märtyrerin den Schmerz
des Feuers, das ihre feine Haut zerstörte, aus.

Dann aber wurde ihr die Qual zu arg, es mochte
nun auch genug sein. Jedenfalls gab es eine genügend
schlimme Brandwunde. Sie stieß einen durchbringenden
Schrei aus und warf das Licht, es in ihrer plötzlichen
Angst packend, aus dem Leuchter auf die Erde, wo es
verlosch.

Die mutwillig empfangene Verletzung schmerzte so sehr,
daß Katharina, nachdem der Wille, sich zusammenzunehmen,
nachgelassen hatte, unwillkürlich fortfuhr, Jammertöne aus-
zustoßen. Sie hatte sich ja auch vorher vorgenommen
gehabt, Lärm zu machen. Man sollte den Vorfall ernst
nehmen, sollte den Arzt rufen lassen.

In dem Augenblicke, als die Infantin den ersten
Schrei ausgestoßen hatte, war Doña Marcia de Denia mit
zornig erschrockener Miene im ersten Zimmer, wo Uraca
wartete, erschienen.

„Was geht hier vor? Wo ist die Infantin?" sprubelte
es über ihre Lippen.

Allein das scheue Hoffräulein, entsetzt über die Jammer-
laute ihrer teuren Prinzessin und in großer Angst vor
der Oberhofmeisterin, floh davon und in das Nebengemach.

Doña Marcia war ihr auf den Fersen. „Wie kommt
es, Infantin, daß Ihr hier allein seid?" rief sie zornig.
„Was ist Euch zugestoßen?"

Ueber Uracas Wangen liefen Thränen des Mitleids,
sie hielt die verwundete Hand in der ihren.

„Verbrannt,“ ſtammelte Katharina. „Das Licht wankte, ich griff danach.“

„Und Ihr habt ſelbſt den Armleuchter getragen? Ihr wart allein?“ rief die Marqueſa empört. Dann wandte ſie ſich mit einem Ausbruch blinder Wut gegen Uraca. „Pflichtvergeſſene!“ ſchrie ſie, „einfältige Närrin, habt das — und das —“ und jedesmal ſchlug ſie mit dem zuſammengelegten geſchnitzten Fächer die vor ihr Stehende hart auf ihre zarte Wange.

Katharina fiel mit der geſunden Hand der Aufgebrachten in den Arm. „Das geht zu weit, Doña Marcia!“ rief ſie empört, entrang ihr den Fächer und ſchmetterte ihn mit ſolcher Gewalt auf den Marmorfußboden, daß er zer= brach.

„Infantin!“ ziſchte die Frau.

„Oberhofmeiſterin!“

„Ihr widerſetzt Euch mir?“

„Ich, die Schweſter des Kaiſers, dulde es nicht, daß Ihr mein Fräulein ſo unerhört züchtigt.“

„Sie hat es verdient.“

„Es war mein Wunſch, ins Nebenzimmer zu gehen.“

„Ich bin verantwortlich für Euch, Prinzeſſin.“

„So ſchafft mir Linderung für meine Hand!“ Er= bleichend, da der Schmerz plötzlich heftig wurde, ſank Ka= tharina auf den nächſten Stuhl.

Die Marqueſa erſchrak. „Einen Arzt! Einen Arzt!“ rief ſie und ſtürzte hinaus.

Uraca, die ſich in großer Furcht bis zum Fenſter zu= rückgezogen hatte, warf ſich jetzt ihrer Herrin zu Füßen.

„O, ich danke Euch — ich danke Euch — daß Ihr mir geholfen habt!“ Auf der Wange des Mädchens brannten zwei rote Streifen, aus dem einen quollen ein paar Blutstropfen. „Die Böſe — die Elende!“ rief Uraca außer ſich und ballte die kleine Hand zur Fauſt, „mich, die Tochter eines Hidalgo, zu schlagen! O, das vergesse ich ihr nicht; ich will ihr nie mehr gehorchen. Es soll mir eine Lust sein, die Schändliche anzuführen. Mag sie mich fortjagen! Gebietet über mich, teure Prinzessin, wie Ihr wollt, Euch gehorche ich blind, aber jene hasse ich — ja, ich hasse sie!"

Katharina neigte sich zu der Knieenden und hauchte einen Kuß auf die ihretwegen verletzte Wange.

Zwölftes Kapitel.

Nach dem Einbrechen der Dunkelheit war André Ve= salius, der einen arbeitsreichen Tag hinter sich hatte, ins Waldhaus heimgekehrt. Hier traf ihn der Schloßdiener, der ihn zur Infantin Katharina rief.

Der Arzt rüstete sich, dem Rufe schnell zu folgen. Es hatte ihn mit einer ganz eigenen Empfindung durchzuckt, als er den Namen der Prinzessin hörte.

Im Drange der neuen, gewaltigen Anforderungen, die sein jetziger Wirkungskreis an ihn stellte, war das Bild des edlen, gütigen Wesens in seiner Erinnerung verblaßt. Jetzt stand sie plötzlich vor ihm, wie sie ihm auf dem Schiffe genaht war, und nun sollte er sie wieder= sehen. Wie würde er sie finden? War auch sie von dem gefährlichen Fieber erfaßt worden, das im Hospital täg= lich Opfer forderte?

Vesalius fragte den Diener, ob er nicht wisse, was der Infantin fehle.

„Doña Katharina soll halb verbrannt sein," sagte der Mann kläglich.

Zuerst erschrak der Arzt, dann, bekannt mit der Nei= gung der Leute, zu übertreiben, steckte er ein linderndes Oel zu sich und ging hastigen Schrittes mit dem Boten zum Schlosse.

Die Oberhofmeisterin der Infantin hatte sich mittler-
weile gefaßt und alle von der Etikette vorgeschriebenen
Veranstaltungen getroffen, die nötig erschienen, wenn der
Arzt eine Prinzessin von Geblüt besuchen mußte.

Katharina saß, von großen Schmerzen gepeinigt, im
Lehnstuhle, zu ihrer Seite standen die Marquesa und hinter
dem Stuhle aufgereiht die drei Hoffräulein, die arme Uraca
unter ihnen, mit einer stark aufgeschwollenen Backe. Weiter
zurück hielten sich die Kammer- und Garderobenmädchen.

Es hatte noch niemand daran gedacht, der Leidenden
eine Linderung zu verschaffen.

Katharina selbst fühlte sich viel zu erwartungsvoll, zu
erregt, um etwas zu fordern.

Es gereichte allen Versammelten zur Erleichterung, als
der Page hinter dem Vorhange meldete: „Señor André
Vesalius, zweiter Leibarzt Seiner Majestät des Kaisers!"

Die Marquesa befahl der ersten Kammerfrau, den
Teppich zu heben und den Arzt vorzulassen.

In Katharinas Herzen stürmte es. Es brauste vor
ihren Ohren. Welch ein Augenblick! — Sie sollte ihn
sehen — ihn wiedersehen — welch beseligender Gedanke!
Würde sie es können? Würde nicht der Flor, der vor
ihren Augen lag, sie hindern? — Welch ein wilder
Schwindel tobte durch ihr Hirn! Aber da — da trat er
ein — er — er — wirklich er! Die Sinne vergingen ihr.

„Die Infantin ist ohnmächtig. Ich bitte um Wasser."

Ja, es war seine Stimme, die sie wieder ins Leben
zurückrief. Unter tausend anderen Stimmen hätte sie die
seine erkannt.

Es währte eine Weile, bis Doña Marcia entschieden
hatte, welcher von den Anwesenden es zukomme, einen
Krug mit frischem Wasser herbeizuholen. Dann handelte
es sich um einen Becher, um ein Becken zum Kühlen der
verletzten Hand und um weiche Tücher.

Katharina war es lieb, daß alles dies mit ſo vielen
zeitraubenden Weitläufigkeiten vor ſich ging. Um ſo länger
konnte ſie ihn ſehen und ſeine Nähe fühlen.

Nun unterſuchte er die Verletzung. „Wie iſt eine ſolche
Verbrennung möglich geweſen?" Er ſah Katharina ernſt
an. Sie ſchlug, keines Wortes mächtig, die Augen nieder.
Ihn konnte ſie nicht belügen!

Doña Marcia de Denia glaubte, die Infantin halte
es unter ihrer Würde, dem Arzte ſelbſt Rede zu ſtehen,
und erzählte mit ernſter Gemeſſenheit die Geſchichte vom
wankenden Lichte, in das die Prinzeſſin gegriffen, es zu
halten. Sie verfehlte nicht, mit ſtrengem Blick zu wiederholen, daß ſie morgen die vorgefallenen Unordnungen
unterſuchen und exemplariſch zu ſtrafen wiſſen werde.

Veſalius nahm dieſe Auseinanderſetzung ohne Gegen-
rede hin; nur Katharina ſah, daß er einmal leiſe den
Kopf ſchüttelte. Mit großer Zartheit legte er den Verband an und erklärte, wiederkommen und die Wunde
beobachten zu müſſen, da Sehnen verletzt ſeien und die
Hand leicht ſteif bleiben könne, wenn der Verband nicht
mit Sachkenntnis erneuert werde.

Katharina frohlockte, ſo hatte ſie doch ihre Sache gut
gemacht. —

Die Abſicht der Oberhofmeiſterin, am nächſten Tage
über ihre Untergebenen ein Strafgericht zu verhängen und
die ärztlichen Beſuche bei der Infantin mit allen er-
forderlichen höfiſchen Formen zu umgeben, wurde vereitelt.
Sie erkrankte ganz plötzlich an dem Fieber, das in der
Stadt herrſchte, und verfiel ſelbſt der Behandlung des
gefürchteten Niederländers.

Ehe aber der Marques de Denia Veſalius zu ſeiner
Gattin eintreten ließ, nahm er ihn mit hochmütiger Miene
zur Seite.

„Ihr habt, wie ich weiß, von Seiner Majeſtät eine

seltsame Zusicherung erhalten, Señor," sprach er scharf.
„Gebt mir die Beruhigung, daß, wie auch Gott über das
Leben meiner edlen Gemahlin bestimmt, Ihr nie daran
denken werdet, Eure Befugnis auf eine Dame von ihrem
Stande auszudehnen."

„Nach dem, was ich höre, ist die hohe Frau an dem
Fieber erkrankt, an dem uns leider täglich mehrere Personen im Hospital sterben und dessen Einfluß auf die Or-
gane wir genau untersucht haben. Somit handelt es sich
nicht um eine unbekannte Krankheit oder um die Möglichkeit einer Bereicherung der Wissenschaft. Wäre dies
der Fall, würde ich, ohne Ansehen der Person, von dem
mir durch die Gnade Seiner Majestät verliehenen Rechte
Gebrauch machen."

„Also doch," stammelte der Hofmann und schauderte.
„Das würdet Ihr wagen?"

„Es wäre kein Wagnis, ich würde nur das thun, was
ich darf."

Zum großen Trost des Ehepaars konnte Vesalius bald
versichern, er hoffe die edle Frau in einigen Wochen her-
zustellen, doch sei jetzt bei dem starken Fieber völlige Ruhe
der Patientin notwendig.

Da im Schlosse mehrere Erkrankungen vorkamen, bestimmte der allmächtige Großkanzler Gattinara, dessen
Tochter als erstes Ehrenfräulein bei der Prinzessin diente,
seine Joaquina solle für einige Zeit mit ihrer Mutter auf
seine gesund gelegene Besitzung reisen. Zwei Ehrendamen
würden vorderhand für die Infantin genügen.

So hatte, ganz gegen die übliche Etikette, Uraca sich
nur mit Doña Eleonora d'Aquesta in den Stunden des
Dienstes abzulösen.

Katharina frohlockte. Die ihr sehr ergebenen Kammer-
frauen waren leicht zu beseitigen. Und Uraca, ihre arme
treue Uraca, that genau, was sie wollte.

O Wunder, am britten Tage sah sie sich nun wirklich voll unendlicher Freude und unter stürmischem Herzklopfen mit André Vesalius allein.

Auch ihm schien dieser Augenblick erwünscht, doch nicht, um ihr ein zärtliches Wort zu sagen.

„Infantin," hob er flüsternd, mit einem Blick auf den Thürvorhang an, nachdem er den Verband erneuert hatte, „es ist mir unbegreiflich, wie Ihr zu einer so schweren Verbrennung gekommen seid. Es kann nicht solche Wunden geben, wenn man zufällig in ein fallendes Licht greift."

Katharina erblaßte; immer nur sein sachliches, sein wissenschaftliches Interesse! Mochte er denn ahnen, aus welchem Grunde sie diese Leiden und Schmerzen auf sich genommen hatte!

„Don André," sagte sie halblaut, und ihre Stimme bebte, „mich überfiel auf meiner öden Höhe die Sehnsucht nach einem neuen Erlebnis. Mir fehlten Licht und Wärme. Nehmt an, ich sei eine thörichte Motte, die von der Flamme angezogen wurde und in ihrer Thorheit hineintaumelte. Nehmt meinetwegen weiter an," fügte sie noch leiser hinzu, „daß ich mich verletzen — wollte."

Er sah sie erschrocken und kopfschüttelnd an. Dann färbte sich sein bräunliches Gesicht dunkler, und ebenso leise wie sie erwiderte er: „Es ist vermessen, Prinzessin, mit dem Feuer zu spielen, denn es hat eine zerstörende Kraft." Damit wandte er sich dem Ausgange zu.

„Don André!" ein unterdrücktes Schluchzen klang in dem wehevollen Ausruf. Sie hob beide Hände, wie um ihn zu besänftigen oder zu halten.

Er blickte zurück, er sah den Schmerz in ihrem blassen Antlitz, er sah die verbundene Hand und wußte, was sie gelitten hatte — seinetwegen. Da eilte er zurück, er= griff ihre gesunde Rechte, drückte heiß seine Lippen dar=

auf und raunte ihr zu: „Es iſt beſſer, Infantin — beſſer für Euch und mich, wenn ich nicht wiederkomme. Ich werde zu Eurer weiteren Behandlung meinen Famulus ſchicken.“

Dann verließ er ſie.

Die wonnevolle Empfindung, daß ſie ihm nicht gleich= gültig ſei, durchflutete Katharina wie mit neuem Leben. Endlich ein warmer Ton, ein ebenſolcher Handkuß! O, glückliche Hand, die ſeine Lippen berührt hatten!

Mochte er zu ihrer Behandlung ſchicken, wen er wollte, ſie wußte, es geſchah, weil er ſich nicht getraute, in der nötigen Zurückhaltung mit ihr zu verkehren. —

Ergriffen, wenn auch nicht ſo tief erregt wie die In= fantin, verließ ſie Veſalius und ging ſeinen verantwort= lichen Geſchäften nach. Er mußte ſich zuſammennehmen, fand bald die Herrſchaft über ſich wieder und Anlaß, andere Dinge als das eben Erlebte ernſtlich zu erwägen.

Als er das Schloß verließ, trat ſeine frühere Ueber= zeugung, daß es notwendig ſei, ſowohl aus Pflichtgefühl wie auch ſeiner Ruhe wegen, die Infantin nicht wieder= zuſehen, aufs neue deutlich in ſeiner Seele hervor, und er beſchloß, ſtreng nach dieſer Erkenntnis zu handeln. —

Am anderen Tage kam Lambert van Goes, um die Hand der Prinzeſſin, nach ſeines Meiſters Vorſchrift, zu verbinden. Der junge Hilfsarzt berichtete, Veſalius habe jetzt ſo viele vom böſen Fieber Befallene zu behandeln, daß er fürchte, der Infantin eine Anſteckung zuzutragen, und daher ihn ſchicke, die faſt geheilte Brandwunde zu beſorgen.

„Ja, eine Anſteckung,“ dachte Katharina, „eine Krank= heit fürchtete er zu empfangen und zu bringen, aber nicht des Körpers, ſondern des Herzens, der ganzen Seele.“

Es lag kein Grund vor, der Prinzeſſin die gewohnten Spaziergänge im Park zu verſagen, und ſo waren dieſe

ſeit einigen Tagen ſchon wieder aufgenommen worden.
Wie erquickend für Katharina, mit ihrer getreuen Uraca
durch die ſchattigen Laubengänge zu ſchlendern; ja, auch
wohl allein in einer verſteckten Laube ſich ihren Empfin:
dungen zu überlaſſen.

Dieſer ſpaniſche Palaſtgarten trug einen ganz anderen
Charakter, als der Schloßpark von Brüſſel.

In dieſem viel wärmeren Klima war die ganze An:
lage auf die möglichſte Beſchaffung von Schatten ab:
geſehen, und dieſer fand ſich hier in ſo ausreichendem
Maße, daß der Garten nichts war, als ein Gewirr von
dichtem, rotblühendem Oleander, von Clematis durch:
wucherten Cypreſſen, von Orangen, Myrten, Lorbeer und
Roſengebüſchen, durch die verſchlungene Wege führten,
hie und da von Marmorbänken und Kühlung ſpendenden
Fontänen unterbrochen.

Auf einer dieſer Bänke ruhte Katharina, während
Uraca irgendwo, fern von ihr, beſchäftigt war, einen
Kranz für die Herrin zu winden.

Die Glut der Sonne drang nur gebrochen in dieſen
ſchattigen Winkel, doch erreichte manchmal ihr goldiger
Schimmer den auf und nieder plätſchernden Strahl der
Fontäne, der dann in Regenbogenfarben ſchillerte und
die bunten Schilfblumen, die das Marmorbecken umgaben,
mit einem Sprühregen von Brillanten zu überſchütten
ſchien.

Mit wahrer Luſt genoß die Infantin dieſe Einſamkeit.
Es war ihrer lebensvollen und ſelbſtändigen Natur immer
ein Genuß, Verbotenes zu thun und jeden Zwang abzu:
ſchütteln. So empfand ſie ihr Alleinſein wie einen Triumph
über feindliche Mächte, den ſie mit einer faſt ſchaden:
frohen Wonne auskoſtete.

Da, Schritte — das Rauſchen berührter Zweige! Uraca
würde ſie nicht ſtören. Ihr Bruder mit Gefolge? Arme

Uraca! Nein, nur ein Schritt nahte. — André, ſollte er es wagen? Glühend vor Erwartung fuhr Katharina empor.

Die Zweige eines Magnolienbuſches wurden von einer Männerhand zur Seite gebogen und — Eſteban be Zuñiga ſtand vor der zornig zurücktretenden Prinzeſſin.

„Ihr — Ihr — drängt Euch hier ein? Wo iſt der Kaiſer?“

„Vermutlich in ſeinen Gemächern.“

„Alſo allein — Unverſchämter!“ Sie fächelte ſich in heftiger Erregung Luft zu und wandte ihm den Rücken.

Er trat gelaſſen vor ſie hin. „Auch die gnädigſte Infantin befinden ſich hier gegen die Ordnung der Hof=ſitte ohne Begleitung.“

Katharina zuckte zuſammen. Es würde ihrem Lieb=linge den Dienſt koſten, ſie würde Uraca verlieren, wenn Zuñiga ſie verriet, ſie mußte ihn alſo dulden.

„Was wollt Ihr?“ ſtieß ſie hervor.

Sein Auge glühte ſie an. „Endlich Eure Verzeihung — Herrlichſte — Schönſte Eures Geſchlechtes.“

„Ich trage Euch das in Brüſſel begangene Ungeſchick nicht mehr nach. Dazu ſeid Ihr mir — zu gleichgültig. Ich denke nicht mehr an Eure Ungezogenheit.“

„Ah, Ihr meint meine unvorſichtigen Worte?“

„Ja, die.“

„Und ſollte ich ganz unrecht damit gehabt haben?“ ziſchte er.

„Was meint Ihr?“ fuhr ſie auf.

„Alonzo, Euer Page, verriet —“

„Er hat nichts zu verraten,“ ſie ſtampfte mit dem Fuße auf.

„Um ſo beſſer! Es würde mich grenzenlos betrüben, Euch in gefahrvoller Lage zu ſehen. Ihr wißt ja auch am beſten, Infantin, wie ſchwer das Hausgeſetz der ſpa=

nischen Könige jede kleine — Güte einer Prinzessin von
Geblüt gegen Unberechtigte ahnden läßt, und daß Seine
Majestät nie zaudert, zu strafen —"

„Ihr wollt mich wohl durch Euer unerlaubt thörichtes
Geschwätz, das ich nie hätte dulden sollen, bedrohen oder
mir Verlegenheiten bereiten?"

„Im Gegenteil! Ich möchte Euch nur meine un-
begrenzte Ergebenheit beweisen, die so weit geht, daß ich,
sollte ich in den Besitz süßer Geheimnisse gelangen, diese
verschweigen würde, wenn Ihr mir nur einen Schimmer
Eurer sonnigen Huld zuwenden möchtet."

„Ihr seid unverschämt, Ihr seid ein Narr!" rief sie
mit gänzlich erschöpfter Geduld. „In einem Augenblicke
erinnert Ihr mich daran, daß ich nicht gütig sein darf
und im nächsten fordert Ihr Huld für Euch. Für Euch,
den ich verabscheue!"

„Infantin!" er schrie es unvorsichtig laut, dann stammelte er mit verzerrten Mienen: „Meine Leidenschaft für
Euch — macht mich toll — hütet Euch — ich kann ein
unversöhnlicher — ein gefährlicher Feind sein."

Katharina wandte ihm den Rücken; schon sah sie durch
den nahen Laubengang Uracas helles Kleid schimmern, die
vermutlich seine in der Erregung erhobene Stimme gehört
hatte und nun, ihren Kranz in der Hand, flüchtigen Fußes
herbeieilte.

Zuñiga wollte nicht von dem Ehrenfräulein gesehen
werden, er wandte sich rasch und verschwand im Gebüsch.
Unbemerkt kehrte er ins Schloß zurück.

Das ihm? Das hatte sie ihm geboten? „Ich verabscheue Euch!" hatte sie gerufen.

War denn nicht aus Alonzos Geschwätz eine Anklage
zu formen? Er habe die Kerzen ganz fest aufgesteckt.
Er lasse sich keine Unachtsamkeit nachsagen. Die Infantin
müsse das brennende Licht mit Gewalt ergriffen und zur

Erbe geworfen haben. Vielleicht, um sich Abwechslung zu verschaffen, einmal den fremden Doktor bei sich zu sehen, den, der tote Menschen zerschneide und vor dem es allen Damen grauste.

So hatte der Page, von dem Zuñiga stets erfuhr, was in den Gemächern der Prinzessin geschah, ihm vorgeplappert.

Nun aber wußte er auch, daß seit mehreren Tagen ein harmloser Famulus von Vesalius geschickt worden war. Und es wäre doch undenkbar, wenn etwas wie ein Liebesspiel zwischen ihnen sich entsponnen, oder wenn Katharina dem Doktor Beweise von Gunst gegeben haben sollte, daß dieser dann nicht selbst zu ihr ginge.

Nein, er that ihr unrecht mit seinem eifersüchtigen Argwohn, und sie hatte recht, er war ein Narr gewesen, sich so von seiner tollen Leidenschaft hinreißen zu lassen! Er konnte ja gar nichts Ungeschickteres thun, als sie beleidigen und erzürnen. Wie ärgerlich, daß ihm dies wieder und wieder geschah!

Wie sollte er die Scharte wieder auswetzen? Wie sollte er ihre Gunst gewinnen?

Er fühlte, wie nahe Liebe und Haß aneinander grenzten. Auch sie besaß eine leidenschaftliche Seele. Verschmähte sie ihn, so konnte er sie hassen. Sie haßte ihn jetzt, vielleicht war auch bei ihr ein Umschwung möglich, und dann fühlte er, daß er ihr zu Füßen liegen werde. Ein Blick, ein Lächeln von ihr konnte ihn zu ihrem Sklaven machen.

Vorläufig war indes an ein solches Glück nicht zu denken. Nur indem er sich in der vollen Gunst seines Herrn behauptete, indem er dem Kaiser unentbehrlich wurde, konnte er sich in Katharinas Nähe halten, konnte er sie täglich sehen, konnte er eine günstige Stunde nutzen und sich ihr als reuiger Sünder, als bescheiden Anbetender nahen.

Ja, ſeine Eiferſucht auf den Niederländer war, das
meinte er aus dem Weſen der Infantin erkannt zu haben,
eine Thorheit geweſen.

Dreizehntes Kapitel.

Als der Oktober kam, konnte Kaiſer Karl auf eine
arbeitsreiche Zeit zurückblicken, in der viel geordnet und
geleiſtet worden war.

Ein ſtrenges Strafgericht hatte alle diejenigen ge=
troffen, die es gewagt hatten, ſich an dem Aufſtand gegen
Karls Regiment zu beteiligen. Zahlreiche Hinrichtungen
waren erfolgt, und jetzt herrſchte in allen Provinzen die
Ruhe zahmer Unterwerfung, und Ergebenheitsbezeugungen
aller Art gingen nach Valladolid.

Auch die Bewegung der Heere auf den Kriegsſchau=
plätzen kam mehr und mehr ins Stocken, und man ſah
ſich nach Winterquartieren um.

So wurden die Staatsgeſchäfte und des Kaiſers Be=
ratungen mit dem Großkanzler Gattinara weniger dringlich,
und Karl begann, ſeit ſeiner Rückkehr nach Spanien zum
erſtenmal, ſich endlich etwas auf ſich ſelbſt zu beſinnen.

Er konnte ſich ſagen, daß das Glück ihm günſtig ge=
weſen ſei. Ueberall hatte er erreicht, was er wollte, die
Widerſacher unter ſein Scepter gebeugt und ſeinem Willen
Geltung verſchafft. Er fand dieſe Lage der Dinge durch=
aus in der Ordnung.

Wenn ihn auch für den Augenblick Erfolge erfreuten,
ſo erſchienen ſie ihm doch zu ſelbſtverſtändlich, um ihn zu
beglücken oder gar zu befriedigen. Sein Trieb nach mehr
raſtete niemals. War doch ſein Wahlſpruch, den er oft
anwandte und ſich ſelbſt vor die Seele rückte, wenn Stunden
der Erſchlaffung kommen wollten: „Plus, oultre! — Mehr,
weiter!“

Nach der über das Maß ſeiner Kräfte hinaufgeſchro=
benen Anſpannung trat als natürlicher Rückſchlag, als
Mahnung an ſeine Menſchlichkeit dann und wann eine
Weltmübigkeit und Weltverachtung, ein Verlangen nach
Ruhe und Träumerei ſo gebieteriſch in ihm hervor, daß
er wie verwandelt erſchien. Vergeblich ſuchte er dann im
Gebet, ja in Kaſteiungen den inneren Halt wiederzufinden.
Es ſchien etwas in ihm gelähmt oder zerbrochen zu ſein.
Ein ſchlaffes Nachlaſſen allzu ſtraff geſpannter Saiten, ein
Mißklang der Stimmung kam über ihn, und er ſelbſt be=
gann im letzten Grunde ſeiner Seele zu fürchten, daß er
einem Erbteil ſeiner unglücklichen Mutter unterliege.

Eſteban de Zuñiga kannte ſeinen Gebieter von Jugend
auf. In der Knabenzeit hatte Karl ſich ſogar gegen den
Geſpielen über ſeine ſchwermütigen Anwandlungen aus=
geſprochen. Nun wartete der Kämmerer ſchon lange auf
die Zeit, in der die auf und ab ſteigende Woge der kaiſer=
lichen Laune hinunterſchießen und in der Tiefe verharren
werde, wie Eſteban dies kannte; dann ſollte ſein, des ge=
wandten Helfers, Einfluß zur Geltung kommen.

Heute endlich ward der Kammerherr durch den kaiſer=
lichen Befehl ausgezeichnet, ſeinen Herrn allein in den
Park zu begleiten. Karl nahm auf derſelben Bank am
Springbrunnen Platz, auf der vor mehreren Wochen die
Infantin geſeſſen hatte, als Zuñiga zu ihr getreten war.
Don Eſteban ſtand neben dem verſunken vor ſich hin
ſtarrenden Fürſten und plauderte von den Erfolgen ſeines
gnädigen Herrn, von den köſtlichen Herbſttagen und allen
Reizen des Lebens.

Sollte jetzt nicht der Augenblick gekommen ſein, den
Namen Violas wieder einmal zu nennen? Er mußte es
wagen, eine günſtigere Stunde würde ſich ſchwerlich finden.

„Eure Majeſtät haben zu viel ruhmreiche Siege er=
rungen, um darüber ein liebevolles junges Herz im Ge=

dächtnis zu behalten. Meine alte Vertraute aus der letzten
Zeit in Brüssel, die Schloßdienerin Paquita, sucht mich
mit der Schilderung zu rühren, daß Viola, des flämischen
Doktors holde Schwester, sich nach mir sehne. Nach mir,
dem sie den Rücken wandte, und der nie das Glück ge=
nossen hat, ihre Liebe zu gewinnen."

Karl blickte auf, und ein leichtes Rot ging über seine
blassen Züge. Zuñiga fühlte, daß er den rechten Ton
angeschlagen habe, und fuhr zuversichtlicher fort: „Eure
Majestät wollen sich gnädigst erinnern, daß Juffrouw
Viola mit dem gestrengen Bruder von Flandern herüber=
gekommen ist und ganz nahe diesem Park in einem ein=
sam gelegenen Häuschen wohnt."

„Ja, ja — ich weiß. Ich habe manchmal an das
liebreizende Geschöpf denken müssen. Mir fehlte indessen
in der ernsten Zeit die Lust zu Tändeleien."

„Vielleicht thäte eine Erholung Eurer Majestät wohl."

„Gewiß, ich bedarf ihrer. Wie würde es einzurichten
sein, daß ich die Kleine wiedersehen könnte?"

„Nichts leichter als das. Ich trage den Schlüssel zu
einer Thür in der hinteren Parkmauer bei mir. Vesalius
bringt hier so gut wie in Brüssel seine Tage bis zum
Anbruch der Dunkelheit im Hospital zu. Der einzige
Diener im Waldhause ist mir vollkommen ergeben. Ich
ließ ihn schon ahnen, daß mir seine kleine Herrin nicht
gleichgültig sei. Mit einem Worte beseitige ich den ge=
fügigen Antonio für so lange, wie es mir oder vielmehr
meinem hohen Gebieter gefällt, der Juffrouw Gesellschaft
zu genießen. Eure Majestät können ganz unbemerkt ein=
treten und finden das schöne Kind allein. Ich werde
natürlich sorglich Ausschau halten und jede Störung ab=
wenden."　.

Ein dankbar=zufriedener Blick aus den müden Augen
des Monarchen belohnte den gewandten Untergebenen, und

Karl erklärte ſich bereit, auf das geſchickt eingefädelte Abenteuer wiederum einzugehen.

Ja, in des abgeſpannten jungen Monarchen Gemüt,
in dem ſeit einiger Zeit alle Freude am Leben banieder-
gelegen hatte, regte ſich plötzlich mit leiſem Flügelſchlage
eine angenehme Erwartung, die ihn aus ſeiner ſchwärzeſten
Niedergeſchlagenheit emporhob.

Gelbe Blätter, wie eitel Gold von der Herbſtſonne
angeglüht, flatterten von den alten Kaſtanien des Wäldchens vor Veſalius' Hauſe, und die Früchte fielen herab.
Viola ging unter den breitäſtigen Bäumen umher und
ſammelte die heruntergefallenen Früchte in ihre Schürze.
Antonio wußte viele gute Gerichte von den ſüßen Kaſtanien zu bereiten, und ſie half ihm gern. Es war ja für
ſie das beſte, wenn ſie etwas zu thun fand.

Als ſie eine hinreichende Menge aufgeleſen hatte, kehrte
ſie über die vordere Terraſſe ins Haus zurück, ſetzte ſich
im Wohnzimmer an den Tiſch und begann ihren Vorrat
auszuhülſen.

Hinter dem Hauſe begab ſich währenddem etwas Beſonderes. Eine kräftige Hand ſtieß die lange Zeit ver-
ſchloſſene, von grünem Gewirr überwucherte Mauerthür
auf, die aus dem Park ins Freie führte.

Die Ranken, die ſich bemüht hatten, dieſen Ausgang zu
umſpinnen und zu verſperren, zerriſſen und hingen in Fetzen
herunter, und Eſteban de Zuñiga ſtreckte ſein ſcharfgeſchnit-
tenes, ſchlaues Geſicht aus dem Gewirr von Grün hervor.
Er zerrte Herabhängendes, das ihn hinderte, ab und ſuchte
den Ausgang aufzuräumen. Dann ſchritt er dem Hauſe zu.

Antonio ſaß in der Küche und flickte Netze, wobei er
ſich ein Lied pfiff. Als ſein eigentlicher Herr zu ihm
eintrat, fuhr der Geſelle empor und riß die bunte Zipfel-
mütze vom wolligen Kopf herunter.

„Geh fiſchen, Tonino,“ ſagte Zuñiga mit eigentüm=
lichem Lächeln und mit einer Bewegung ſeines Daumens
über die Schulter.

Auf des Dieners nicht minder pfiffigen Zügen wider=
ſpiegelte ſich ſeines Herrn bedeutungsvolles Schmunzeln.

„Sogleich, edler Don Zuñiga!“ rief er und eilte, ſein
Angelgerät aus dem Winkel zu nehmen. Er rüſtete ſich
mit Hamen, Zuber und zwei langen Angelruten aus und
ſchickte ſich an, die Küche zu verlaſſen.

„Du wirſt nicht eher zurückkommen, bis ich dich rufe,“
ſprach ſein Herr.

„Ganz wie Eure Gnaden befehlen,“ ſagte ehrerbietig
Antonio.

Als er um das Haus nach dem Flußufer hinunter=
ging, murmelte er lächelnd vor ſich hin: „Endlich; hat
ſich grauſam lange beſonnen. Wär' ich's, bei der Ma=
donna, hätte ſie nicht ſchmachten laſſen!“

Nachdem Zuñiga vorſichtig ums Haus geſpäht und von
fern Viola am Tiſch in der Wohnſtube wahrgenommen
hatte, kehrte er zu der Parkpforte zurück und verſchwand
in derſelben.

Karl ſchritt, während ſein geſchickter Helfer für ihn
die Wege ebnete, in einem nahen umbuſchten Gange un=
geduldig auf und ab. Sein Mißmut, ſeine ſchlaffe Gleich=
gültigkeit waren in dieſer Stunde von ihm gewichen. Ja,
er fühlte ſein Herz lebendig und von freudiger Erwartung
geſchwellt.

Ganz deutlich ſtand jetzt Violas liebreizende Geſtalt,
ihr anmutiges Weſen und der kindlich=zärtliche Blick ihres
blauen Auges in Karls Erinnerung. Wie er ſie nur ſo
lange Zeit hatte entbehren mögen, da ſie ihm ſo nahe
war und mit des gefälligen Eſtebans Hilfe ſo leicht und
heimlich erreicht werden konnte?

Mit dem Ausbruck völliger Ergebenheit und zugleich

triumphierender-Sicherheit trat der Kämmerer, ſich tief
verneigend, zu ſeinem Gebieter heran.

„Alles völlig geordnet, mein gnädigſter Herr. Der
Weg iſt gebahnt, der läſtige Hausburſche entfernt. Er
darf ſich nicht eher heranwagen, als bis ich es ihm ge-
ſtatte. Eure Majeſtät werden das Mädchen bei einer
häuslichen Arbeit im Zimmer überraſchen. Ich hoffe,
alles geſtaltet ſich ſo günſtig wie möglich."

Und mit einer Handbewegung, wie ſie bei großen
Hofempfängen üblich war, lud der gewandte Mann den
Monarchen ein, ihm auf dem Pfade zum Mauerpförtchen
voranzugehen.

Schweigend folgte Karl der Aufforderung. Sein Herz
pochte, es war ein Gefühl ſehnender Erwartung, innigen
Verlangens in ihm, wie er ſelten empfunden hatte. Aber
er war zu benommen, um ſich der Wonnegefühle, die ihn
durchrieſelten, klar bewußt zu werden, und dies Eintauchen
ins Unbewußte, dies Loslöſen von ſeiner wuchtigen Perſönlichkeit mit allen auf ſeinen Schultern laſtenden Auf-
gaben war vielleicht der größte Genuß, der dem Ueber-
ladenen aus dieſem kleinen Abenteuer erwuchs.

Mit einem Atemzuge der Erleichterung, als entweiche
er einem Gefängniſſe, oder als ſchüttle er endlich eine
Menge unbeſchreiblicher Qualen ab, durchſchritt Karl das
Parkthürchen.

Wieder eine vorwärts weiſende Handbewegung des
Führers, und beide betraten über ein paar Stufen die
Hausterraſſe und jetzt die Küche.

„Dort — hinter jener Thür," flüſterte Zuñiga und
wies auf den Eingang zum Wohnzimmer.

Karl ſchritt vor, und der Kämmerer verließ das Haus,
um außen nach allen Seiten Ausguck und Wache zu halten,
damit keine Störung eintrete.

Viola fuhr bei Karls Eintritt erſchrocken vom Stuhle

empor. Die blanken braunen Kastanien sprangen und kollerten über den Estrich des Fußbodens gleich lustigen und schadenfrohen Hauskobolden dem Eintretenden entgegen. Sie sahen aber beide nichts davon, sie blickten sich wie gebannt in die Augen.

Das Mädchen hatte verzückt die gefalteten Hände gegen die Brust gedrückt und stand da in zitternder Erwartung. Auch dem Manne versetzte ein unbekanntes Etwas den Atem; er schritt nur langsam, aber mit glücklichem Lächeln auf den Lippen und strahlenden Augen zu ihr hin.

„Kleine Viola — du süßes Kind!" flüsterte er traumbefangen wie ein Schlafwandler. „Hab' ich dich wieder, mein Kleinod — auch hier — hier bist du mein — mein" — und er schloß sie, die nicht mehr widerstrebte, in seine Arme.

Sie lag wieder, wie schon einmal, an seiner Brust, meinte des Himmels Seligkeit zu kosten, versagte ihm ihre Lippen nicht und hauchte einmal über das andere: „Esteban — o mein Esteban — ist denn ein solches Glück möglich?"

Ja, es war möglich, es war Wirklichkeit!

Er setzte sich neben sie auf die Holzbank, die an der Wand hinlief. Er koste mit ihr, er nannte sie sein süßes Liebchen, tändelte mit ihren seidenweichen Zöpfen, lachte und scherzte, wie der gewöhnlichen Sterblichen einer. Sie, als sie ihren Einfluß auf ihn fühlte, wurde immer unbefangener und fröhlicher. Alle ihre kindlich spielende Anmut trat hervor und entzückte ihn.

Die Zeit hatte ihren Gefühlen füreinander nichts genommen, sondern sie nur, in ihrem Denken aneinander, sich näher geführt. War Karl auch weniger mit dem Bilde des Mädchens beschäftigt gewesen, als sie mit dem seinen, so fühlte er doch jetzt, daß sie ihm oft nahe gewesen war, daß sich eine dunkle Sehnsucht seines Herzens

erfüllte, und daß ihre Nähe ihm volle Befriedigung
brachte.

Ihre harmlos natürlichen Fragen nach ſeinem Leben,
warum er nicht eher gekommen ſei, ob er ſie nun oft be-
ſuchen werde, beantwortete er mit faſt ſchelmiſcher Laune.
Der Kaiſer, ja der Kaiſer trug an ſeinem Verſäumnis
die alleinige Schuld. Er fühlte, indem er dies ſagte, daß
er nie ein wahreres Wort geſprochen habe. Ja ſo lange,
bis der Kaiſer ihn nicht verhindern würde, ſolange nicht
aufs neue ernſte, unabweisbare Forderungen ſeiner großen
Lebensaufgaben bringlich an ihn herantraten, ſo lange
wollte er ſich den Genuß ſolcher ſüßen Stunden gönnen.

Obgleich der Abend ſchön war, und die dummen Fiſche
anbiſſen, wie nie zuvor, wurde Antonio doch Zeit und
Weile lang am Fluſſe. Er durfte nicht wagehalſig ſein
und allzu lange bleiben, ſonſt fiel er ſeinem anderen Herrn,
dem Doktor, in die Hände. Der würde keinen Spaß ver-
ſtehen. Er ſollte ja mit Meſſern beſonders gut umzu-
gehen wiſſen und beſaß deren genug, von ſonderbarer
Form und vom blankſten Stahl. Antonio hätte dem nicht
unter die Finger geraten mögen.

Eſteban de Zuñiga dagegen langweilte ſich nicht. Was
konnte er Beſſeres wünſchen, als daß ſein Gebieter ſich
gut unterhielt, und daß die Kleine es verſtand, den hohen
Geliebten zu feſſeln. Dauerte des Kaiſers Neigung zu
dem ſchlichten Kinde, ſo war Eſtebans Glück gemacht, ſo
blieb er der unentbehrliche Vermittler und Günſtling und
in dieſer ſpröden, mehr denn je geliebten Infantin täg-
licher Nähe. Er mußte alſo thun, was in ſeinen Kräften
ſtand, den Kaiſer in ſeiner Laune zu unterſtützen und zu
beſtärken.

Viola war's, die den teuren Mann an den Aufbruch
mahnen mußte.

„Die Sonne ſinkt, mein Eſteban," flüſterte ſie. „Bald

kommt mein Bruder heim. Kannſt du noch nicht offen
bei ihm um mich werben, ſo gehe — o, wie grauſam
dies Wort! — Aber noch viel ſchrecklicher wäre es, wenn
mein geſtrenger André dich hier ſinden ſollte. Hier bei
mir — ich mag's nicht denken!"

Karl wünſchte durchaus nicht, von ſeinem Leibarzt hier
getroffen zu werden. Der Mann hatte etwas ſo unbequem
Ernſtes, Achtunggebietendes. Sein, des Kaiſers, In-
kognito und ſein Liebeshandel wären gleichermaßen vorbei
geweſen. Ja, es hätte eine Demütigung, eine moraliſche
Niederlage für ihn geben können. Wenn das kaiſerliche
Selbſtgefühl dieſe Möglichkeit auch nicht klar erkennen
wollte oder ſich dagegen verſchloß, empfand der junge
Monarch doch, daß es ihm peinlich ſein würde, Veſalius
hier zu begegnen, und ſo bequemte er ſich, aufzubrechen.

Da Viola den etwa in der Nähe befindlichen Kammerherrn nicht ſehen ſollte, verbot Karl der Geliebten, ihn
zu begleiten. Sie gehorchte willig.

Noch ein zärtlicher Abſchied, und Viola war allein.
Aber wie hatte ſich die Welt in dieſen wenigen Nach-
mittagsſtunden verwandelt! Woher all der Glanz und
Sonnenſchein?

Die Glückliche ſah plötzlich, daß der Fluß wie Silber
und Demanten im Abendſchein blitzte, daß der Himmel
ſich in roſig durchſtrahlter Bläue wölbte, daß die braunen
Stämme der Kaſtanien, der mooſige, von gelben Blättern
bedeckte Grund und die faſt kahlen Zweige aufleuchteten,
glühten und ſchimmerten, als ſei alles in Glut und Farbe
getaucht. Daß dies ein alltägliches Abendrot ſei, wofür ſie
in ihrer Niedergeſchlagenheit nur kein Auge gehabt hatte,
fiel ihr nicht ein; es war eben alles anders geworden.

Jetzt ein langgezogener Pfiff, bei dem Viola ſah, wie
Antonio ſich vom Ufer des Fluſſes erhob und mit ſeinem
Angelgerät aufs Haus zukam.

Es war der Wink des Herrn für den Knecht gewesen. Wie zartsinnig von Esteban, den lästigen Burschen aus ihrer Nähe zu entfernen, daß er kein Wort erlausche und sie durch täppisches Hereinkommen störe! O, Esteban war über alles Maß trefflich und zartsinnig!

Vierzehntes Kapitel.

In Karls Seele zog eine bis jetzt nie empfundene Wärme ein. Der ganze Hofkreis wunderte sich über seinen ungewöhnlich heiteren Blick, seine Milde und Freundlich= keit. Er wurde sich bewußt, daß er Viola mit der ganzen, in seinem Herzen verschlossenen oder durch die Verhält= nisse zurückgedrängten Glut und Leidenschaft liebe, deren er fähig war.

Die Stunden bei ihr erschienen ihm als die glück= lichsten seines bisherigen Lebens. Ein solches Hingeben, Ausruhen und Genießen süßer, anschmiegender Zärtlichkeit war ihm noch nicht beschieden gewesen. Hätte das Mäd= chen seinen Stand gekannt und dann so formlos mit ihm verkehrt, würde ihr Verhalten ihn vielleicht, als Beleidi= gung seiner Majestät, verletzt haben.

Viola ihrerseits sah in ihm nur einen adeligen Herrn, allerdings im Range über ihr, indes sie empfing seine Liebesversicherungen, und sie nahm in ihrem unschuldigen Sinn als selbstverständlich an, daß er nach Beseitigung einiger Hindernisse sie heiraten werde. So verkehrte sie mit ihm in völliger Unbefangenheit.

In Karls Seele dagegen, der an alle Arten von In= triguen gewöhnt war, regte sich oft ein leises Mißtrauen, ob die sich so harmlos gebende Viola ihn wirklich nicht kenne; ob er auch nicht ihr und Estebans Spielball zur Erreichung irgend eines Zweckes sei. Die Kleine besaß aber, wie er sich oft überzeugte, keine Ahnung von höfischen

Verhältniſſen oder gar von politiſchen Fragen. Nie er=
bat oder wollte ſie etwas von ihm, als ſeine Liebe. Sie
hatte Mutterwitz, Natürlichkeit und Innigkeit; ihre Ge=
danken bewegten ſich aber in den engen Kreiſen alltäglicher
Vorkommniſſe. So konnte Karl denn endlich vertrauen.

Manchmal befiel ihn im kühlen Einerlei der höfiſchen
Tageseinteilung und der ermüdenden Geſchäfte eine heftige
Sehnſucht nach ihr und ſeinem ſtillen Glück im Wald=
häuschen. Allein er war viel zu ſehr an Selbſtbeherr=
ſchung und ſtrenge Pflichterfüllung gewöhnt, um ſein
Liebchen aufzuſuchen, wenn äußere Hinderniſſe dagegen
ſprachen. Auch wünſchte er bringend, das Geheimnis
ſeiner Liebe zu wahren. Teils um im Urteile ſeiner
Umgebung erhaben über menſchliche Schwächen dazuſtehen,
teils um nicht mit Veſalius in Konflikt zu kommen, den
er als Arzt und Gelehrten mehr und mehr achten und
ſchätzen lernte. Da feſtſtand, wann der Bruder daheim
war, fanden die Stunden auch darin ihre Begrenzung.

Señora Paquita trat wieder in ihre alten Rechte und
vermittelte Fragen und Botſchaften, die Zuñiga ihr in
ſeinem Namen auftrug. Sie erhielt einen Schlüſſel zur
hinteren Parkpforte und ſchlüpfte manchmal noch im Däm=
merlicht hinüber ins Waldhäuschen, wichtig und froh, den
Liebeshandel wieder angeknüpft zu ſehen, den ſie unter
ihren Schutz genommen hatte.

Die freundliche Matrone liebte Viola ebenſoſehr, wie
ihren edlen Don Eſteban, der freilich manchmal recht
ſchnöde und unfreundlich gegen ſie ſein konnte, wozu er
ja als großer Herr nach ihrer Auffaſſung das volle
Recht hatte. Die kleine Juffrouw erſchien der kinderloſen
Witwe wie ihr eigenes Töchterchen.

Jetzt, nachdem der geſtrenge Doktor Veſalius die ge=
wandte Paquita auf dem Schiffe im Gefolge der Infantin,
ſogar als vertraute Botin der Prinzeſſin, und hilfreich

für ſeine Schweſter geſehen hatte, wehrte er auch ihrem Verkehr mit der Kleinen in ſeinem Hauſe nicht mehr.

So genoß die einſame Viola neben ihrem heimlichen Liebesglück jetzt auch noch die Freude, mit einer mütterlichen Freundin zuſammenzutreffen und, was das Beſte war, von ihrem Eſteban plaudern zu können. Welch einen herrlichen Winter das für Viola gab! Eine Luft, die man nicht als winterlich empfand, und dabei der Liebesfrühling im Herzen!

Dank der Umſicht und Vorſicht Zunigas blieb das ſüße Geheimnis des kaiſerlichen Herrn wohl bewahrt. Zwar regte ſich der Neid gegen den begünſtigten Höfling, der ſo oft zu einem Spaziergange des Kaiſers im Schloß= park befohlen wurde, von deſſen Dauer allerdings nie= mand etwas erfuhr. Bald erſchien dieſe Auszeichnung jedoch als etwas zu Alltägliches, um noch aufzufallen.

—————

Karl war wieder einmal bei der Geliebten; als er aufbrechen wollte, wurde er von ihren umfangenden Armen gehalten.

„Schon, mein Eſteban?“ klagte ſie. „Du warſt ſo lange nicht hier, es dämmert ja noch nicht. Laß dir noch ein kleines deutſches Lied zur Laute gefallen. Ich habe mich auf eines beſonnen, das du noch nicht kennſt.“

Er ließ ſich auf den Seſſel zurückziehen, war er doch ein Freund der Muſik und liebte ihre weiche und helle Stimme ſehr.

„Du verſtehſt es immer, mich zu feſſeln, Kind,“ ſagte er zärtlich und ſtreichelte ihr weiches Haar, „mir iſt wohl in dei= ner Nähe, und das weißt du. So ſinge mir noch dein Lied.“

Viola klimperte ein wenig, dann begann ſie:

> „Seht den Mond, er kommt gegangen,
> Spiegelt ſich im Rhein.
> Licht im Aug’, auf deinen Wangen —
> Kann es ſchöner ſein?

Wie die Rebenhügel prangen
Hell im Mondesschein!
Will die Hand dir fest umfangen,
Mußt nicht eilig sein.

Scheiden, meiden, welch ein Bangen,
Ist ja mein wie dein.
Morgen wieder neu Verlangen,
Mutter ruft: Herein!"

„Ja, ja, so mag es allerorten gehen," sprach er lächelnd. „Liebesleute wollen sich nicht trennen."

Er stand, jetzt aber doch zum Gehen entschlossen, auf.

Da wurde die Küchenthür halb aufgestoßen, und eine Männerstimme, die Viola nicht kannte, rief: „Don Esteban, sputet Euch, der Doktor kommt heim!"

Ohne ein weiteres Wort des Abschieds eilte der Gast hinaus. Viola wagte keinen Schritt zu thun, zitternd sank sie auf ihren Platz zurück. Eine Minute später erschien ihr Bruder in der offenen Thür zur Terrasse.

„Zünde Licht an — ich bedarf einer Arznei —" seine Stimme klang erregt. „Wo ist Antonio?"

„Er fischt."

„Schon wieder und an dem kühlen Abend im Dämmerlichte? Doch gleichviel. Hole das Lämpchen, du kannst mir leuchten; ein Kranker wartet, es handelt sich um Leben und Tod."

Viola gehorchte, ihre Glieder flogen vor Schreck. So nahe war ihr süßes Geheimnis noch nie der Entdeckung gewesen.

Er ging mit ihr in sein nebenan liegendes Zimmer. Sie trug die Lampe, und er schloß den Schrank auf, in dem er Präparate, Instrumente und Medikamente verwahrte. Während er hastig kramte und wählte, fiel sein Blick auf ihre Hand, in der die Lampe auf und ab schwankte.

„Armes Ding, so sehr fürchtest du dich vor diesen Knochen und Phiolen."

„O, einige sind ganz hübsch bunt," stammelte sie, sich zusammennehmend.

„Ja, ja," er sah sie lächelnd an, „Liebestränke sind's, die mir Paracelsus, ein Schweizer Gelehrter, gegen Knochen= präparate, die ich ihm gab, schickte. Ein Mädel spürt doch gleich heraus, was es freuen könnte."

Damit schloß er den schweren Schrank ab, ließ den Schlüssel in die Tasche gleiten und eilte mit der gesuchten Arznei von dannen. Viola blieb in tiefster Erregung zurück.

Was würde geschehen sein, wenn ihr Bruder hier bei ihr, in seinem Hause, wo er sie so streng verwahrte und so sicher vor allen Männeraugen hielt, Esteban de Zuñiga, den Kammerherrn des Kaisers, getroffen hätte? Sie mochte sich auf diese bange Frage keine Antwort geben. Aber sie fühlte, daß etwas Schreckliches über sie gekommen sein würde.

So klar wie noch nie zuvor wurde sie sich bewußt, daß sie André betrüge, daß es unrecht von ihr sei, was sie thue, daß sie sich wegen dieses heimlichen Liebes= handels vor ihrem vertrauenden redlichen Bruder schämen müsse.

Aber wie sollte sie Esteban bewegen, endlich offen mit André zu sprechen und um sie zu werben? Wenn sie darauf hinzudeuten wagte, wenn sie bat, er möge doch dieser Heimlichkeit, die eigentlich nicht recht sei, ein Ende machen, so lachte er entweder spöttisch auf, was ihr weh that, oder erhob sich übellaunisch, um sie vor der Zeit zu verlassen.

Er hatte ihr gesagt, daß er besonderer Verhältnisse halber nur unter dem Deckmantel des Geheimnisses zu ihr kommen könne. Manchmal fragte er, ob sie vielleicht

mit dem vornehmen Liebſten prunken wolle; ober ob ihr
ſein Herz, das er ihr in aller Stille zu eigen gebe, nicht
genüge.

Sie hatte ſich darauf an ſeine Bruſt geworfen und
ihm verſichert, daß ſie nichts weiter wolle und begehre,
als ſeine Liebe; ſeine Liebe, die ſo herrlich ſei und ſie
über alles Maß beglücke.

Und war denn dem nicht ſo? War ſie nicht glücklich,
wenn ſie ihn dann und wann bei ſich ſehen konnte?

Fühlte ſie ſich nicht grenzenlos elend, wenn er ihr
längere Zeit fern blieb? Durfte ſie etwas thun, was
gegen ſeine Wünſche ging, was ihn vielleicht von ihr ver-
ſcheuchen konnte?

Sie mußte ja, wie wenig ſie den Lauf der Welt,
Standesrückſichten und verwickelte Verhältniſſe kannte.
So war denn nichts zu ändern. Sie mußte abwarten,
was Eſleban über ſie beſchließen werde. —

Auch Karl war mit einer peinlichen Mißempfindung
von der Geliebten geſchieden. Er, er mußte ſeinem Untergebenen, ſeinem Diener, weichen! Er, der Herr der
Chriſtenheit, konnte nicht bleiben und gehen nach eigenem
hohen Belieben! Welch eine ärgerliche Lage, welche Ver-
kehrtheit!

In finſterem Schweigen ſchritt er an Zuñigas Seite
durch die dämmerigen Gänge des Parks dem Schloſſe zu
und begab ſich, den Begleiter ſchroff entlaſſend, auf der
Privattreppe in ſeine Gemächer.

Hier ging er in unruhigem Nachſinnen auf und ab.
Zum erſtenmal trat der Gedanke, es könne bald die Zeit
kommen, da er ſein Verhältnis zu der Schweſter des
Arztes abbrechen müſſe, mit zwingender Gewalt bei ihm
in den Vordergrund. Er fühlte, daß ihm dies ſchwer
fallen, ja, daß es ihm einen Stoß, einen Riß geben
werde, vor dem er ſich wie vor einer ſchmerzhaften Ope-

ration fürchtete. Wann und wie dies ſein werde, mochte
er ſich heute noch nicht ausmalen.

Die Verſtimmung über ſeinen fluchtähnlichen Aufbruch
aus dem Waldhauſe blieb indes wie ein Dorn im Fleiſche,
in ſeiner von Selbſtgefühl geſchwellten Seele zurück. Einer
ſolchen Demütigung konnte er ſich ſo bald nicht wieder
ausſetzen!

Zuñiga verſtand die mißvergnügten Regungen im
Gemüte ſeines Gebieters. Er ließ Viola durch die ge-
fügige Paquita mit vielen guten Worten vertröſten und
hütete ſich, den Kaiſer an ſeine Geliebte zu erinnern.
Die Zeit würde das Ihrige thun und ihn zu dem Püppchen zurückführen.

Bevor Zuñiga, der ſich auf menſchliche Herzensregungen
und Leidenſchaften ſo gut verſtand, mit ſeiner Vorausſicht
recht bekam, behielt ihn eines Tages der Monarch zu einer
Beſprechung unter vier Augen in ſeinem Zimmer.

„Sagt mir," begann Karl offenbar mißmutig und be-
drückt, „was denkt Ihr von meinem Handel mit dem
Mädchen?"

„Daß Eure Majeſtät die Kleine ehren und ſehr glücklich machen," erwiderte Zuñiga geſchmeidig.

„Mag ſein. Doch das habt Ihr nicht zu beurteilen.
Ich meine, was werden ſoll? Wie es weiter gehen wird?
Ich mag nicht wieder vor dem Veſalius, dem geſtrengen
Hausherrn, der doch nur mein Untergebener iſt, flüchten,
dergleichen ziemt mir nicht."

„Da haben Eure Majeſtät vollkommen recht!"

„Aber was dann?"

„Geſtattet mein hoher Herr mir einen Vorſchlag?"

„Sprecht!"

„Ich beſitze etwa eine halbe Stunde ſcharfen Reitens
von hier entfernt ein Jagdſchlößchen, tief verborgen im
Walde. Es würde nicht ſchwer ſein, das Mädchen dahin

zu entführen. Ja, sie möchte auf den Wunsch des Ge=
liebten gewiß freiwillig mit der mir ergebenen Schloß=
dienerin dorthin entfliehen. Und Eure Majestät vermöchte
sie jederzeit unter dem Vorwande eines Jagdrittes mit
mir da aufzusuchen."

Während Karl nachdenklich hin und her schritt, sagte
der Kämmerer sich noch einmal, daß sein längst wohl er=
wogener Plan gut sei, und daß er den Gebieter mehr denn
je in der Hand haben werde, falls dieser auf seinen Vor=
schlag eingehen sollte. Wer die Fäden zu einer Intrigue,
den Schlüssel, der einer Leidenschaft das Thor öffnet, ge=
schickt festzuhalten wußte, besaß immer das Uebergewicht.

Auch der junge Fürst sann nach. Der Vorschlag seines
Vertrauten hatte großen Reiz für ihn. Die störende Em=
pfindung, die ihn allemal beschlich, wenn er an Vesalius
dachte, würde weniger aufbringlich sein, wenn er sein
Haus nicht mehr zu betreten, nicht jeden Augenblick eine
Ueberraschung zu fürchten brauchte. Allein räumte er
Zuñiga nicht zu viel ein? War das nicht eine ihm ge=
stellte Schlinge, um ihn zu fesseln, um sich noch mehr un=
entbehrlich zu machen?

Endlich blieb Karl vor seinem Vertrauten stehen: "Und
was weiter? Es ist mir klar vor Augen getreten, ewig
kann ein solches Verhältnis nicht währen."

"Sehr einfach," rief Esteban leichtfertig, "man be=
seitigt das Spielzeug, sobald es der Hand meines hohen
Herrn entfällt!"

Der Kaiser runzelte die Stirn. "Was heißt: be=
seitigen?"

"Je nun," Zuñiga stotterte, "man könnte sie an irgend
einen Diener verheiraten. Zum Beispiel an den wackeren
Antonio, der immer treulich zum Fischen geht, wenn ich
bei ihm eintrete und den Weg für Eure Majestät frei
haben will."

Karl blickte zornig auf. Dunkles Unbehagen, fast wie eine Regung von Eifersucht, nahm Besitz von seiner Seele.

„Ihr seid roh, Don Esteban de Zuñiga!" stieß er hastig hervor und wandte sich ab. Es ärgerte ihn, daß der Günstling sie, seine liebe, kleine Viola, so gering achtete, sie einem elenden Bedienten geben zu wollen. Karl, durch die Praktiken der Politik, mit denen er aufgewachsen war, mißtrauisch geworden, argwöhnte noch einen schlimmeren Sinn hinter dem „Beseitigen" des Gewissenlosen. Er beschloß, Viola auf alle Fälle zu schützen.

„Ich sehe, Ihr wißt mir nicht zu raten," fuhr er kühl fort. „Ihr würdet mich mit Eurem abenteuerlichen Vorschlage noch weiter verstricken, und das wäre meiner unwürdig. Brechen wir ab, lassen wir die Sache vorläufig beim alten. Muß etwas geschehen, so wird die Zeit lehren, was."

Eine Handbewegung verabschiedete Zuñiga, der mit der Empfindung ging, eine Niederlage erlitten zu haben, und statt vorwärts in des Kaisers Gunst eher zurückgekommen zu sein.

In Karls Herzen erregte der Gedanke, daß es vielleicht bald notwendig werden könne, sich von dem holden Mädchen zu trennen, die lebhafteste Sehnsucht, Viola wiederzusehen. Einige Zeit unterbrückte er dieses Verlangen; dann erschien es ihm thöricht, sich eine Beschränkung aufzuerlegen. Stand es nicht in seinem alleinigen Belieben, zu thun und zu lassen, was er wollte? Beglückte er das Mädchen nicht ebensosehr wie sich selbst? Und so befahl er eines Nachmittags seinen Kämmerer Zuñiga wiederum zu dem üblichen Spaziergang im Park.

Esteban triumphierte, als dieser erwünschte Befehl ihm überbracht wurde. Also war der Kaiser noch immer verliebt in die Kleine, und er sollte wieder zu Gnaden an-

genommen werden. Um so besser! So wurde seine Bei-
hilfe zu der klug eingefädelten Intrigue wieder notwendig.
Er wollte gewiß das Seinige thun, damit es noch lange
so bleibe.

Sogleich rief er Paquita herbei, die hier, wie in
Brüssel, mit seiner Bedienung beauftragt war. „Geh ins
Waldhaus, Alte," sagte er zu der demütig Aufhorchenden,
„und bestelle, daß ich diesen Nachmittag, wenn der Doktor
gegangen ist, kommen werde!"

„O mein goldenes Herrchen, das ist aber recht —
sehr recht!" rief die Vertraute freudig und hob die Hände.
„Wird mein armes Lämmchen, das fast vor Sehnsucht nach
dem schönen Herrn verging, glückselig sein, wenn der Herz-
allerliebste sich endlich einmal wieder bei ihr sehen läßt!" —

Karl schritt unter so erwartungsvollem Herzklopfen,
als gehe er zum erstenmal diesen Weg, am Nachmittage
mit Zuñiga durch den Park. Seine Verstimmung gegen
den Kammerherrn war verflogen, freudige Gefühle, ja
eine Art Dankbarkeit gegen den gefälligen Begleiter
herrschten wieder in ihm vor.

Rührend war der Jubel, mit dem Viola dem Geliebten entgegenflog. Sie schluchzte vor Seligkeit an seinem
Halse: „Hab' ich dich wieder, mein Esteban — o mein
Esteban! Ich bangte so. Ich fürchtete, es habe dich ge-
kränkt, daß ich dich damals festgehalten, daß André dich
beinahe getroffen hätte. O, ich will es nicht wieder thun!
Du allein sollst alles bestimmen. Du allein weißt, was
recht ist, was sein muß!"

Ihre Zärtlichkeit, ihre völlige Unterwerfung unter
seinen Willen gingen ihm zu Herzen, und er fühlte sich
wieder so wohl, so frei von allem Zwange, so beglückt
in ihrer Nähe, daß er jeden Gedanken an ein Abbrechen
dieses Verhältnisses weit von sich wies.

Fünfzehntes Kapitel.

Sobald das Frühjahr kam, mehrten sich die Anforderungen der Politik, und Karl wurde wieder von drängenden Geschäften in Anspruch genommen. In Valencia brachen neue Unruhen aus. Der Statthalter sah sich bedroht und forderte Unterstützung. Nach einigen Monaten wurden die Ruhestörer unterworfen, und es fanden viele Verhaftungen statt.

Wiederum gab es eine Menge hochnotpeinlicher Halsgerichte, Hinrichtungen und Güterkonfiskationen. Man schätzte den Besitz der seit Karls Rückkehr nach Spanien also gestraften dreihundert Personen auf zwei Millionen Dukaten. Der Kaiser hielt sich vollauf berechtigt zu solch hartem Verfahren. Er sah in jeder Auflehnung gegen sein Regiment ein unverzeihliches Vergehen gegen die göttliche Ordnung.

Daneben herrschte in Karls Kronkasse beständige Geldnot. Die Anforderungen waren zu vielseitig. So hatte die unnachsichtige Züchtigung der Comuneros zugleich einen großen Gewinn für den Staatssäckel bedeutet.

Da der Kaiser sich Frankreich gegenüber siegreich sah, fing sein Verhältnis zu England an, sich zu lockern. Seine paktierte und beschworene Verlobung mit der englischen Prinzessin, die noch im Kindesalter stand, begann dem jungen Kaiser lästig zu werden. Die Notwendigkeit einer baldigen Vermählung aber war nicht mehr abzuweisen. Sie wurde von den Cortes und dem ganzen Lande gewünscht, bedeutete sie doch eine Sicherung der Dynastie. Die Verbindung mit Maria von England war aber noch auf Jahre hinaus unmöglich.

So traten andere Pläne in den Vordergrund des Interesses und der Ueberlegung, die Karl allerdings immer noch abwies und hinausschob.

Eine erſchreckende Nachricht war eingelaufen. Die Türken rüſteten und bedrohten die Inſel Rhobus, das in der Hand der tapferen Johanniterritter ſtark befeſtigte Vorwerk zum Schutze Italiens gegen die Ungläubigen. Zugleich erſchienen die Grenzen Ungarns, deſſen König mit Maria, der Schweſter des Kaiſers, vermählt war, und ſeines kaiſerlichen Bruders Ferdinand Lande von einem neuen Türkenzuge, der größten Plage des chriſtlichen Euro= pas, bedroht zu ſein.

Ein Abgeſandter Villiers', des Großmeiſters von Rho= bus, wurde durch den Kanzler Gattinara beim Kaiſer ein= geführt.

„Ich komme, Eure Majeſtät um gnädige Unterſtützung in unſerer Not zu bitten," ſprach der Johanniter und ließ ſich vor dem Monarchen auf ein Knie nieder.

„Erhebt Euch, Ritter, und erzählt!" rief Karl, huld= voll dem jungen Manne die Hand zum Kuſſe reichend. „Wie ſteht's mit Eurer Angelegenheit, von der Wir nur ungenau Beſcheid hörten?"

Der Abgeſandte begann: „Eure Majeſtät wiſſen, daß Sultan Soliman ſich Semlins, Belgrads und der an= deren Plätze bemächtigt hat, die Ungarn an der unteren Donau decken. Jetzt wirft er ſein gieriges Auge auf Rhobus. Unſere wohlbefeſtigte Inſel bildet das Haupt= bollwerk der Chriſtenheit gegen die Ungläubigen."

„Ja," warf Gattinara ein, „ſolange Rhobus mit den benachbarten kleinen Eilanden vom Orden gehalten wird, hemmen ſie die türkiſche Seemacht und den tür= kiſchen Handel, den Verkehr Konſtantinopels mit Syrien und Aegypten, kurz, das Vordringen der Osmanen nach dem chriſtlichen Weſten."

„Wir haben," fuhr der Johanniter auf Karls Wink fort, „unſer möglichſtes gethan, die türkiſche Schiffahrt zu ſchädigen, auch Kriegszüge nach türkiſchen Küſten unter=

nommen. Unſere Inſel iſt trefflich befeſtigt und wird ſich
eine Zeitlang halten können; allein die Gefahr, die ihr
droht, iſt ungeheuer. Soliman hat unſerem Großmeiſter
den Krieg erklärt und ſetzt ſich jetzt mit einer Flotte von
dreihundert Schiffen und einem Landungsheere von hun=
derttauſend Mann gegen Rhodus in Bewegung. Sogleich
ſind an die Fürſten der Chriſtenheit Boten hinausgeſandt
worden, um Hilfe in unſerer Bedrängnis zu erflehen. Mir
aber iſt die hohe Ehre zu teil geworden, dem erſten Herrſcher
des Occidents, Eurer erhabenen Majeſtät, unſeren Not=
ſchrei zu überbringen. Von ganzem Herzen hoffe ich, es
möge nicht vergebens ſein!" Und wiederum warf er ſich
Karl zu Füßen.

Tief erſchüttert hob der junge Monarch den Bittenden
auf und ſprach: „Seit meiner früheſten Jugend habe ich
immer das Verlangen empfunden, gegen die Ungläubigen,
dieſe Peſt Europas, zu kämpfen. Es hieße dies dem Stande
und der Würde des Kaiſers genügen, des Herrſchers,
in deſſen Landen die Sonne nicht untergeht. Ich ſtehe
da als Haupt und Beſchützer unſerer chriſtlichen Religion,
wozu mich Gott durch ſeine Gnade berufen hat. Es liegt
viel auf mir, aber dennoch erkenne ich es als meine Pflicht,
dem gefährdeten Rhodus eine Flotte zur Hilfe zu ſenden."

Unter heißen Danksworten verabſchiedete ſich der
Ritter. Karl blieb mit ſeinem Großkanzler allein. Er=
regt und nachſinnend ſchritt der kaiſerliche Herr mit auf
den Rücken gelegten Händen auf und ab. Gattinara
wagte dieſen Augenblick der Sammlung ſeines Gebieters
nach der gewaltigen Gemütsbewegung nicht zu ſtören.

Endlich blieb Karl ſtehen und ſprach: „Ich werde mei=
nen Vizekönigen in Neapel und Sicilien Befehle zugehen
laſſen, in größter Eile den Großmeiſter mit Leuten und
Lebensmitteln zu unterſtützen. An den heiligen Vater
will ich ſchreiben, die Schätze der Kirche dem großen Zwecke

zu opfern. Die deutſchen Fürſten müſſen Ungarn vertei-
bigen. Die Gefahr, die von dort droht, iſt furchtbar!"

„Eure Majeſtät haben recht!" rief Gattinara gleichfalls
erſchüttert. „Wenn Rhobus, dieſe Vormauer der Chriſtenheit, den Ungläubigen in die Hände fiele, ſo könnten ſie
nach Belieben Sicilien, Neapel, die Länder der Kirche,
ganz Italien überſchwemmen. Unterläge ihnen Ungarn,
das ſchon geſchwächt und faſt zerſtört iſt, ſo würde der
Ruin der ganzen Chriſtenheit drohen."

„Ich muß gegen die Feinde unſeres heiligen Glaubens
kämpfen!" rief Karl begeiſtert.

Der ältere Kanzler, mit allen Verhältniſſen der weiten
Reiche Karls genau vertraut, begann jetzt, die Lage der
Dinge und der gegebenen Verhältniſſe zu erwägen.

„Eure Majeſtät gebrauchen monatlich ſiebzigtauſend
Dukaten für die Armee gegen Frankreich, die man noch
nicht ſchwächen darf. Aus den Niederlanden von der
Frau Oberſtatthalterin und von Eurer Majeſtät erlauchtem
Bruder aus Oeſterreich kommen dringende, kaum abzu-
weiſende Bitten um Geld. Der Armee hier in Spanien
war man für ein Jahr den Sold ſchuldig. Die Unterwerfung der Provinzen hat viel gekoſtet, und der Hofhalt
braucht große Summen. Woher alſo die Mittel zur Aus-
rüſtung der Flotte in Genua nehmen?"

„Sind die Güter der geſtraften Uebelthäter — jener,
die den Comuneros zuneigten — ſchon verbraucht? Iſt
die Staatskaſſe wieder erſchöpft?"

Der Großkanzler zuckte die Schultern. „Eure Majeſtät werden die Abrechnung der Kanzliſten zur Durchſicht
vorgelegt erhalten. Verſchwendet iſt nichts, alles nach
meines gnädigen Herrn Befehl verwendet."

„Und wißt Ihr keinen Rat, Ihr erfinderiſcher Helfer
in allen Verlegenheiten?"

Gattinara zauderte. Ja, er hatte bereits hilfreiche

Vorschläge in seinem feinen Kopfe hin und her gewälzt, es waren aber Maßregeln, Entschließungen, die einesteils neue unabsehbare Verfolgungen und Schrecken in Spanien entfesseln mußten, andernteils den Neigungen des jungen Fürsten vielleicht einen ärgerlichen Zwang auferlegen würden. Seine beiden Vorschläge waren nicht neu, sondern bereits mehrfach zur Sprache gekommen, erwogen und verworfen oder verschoben worden. So sagte er in vorsichtig tastender Weise, daß er sich erlauben möchte, auf zwei ältere Gedanken zurückzugreifen. Als der Kaiser ihn noch einmal zum Reden aufforderte, sprach er lebhaft:

„Um den Islam zu bekämpfen, bietet sich hier in Eurer Majestät Land und Nähe eine Gelegenheit, die zugleich auch Mittel darbieten würde, alle Anforderungen von außen zu decken."

„Ah, ich weiß, was Ihr meint!" rief Karl unmutig.

„Ja, ich meine eine endliche Bekehrung der Mauren in den südlichen Provinzen Spaniens. Ist es nicht eine Schmach, unter eines christlichen Königs Regiment diese Ungläubigen zu dulden?"

Karl ging ungern auf den Plan ein. Neue Verfolgung seiner Unterthanen, eine neue Bahn voll Blut und Schrecken that sich vor seinem inneren Auge auf. Er zauderte, seine Zustimmung zu des Großkanzlers Rat zu geben, allein die ins Feld geführten Gründe waren die wirksamsten, die es für ihn gab.

Gattinara begann nun noch einmal die Vorteile, die Notwendigkeit und die Verdienstlichkeit einer Verfolgung des Islams, wo er sich auch finde, darzulegen, so daß der junge Monarch, verlangend nach großen Mitteln zur Verfolgung aller seiner Zwecke, endlich seine Zustimmung zu des Ratgebers Plänen diesem nicht länger vorenthielt.

Nach einer ernsten Erwägung der zu treffenden Maßregeln fuhr Karl fort:

„Ihr spracht von zwei hilfreichen Einfällen, Groß=
kanzler; was ist Euer anderer Gedanke?"

„Die baldige und vorteilhafte Vermählung Eurer
Majestät."

„Wieder einmal!" Es lag viel Abweisendes im Ton.

Doch der Vertraute begann: „Mein hoher Herr weiß,
wie lange Portugal schon nach einer ehrenvollen Verbin=
dung mit Eurer Majestät Hause strebt. Eure ältere
Schwester, die Königin Eleonore, hat ihren Oheim und
Gemahl Emanuel von Portugal nach kurzer kinderloser
Ehe verloren, und ihr ältester Stiefsohn hat als Johann
der Dritte den portugiesischen Thron bestiegen. Daß
schon seit längerer Zeit der Vorschlag schwebt, Eure
Majestät möge sich mit der Prinzessin Isabel, der
Schwester Johanns, verbinden, ist eine bekannte That=
sache. Kürzlich deutete uns der portugiesische Gesandte
an, Dom Johann habe ein Bild der Infantin Katharina
gesehen, sei hochentzückt und bereit, falls eine Doppel=
verbindung zu stande käme, seinerseits die günstigen
Bedingungen für den hiesigen Hof zu erhöhen. König
Johann ist bereit, aus seinen reichen Mitteln die Schwester
mit achthunderttausend Dukaten auszustatten und auf
eine Mitgift für die Infantin Katharina völlig zu ver=
zichten."

„Allerdings ein doppelter Vorteil! — Gattinara, die
Sache ist ernstlich zu überlegen." Zaudernd und stoßweise
fügte er hinzu: „Ich bin nicht abgeneigt — auf diese Vor=
schläge des benachbarten und befreundeten Hofes einzu=
gehen. Sagt dies dem portugiesischen Gesandten. — Und
ist eine Vorauszahlung der halben Mitgift zu erlangen,
so soll diese Summe sogleich zur Abwehr der türkischen
Uebergriffe und zur Verteidigung der Christenheit gegen
den Erbfeind verwendet werden."

So schloß diese wichtige Unterredung und eröffnete die

Aussicht, des Kaisers Weltstellung zu wahren und scharf gegen den Islam vorgehen zu können.

Der nächste Schritt war, daß der Kaiser eine große Consulta zusammenberief. Die Räte von Kastilien und Aragon und alle namhaften Männer, die mit den Verhältnissen der Provinzen, in denen Mauren lebten, vertraut waren, mußten sich zu einer feierlichen Beratung versammeln. Nach wochenlangen Zusammenkünften unter Gattinaras Vorsitz gelangte man trotz einiger Widersprüche und Warnungen zu dem Beschluß, daß die Mauren zu taufen und ihres eigenen Seelenheiles wegen verpflichtet seien, den christlichen Glauben anzunehmen.

Dann erschien auch der Kaiser mit großem Pomp in der Consulta. Er belobte der Versammlung glaubenstreues Verhalten und ließ ein Schreiben verlesen, in welchem er seinen königlichen Willen den in Spanien lebenden Mauren ankündigte.

Als sich noch einmal die bittende und warnende Stimme eines der Räte, der vorhersah, wieviel Verwirrung und Elend aus der neuen Verordnung entstehen würden, für die gehorsamen und fleißigen Unterthanen, die Mauren, erhob und auf die Schwierigkeiten hinwies, die infolge harter Maßregeln entstehen würden, rief Karl:

„Große Dinge und Thaten sind immer mit großen Schwierigkeiten verbunden. Wehe dem Fürsten, der sich dadurch abschrecken läßt! Nicht besser kann ich Gott für die großen Wohlthaten danken, die er mir durch meine Waffenerfolge gegen Frankreich erwiesen hat, als indem ich sein Reich in meinem Lande ausbreite!"

Dann entbrannte ein eifriger Verfolgungskampf gegen die Mauren. Unnachsichtig wurde Hab und Gut derer eingezogen, die sich nicht taufen und bekehren ließen. Scharen flüchteten in die Berge. Das Land, dem viele fleißige Hände entzogen wurden, veröbete. Große Sum-

men flossen allerdings in die Staatskasse, doch glichen diese
Einnahmen einem den Besitz zerstörenden Raubbau, einem
Zehren vom Kapitale.

Das Projekt der Doppelheirat wurde mittlerweile weiter
erwogen und langsam gefördert. Karl vermochte seiner
Natur nach nur vorsichtig und am liebsten auf den krum=
men Pfaden zögernder Intrigue vorzugehen. Außerdem
widerstrebte in seinem Innern ein nicht zum Schweigen
zu bringendes Etwas jener neuen bindenden Pflicht, denn
die Möglichkeit, sein Verhältnis zu Viola, wenn er ver=
mählt sein würde, fortzusetzen, lag außerhalb dem Be=
reich seiner Gedanken. Ihr Verlust wurde also vom
Tage seiner Heirat an unwiderruflich.

Er fragte sich oft, wenn er sehnenden Herzens zu ihr
ging oder erquickt und befreit von Seelenlasten und
Sorgen von ihr kam, wie es möglich sei, daß ihm —
ihm, dem Herrn der Christenheit, ein so unbedeutendes
Wesen derart am Herzen liegen könne. Allein nur bei
ihr konnte er scherzen und lachen. Nur bei ihr wurde er
für kurze erquickende Augenblicke ein junger froher Mensch.
Hier lag das Geheimnis seiner Liebe und seiner Anhäng=
lichkeit.

Ihre ihm neue, schlichte Häuslichkeit, ihre ihm un=
bekannten Beschäftigungen und vor allem die volle Un=
befangenheit und Zutraulichkeit ihres Tons gegen ihn
waren so reizvoll, so eigenartig für den unter steifen
Formen Aufgewachsenen, daß er schwer auf alles dies
verzichtete.

Indes es mußte sein. Karls Verstand erkannte klar,
wie sein Weg ihm vorgezeichnet sei, und keinen Augen=
blick die Bevorzugung seiner Lebensstellung vergessend,
sah er auch immer seine damit verbundenen Pflichten.
So wurden endlich in bündiger Weise die Ehepakten mit
dem portugiesischen Hofe über die Vermählung des Kaisers

und der Prinzeſſin Iſabel abgeſchloſſen und der Hochzeits=
tag beſtimmt.

Bezüglich der Gewährung der Hand Katharinas an
den König Johann wurde vorläufig noch nichts ausgemacht.
Karl rechnete auf noch mehr Entgegenkommen von portu=
gieſiſcher Seite, wenn er die Frage offen ließ. —

Niemand am Hofe wurde von dem Plan der portu=
gieſiſchen Doppelheirat tiefer berührt, als der Kammerherr
Eſteban de Zuñiga; er knirſchte und wütete im ſtillen.

Nicht allein, daß der Kaiſer ihn nach ſeiner Vermäh=
lung nicht mehr brauchte, ihn vielleicht abſchütteln würde,
wie das Mädchen auch. Ganz beſonders fühlte Don
Eſteban ſich von dem Gedanken ergriffen, daß man
Katharina verheiraten wollte. Sie als Königin von Por=
tugal — fort von hier und ihm unerreichbar — das war
eine Ausſicht, die den Leidenſchaftlichen zu vernichten
drohte.

Gegen des Kaiſers Eheprojekt vermochte er nichts zu
unternehmen, allein Katharinas Geſchick konnte er vielleicht
noch beeinfluſſen. Ihre Vermählung war noch nicht be=
ſchloſſen, er mußte alles daran ſetzen, ſie zu hintertreiben.
Sollte ſich dazu nicht durch irgend eine Intrige die Mög=
lichkeit bieten?

Die Infantin war unvorſichtig, er wollte ſcharf auf=
paſſen, ſein Spionierſyſtem verſchärfen, und ſobald ſich
etwas wie eine Anklage, ein Schatten auf ihrem Wandel
fand, ſollte König Johann benachrichtigt werden. So
diente er, von zwieſpältigen Gefühlen getrieben, zugleich
ſeiner Rache gegen ſie und ſeiner Liebe für ſie.

In feierlicher Weiſe ſollte des Kaiſers Braut von den
Herzogen von Kalabrien und Bejar und dem Erzbiſchof
von Toledo an der Grenze in Empfang genommen und
nach Sevilla geleitet werden, wo Karl ſie erwarten wollte
und die Hochzeitsfeierlichkeiten ſtattfinden ſollten.

Katharina würde den Bruder nicht begleiten. Erſt
wenn der Kaiſer mit ſeiner jungen Gemahlin nach Valla=
dolid zurückkehrte und hier die Feſte für die Kaiſerin ge=
geben ſein würden, ſollte Dom Johann auf Brautſchau
kommen.

Gattinara war mit ſeinem Gebieter derſelben Anſicht,
daß erſt dann Katharina mehr in den Vordergrund treten
ſolle, und daß wenn ſie, wie nicht zu bezweifeln, großen
Eindruck auf den Bewerber machte, beſonders günſtige
Bedingungen von ihm zu erlangen ſein würden.

———   ———   ———   ———   ———

Es war alles zu des Kaiſers morgender Abreiſe nach
Sevilla vorbereitet, als er ſich entſchloß, Viola noch ein=
mal aufzuſuchen. Wenn er auch nicht geradezu Abſchied
nehmen wollte — er fühlte keinen rechten Mut dazu in ſich
— ſo mußte er ſie doch zum letztenmal ans Herz drücken.

Kam er dann vermählt zurück, ſo wollte er André
Veſalius unter günſtigen und ehrenvollen Bedingungen
baldmöglichſt nach den Niederlanden heimſchicken. Ein
paſſender Vorwand würde ſich finden laſſen.

Er hatte dieſe Maßregel im Drange der Geſchäfte ver=
ſchoben, ſich vielleicht kein rechtes Herz dazu faſſen können,
nachher aber ſollte es auf alle Fälle geſchehen. Das gab
dann ein entſchiedenes Abbrechen aller Beziehungen und
jeder ſpäteren Möglichkeit unliebſamer Berührungen. Viola
mußte und würde ſich in das Unabänderliche finden.

Karl war während der letzten Verhandlungen und
Reiſebeſtimmungen nicht bei der Geliebten geweſen. Er
fühlte indes, als er jetzt, von Zuñiga begleitet, durch die
Schattengänge des Parkes ſchritt, daß ſie noch dieſelbe
Anziehungskraft für ihn beſaß, wie ſeither, und daß ſein
Herz ihr lebhaft entgegenſchlug.

Seine Braut hatte er nur im Bilde geſehen und nichts
dabei empfunden. Sie ſollte ohne Tadel ſein. Für ihn

war dieſe Heirat eine notwendige Staatsaktion, nicht viel
mehr als eine politiſche Abmachung, die eben erfolgen
mußte.

Jetzt hielt er alle ſeine Gedanken nur auf das lieb=
liche Kind gerichtet, das, wie er wußte, täglich voll Sehn=
ſucht nach ihm ausſah, das nichts von ſeiner Majeſtät
ahnte und doch nur für ihn lebte.

Als er nun endlich wieder in ihr beſcheidenes Stübchen
trat, in dem er ſo viele glückliche Stunden an ihrer Seite
genoſſen hatte, mit welchem Frohlocken und Aufſtrahlen
von Freude flog ſie ihm da entgegen!

„O, biſt du da, mein Eſteban? Dank der Madonna,
ſie ſchenkt dich mir!" Sie klammerte ſich an ihn mit
freudebebenden Händen, er fühlte ihr Herz pochen, ſah,
wie ihr Atem flog, wie ihre Wangen im inneren Feuer
der Glückſeligkeit glühten, ihre Augen hell erglänzten, und
wußte doch, es iſt aus, es muß zu Ende ſein.

Faſt überwältigte dieſer Gedanke den Mann mit dem
Herzen von Eis, das ſich bei allen Pflichten und Thaten
des Regenten niemals rührte. Jetzt ſchlug es warm und
zärtlich, und dies Gefühl von Wärme that ihm wohl.

Nach dem erſten Sturm des Wiederſehens begann er von
ſeiner bevorſtehenden Abreiſe mit dem Kaiſer zu ſprechen.

„Ach, ich weiß," ſagte ſie traurig, „er läßt dich ja
nicht von ſich. Wie gut begreife ich's, daß er dich immer
bei ſich haben will. Paquita erzählte mir von den großen
Vorbereitungen zur Hochzeitsreiſe des kaiſerlichen Herrn.
Sie meinte, du würdeſt wohl ſehr beſchäftigt ſein, du wärſt
immer ſehr eilig."

„Ja, ja, es gab eine Menge einzurichten und zu be=
denken."

„Mir war ſo bang. Ich fürchtete, du könnteſt ab=
reiſen, ohne noch ein Stündchen für mich zu finden. Und
dann hätte ich dich ſo lange, lange nicht geſehen!"

„Das wird vermutlich jetzt der Fall ſein."

„Wie habe ich mich nach dir geſehnt! Wie ſchleicht
die Zeit träge dahin, wenn ein Tag nach dem anderen
verrinnt, ohne dich mir zu bringen! Und dann, Eſteban,
dann quält Reue dein armes Kind, denkt es an den
Bruder. André iſt ſo redlich, ſo arglos. Und ich, ich
betrüge ihn!" Sie vergrub das Geſicht in den Händen.

„Was iſt da zu thun?"

„Möchteſt du dich nicht endlich ihm entdecken?"
Flehen und Hoffen glänzte aus ihren feuchten Blicken.

„Es kann nicht ſein," ſagte er beſtimmten, aber weichen
Tons. „Setze dich hierher zu meinen Füßen, wie du oft
geſeſſen haſt, ſo noch einmal. Und dann ſei verſtändig,
Kleine, und höre mich an. Es ſteht nicht in meiner
Macht, das Glück unſerer Liebe zu verlängern."

„Ich verſtehe dich nicht!" rief ſie angſtvoll.

„So höre alles. Meine Stellung verbietet eine Heirat.
Wir müſſen uns trennen."

Viola ſchrie auf: „Uns trennen! Wie — was —
wer hat es geboten? — O, o, er liebt mich nicht mehr!"
Sie fuhr empor und rang die Hände.

„Bei allen Heiligen, Viola, es wird mir ſchwer!"

„Wer will uns voneinander reißen — iſt es der Kaiſer?"

„Ja, es iſt der Kaiſer."

„Iſt er ſo hart? André ſpricht immer mit Verehrung
von ſeinem hohen Herrn. Laß uns einen Fußfall vor
ihm thun, ihn zu erweichen!"

„Man muß Unabänderliches ertragen."

Er war aufgeſtanden, er mußte ein Ende machen und
wollte gehen. Sie warf ſich an ſeine Bruſt, ſie hängte
ſich an ihn, ſie küßte ſeine Kleider, ſeine Schulter, ſie
flehte ihn an, ſie nicht zu verlaſſen, ſie nicht in ſchwarze
Nacht hinauszuſtoßen.

Sie that ihm mehr leid, als er ſich's geſtehen mochte.

Doch es half nichts, er mußte feſt bleiben. So ſagte er ihr noch einmal, doch unter Liebkoſungen, daß der Kaiſer ihrem Verhältnis feindlich geſinnt ſei, und dann riß er ſich los und eilte hinaus.

Er fühlte, wie ihm die Augen feucht geworden waren bei ihrem Jammer, ihm, der ſeit frühen Kinderjahren keine Weichheit mehr gekannt hatte. Es kam ihm vor wie ein Abſchied von ſeiner Jugend, von allen ſchönen Illu= ſionen des Lebens.

Schweigſam, benommen von finſterer Niedergeſchlagen= heit ſchritt er ſeinem ſtolzen Palaſte und einer liebeleeren Zukunft entgegen. —

Viola war wie vernichtet zurückgeblieben.

Aber es konnte ja nicht ſein! Es war ja nicht mög= lich! Welche Grauſamkeit, ſie voneinander zu reißen! Er hatte doch auch geſagt, daß es ihm ſchwer werde, ſich von ihr zu trennen; weshalb ſich dann dem harten Willen des Kaiſers unterwerfen?

Während ſie noch grübelte, verzagte und zweifelte, trat ihre alte Freundin Paquita zu ihr ein.

Viola ſtürzte ihr händeringend entgegen. „Mutter — Mutter — er will mich verlaſſen!"

„Still, ſtill, Kindchen, nach einigen Wochen kommt er mit ſeinem hohen Herrn zurück."

„O, und wenn auch, Paquita, er muß mich aufgeben — mich laſſen — er kann nicht bei André um mich werben, der Kaiſer will es nicht."

Die weltkluge Matrone hatte eine Vermählung ihres ſtolzen Don Eſteban mit der Kleinen im ſtillen immer bezweifelt. Allein daß er das reizende Kind ſo mit einem= mal losließ, das empörte ſie, und ſie begriff es bei der Liebe für ihr Herzblättchen nicht.

Als nun das Mädchen erzählte und ſchilderte, wie be= trübt und wie zärtlich er beim Abſchiede geweſen ſei, wie

heiß er ſie umfaßt und wie vielmals geküßt und wie ſchwer
er ſich losgeriſſen habe, begann Paquita ſelbſt zu glauben,
daß der Kaiſer im Spiele ſein müſſe. Sie warf einen
liebevollen Blick auf ihren Schützling. Ach, wie hübſch
war doch das ſüße Engelchen ſogar in ſeiner Niedergeſchlagenheit! Wenn die ſo recht beweglich flehte, mochte
ſelbſt Kaiſer Karl ihr nicht widerſtehen können und ſie
durch ſeine Einwilligung zu ihrem Bunde mit dem edlen
Don Zuñiga glücklich machen.

Als die Beſchließerin in ihren Ueberlegungen ſo weit
gekommen war, hörte ſie Viola mit thränenerſtickter Stimme
fragen: „Was meint Ihr, Paquita, könnte ich nicht ver-
ſuchen, den geſtrengen Herrn Kaiſer zu ſehen und um
Gnade zu bitten?"

Der Schloßdienerin war ja faſt derſelbe Gedanke gekommen, und ſie redete ihrem Liebling tröſtlich zu: „Das
muß ſich, wenn der hohe Herr von ſeiner Reiſe zur Hochzeit heimkehrt, einrichten laſſen, mein Schäfchen. Er iſt
dann gewiß recht ſanftmütig und freundlich für Liebesleute geſinnt, und was ich thun kann, meinem armen
Täubchen zu helfen, ſoll gewiß geſchehen."

Viola fiel der troſtreichen Freundin um den Hals und
fing wieder an zu hoffen.

Sechzehntes Kapitel.

Unter nie geſehenem Pomp wurde in Sevilla, der
Hauptſtadt des ſchönen Andaluſiens, die Hochzeit Kaiſer
Karls mit der portugieſiſchen Infantin Doña Iſabel ge-
feiert.

Hier, wo alle Reichtümer der neuentdeckten Hemiſphäre
auf dem Guadalquivir bis dicht an die Stadt heran-
geführt wurden, wo die Reize des Südens ſich mit der
Pracht einten, die Menſchenhände ſchaffen können, denen

ungezählte Schätze zu Gebote stehen, und wo die Großen
des Landes sich überboten, die ihnen erzeigte Ehre ge-
bührend zu würdigen, fand eine Reihe von Festen statt,
die ihresgleichen suchten.

Mit Würde und Hoheit mußte Karl die große Rolle
zu spielen, die ihm oblag. Die Zwiespältigkeit seiner
Natur empfand er indes auch hier.

Es würde ihn empört haben, hätte man ihn weniger
gefeiert. In der innersten Seele aber ließ ihn das ganze
Erlebnis kühl, ja widerte ihn an und reizte seine Un-
geduld.

Das Widerspruchsvolle in Karls Wesen trat auch in
dem Gefühl für seine junge Gemahlin hervor. Isabel
war durch und durch Prinzessin, Fürstin und befriedigte
darin alle seine Ansprüche. Seine Berichterstatter hatten
nicht zu viel gesagt, wenn sie ihr Auftreten tadellos nannten.
Sie war nicht imposant und stattlich, aber von anmutiger
Würde.

Ihr reger Geist, ihr Interesse für Staatsgeschäfte
waren dem ihres Gatten so ähnlich, daß man ein be-
glückendes Zusammengehen hätte annehmen sollen.

Allein der Verkehr mit ihr erschien Karl bald an-
strengend. Sie besaß nicht das Talent, Behagen zu ver-
breiten, und er konnte nie bei ihr ausruhen. Sie hatte
nichts Weiches, Anschmiegendes, sie war zu viel Kaiserin,
zu wenig Weib. Er fühlte sich immer von ihr erregt und
gereizt, sie ermüdete ihn; allein in Formen und Etikette,
in der Behandlung ihrer Umgebung erschien sie vollkommen.

So konnte Karl nicht umhin, sie zu schätzen und sich
zu seiner Wahl zu beglückwünschen, wenn auch sein Herz
darbte, und er sich sagen mußte, daß er nun für alle Zeit
auf einer kahlen, zugigen Höhe frierend allein stehen
werde.

Nach einer Reihe ausgesuchter Festlichkeiten in Sevilla begab sich der Hof noch nach Cordova und Granada, wo das junge Kaiserpaar in ähnlicher Weise gefeiert wurde. Ermüdet und verstimmt langte Karl endlich nach längerer Abwesenheit mit Gemahlin und Gefolge wieder in Valladolid an.

Allein dieselben Forderungen seiner hohen Stellung drängten sich ihm auch hier wieder auf. Er erkannte es als schicklich und notwendig, jetzt einige Feste zu geben, damit der Adel Kastiliens, sowie seine ersten Beamten Gelegenheit fänden, ihre junge Kaiserin zu sehen und ihr in angemessener Weise zu huldigen.

So beratschlagte Karl gleich in den ersten Tagen nach der Heimkehr mit seinem Oberhofmeister, welche Art von Feier man wählen könne, um etwas Besonderes darzubieten. Nach längeren Erwägungen kam man überein, eine großartige Festlichkeit zu veranstalten, wie man ähnliche an König Heinrichs Hof in England gesehen hatte.

Ein Maskenspiel mit glänzenden Aufzügen war für Karl in London gegeben worden und hatte ihm und seinem Gefolge sehr gefallen. Die Teilnehmer waren mit der Larve vor dem Gesicht, verkleidet oder in ihrem besten Putz erschienen. In Italien liebte man solchen Mummenschanz, von dort war die Mode herübergekommen und hatte an Heinrichs üppigem, prunkliebendem Hofe sich bald eingebürgert. Etwas Derartiges sollte es also sein, und große Vorbereitungen wurden sogleich getroffen.

Die Idee war, daß die Kaiserin auf dem Throne, umgeben von ihrem glänzenden Hofstaat, die huldigenden Aufzüge, Tänze und Ansprachen aller unter ihrem Scepter vereinigten Korporationen und Völkerschaften in deren feierlichem Amtsschmuck oder in der bunten Verschiedenheit ihrer Nationaltrachten entgegennehmen solle.

Um seiner Gemahlin die volle Ehre zu lassen, viel-

leicht auch um sich freier zu bewegen, wollte Karl dabei
den Thron nicht mit ihr teilen, sondern nur einen Ca=
ballero aus ihrem Gefolge darstellen.

Alle die Kaiserin umgebenden Damen sollten mas=
kiert sein, nur sie selbst nicht, damit sich aller Blicke nur
auf sie, die Sonne am Himmel des kaiserlichen Hofes,
richten möchten.

Die Kunde von diesem großartigen Festplan durcheilte
alsbald Schloß, Stadt und die ganze Provinz und setzte
Hunderte von Händen zu fleißiger Vorbereitung des Außer=
ordentlichen in Bewegung.

Paquita lief zu ihrer kleinen betrübten Viola.

„Nun wird sich's gut für Euch schicken, mein Gold=
töchterchen!" rief sie. „Jetzt könnt Ihr auf einem präch=
tigen Fest an des Kaisers Majestät herankommen! Euer
Herr Bruder, der berühmte Leibarzt, findet natürlich mit
den Seinen Zulaß. Wir machen Euch recht schön; Ihr
besucht auch einmal unser Schloß, seht allerlei Herrliches,
und die Gelegenheit wird sich finden, Euren Fußfall zu
thun und Euch den lieben Don Esteban von des Kaisers
Gnade zu erbitten."

Violas Augen weiteten sich, als sie diesen kühnen
Plan hörte. Dann regte sich ihre Schüchternheit. Ach,
sie war ja ganz weltfremd. Wie durfte sie sich ins Schloß
und in die vornehme Versammlung hineinwagen? Und
nun gar mit einem so kecken Vorsatz. Den Kaiser an=
sprechen! Wieder stand der gewaltige Mann, den sie in
Brüssel auf dem großen Schimmel gesehen hatte, in seinem
roten, goldbetreßten Kleide, den Stock wie ein Scepter
schwingend, vor ihrem inneren Auge. Der würde sie
vernichten, zertreten, wie sollte sie sich an den heranwagen?

Zitternd sagte sie: „O beste Paquita, mir fehlt der Mut."

„Für Eure Liebe müßt Ihr Euch aus einem Häschen
in eine Löwin verwandeln!"

„Ach ja, aber wie fange ich's nur an?"

„Seid tapfer, ich bleibe in Eurer Nähe und helfe Euch,
wie ich kann."

„Wird Eſteban es wollen, wird er es mir erlauben?"

Paquita verſprach, ihn zu fragen. Sie hütete ſich
aber wohl, dies Verſprechen zu erfüllen. Schon ein paar=
mal hatte ſie nach Don Zuñigas Heimkehr im Gefolge
des Kaiſers verſucht, ihrem jungen Herrn von Violas
Sehnſucht und Kummer zu ſprechen, war aber übel damit
gefahren.

„Laß mich mit der Liebesgeſchichte in Ruhe!" hatte
er ſie angeſchrieen, und dann ein anderes Mal: „Seine
Majeſtät der Kaiſer würde das niemals geſtatten!"

„Und wenn er's nun doch thäte?"

„Frag ihn gefälligſt, was er ſagt," hatte der Käm=
merer auflachend geantwortet.

Wenn das nun geſchah, und wenn der hohe Herr ſich
gnädiger bezeigte, als Don Eſteban annahm? Dann war
doch beiden Liebesleuten geholfen. Ja, ja, die ſchlaue
Paquita war zugleich zäh und mußte durchzuſetzen, was
ſie wollte.

Gelang es nur, den Kaiſer für Viola zu gewinnen,
wollte der ihre Heirat, was der Vermittlerin immer wahr=
ſcheinlicher vorkam, ſo würde Don Eſteban gewiß froh
ſein, das ſüße Ding zeitlebens ſein eigen nennen zu dürfen.

Als ſie einige Tage ſpäter ins Waldhaus kam und
Viola verſicherte, Don Eſteban ſei mit ihrem Plan, auf
dem Feſte den Kaiſer anzureden und die Gnade des alles
vermögenden Herrn für ihre Liebe anzuflehen, durchaus
einverſtanden, ja, er verſpreche ſich viel davon, wenn ſein
geſtrenger Herr ſie nur einmal ſähe, begann Violas ver=
zagtes Herz wieder mutiger zu ſchlagen.

Mit blühender, ſich ſelbſt mehr und mehr ſteigernder
Phantaſie wußte die lebhafte Spanierin allerlei Liebes

und Gutes zu beſtellen, das, weil es ihr Kindchen mit neuem Leben erfüllte, der Tröſterin recht und ſchön und endlich auch wahr erſchien.

„Aber woher nehme ich ein feſtliches Kleid?" fragte Viola, die ſich jetzt voll Hoffnung mit dem Vorhaben be= ſchäftigte.

Auch dafür wußte die hilfreiche Freundin Rat. Eines der Edelfräulein, dem die Anſtellige einen Dienſt geleiſtet — ſie war ja immer bereit, heimlicher Liebe beizuſtehen — hatte ihr voll Dankbarkeit ein hellblaues Seidengewand aus ihrer Garderobe geſchenkt, viel zu ſchön für ſie, aber gerade recht für ihr herzallerliebſtes Engelchen.

„Das wollen wir miteinander herrichten," ſagte Pa= quita eifrig; „ich verſtehe mich auf den Putz junger Mäd= chen, ſehe ich doch täglich im Schloß, wie ſich edle Damen ſchmücken."...

Der Tag des Feſtes kam heran, und nun lag es Viola noch ob, ihren Bruder zu bewegen, daß er ſie mitnehme. Sie wußte, daß es ſchwer ſein werde, ihn dazu zu be= ſtimmen. Und immer noch ſchwankte ſie und fragte ſich, wie ſie ſich André gegenüber verhalten ſolle. Durfte ſie ihm ihr Mitgehen als etwas ganz Harmloſes darſtellen?

O, er würde ja doch erfahren, welch Unterfangen ſie beabſichtigte. Er würde dann ihren heimlichen Liebes= handel durchſchauen, würde es vielleicht als Schmach und Schande für ſich anſehen, wenn ſie es wagte, einen Fuß= fall zu thun.

Welch ein Aufſehen das geben mochte! Ob ſie es trotz ihren heißen Wünſchen, trotz Eſtebans Zuſtimmung können würde? Ob ihr Kraft, Glieder, Stimme nicht im letzten Augenblick verſagten? Wenn ſie ſich vorſtellte: ſie unter vielen Menſchen, hundert Augen auf ſie gerichtet, ſo fühlte ſie, daß bei dem bloßen Gedanken ein lähmender Schwindel ſie befiel.

O dieſer Zweifel, dieſe Angſt und Pein! O Eſteban!
Was hatte ſeine Liebe über ſie gebracht! Und doch, wie=
viel mehr Glückſeligkeit als Kummer!

Ja, ſie wollte alles für ihre Liebe wagen! Alles! Nun
galt es zuerſt, ihren Bruder zu bereden. Warum ſollte ſie
unter ſeinem Schutze nicht einmal mit in die große Welt
gehen? Sie mußte, ſie wollte ſeine Einwilligung erringen.

Daß er hingehen müſſe, um im Zuge der Univerſität,
in beſonderem Ornat, vor dem Thron der Kaiſerin Iſabel
huldigend zu erſcheinen, hatte er ſchon unmutig erwähnt.

Morgen fand das Feſt ſtatt; Viola hatte bis jetzt in
großer Scheu mit ihrem Anliegen gezögert. Indes heute
abend noch mußte es gewagt werden.

In zu lebhafter Unruhe, um unthätig zu bleiben, hatte
ſie eben am ſonnigen Flußufer Blumen gepflückt und
ſtand nun an einem Tiſche auf der Hausterraſſe, um ſie
zu ordnen, da trat André zu ihr heran.

Viola fühlte, wie ſie bei ſeinem Anblick bis ins Herz
hinein erſchrak. Jetzt kam die Stunde, kein Aufſchub
mehr, jetzt mußte es ſein!

Ermüdet ſetzte Veſalius ſich an den Tiſch und ſpielte
zerſtreut mit einem Zweige.

„Antonio richtet das Abendeſſen,“ begann Viola ge=
preßt. „Ich holte die Blumen und dachte dabei, wie
herrlich morgen das Schloß zu dem großen Feſte bekränzt
ſein mag. O, wer das ſehen könnte!“

Veſalius lächelte, es war noch eben hell genug, daß
ſie es wahrnahm. „Kind,“ ſagte er müde, „ich glaube
kaum, daß man dort an Blumenſchmuck denkt. Marmor,
Vergoldung, Bildwerke und ſchöne Stoffe, venetianiſche
Spiegel und Lichterglanz werden den Schmuck für das
morgende Feſt abgeben.“

„Keine Blumen? Aber doch — es muß alles präch=
tig ſein —“

„Ich glaube kaum, daß dir der ſteife Pomp des Hofes gefallen würde. Das ganze Leben der Mächtigen dieſer Erde iſt von Formen und Rückſichten auf Schein und Außenſeite eingeengt. Sie leben im kahlen Prunkgemach, umweht vom giftigen Weihrauch der Schmeichelei; wogegen wir eine traute Häuslichkeit voll Blumenduft und Liebe unſer nennen können, uns auslebend in der uns von Gott gegebenen Weſenheit."

Sie verſtand ihn nicht ganz, hatte auch kaum recht zugehört, da all ihr Beſtreben darauf ging, wie ſie das angeſchlagene Thema feſthalten und verfolgen könne. So begann ſie hartnäckig aufs neue:

„O, ich möchte dies Feſt im Schloſſe gar zu gern ſehen! Denke nur, ich ſah ja deinen Kaiſer noch nicht einmal recht! Und nun gar die Kaiſerin! Bitte — bitte, lieber Bruder, nimm mich morgen doch mit dir!"

„Du in das Gewühl?" rief er unmutig.

„Bedenke meine Jugend, wie einſam ich hier lebe, und daß ich noch nie eine ſolche Feſtlichkeit ſah."

„Einem ſittigen Mädchen kann jenes thörichte Treiben keine Befriedigung gewähren."

„O, herzlieber Bruder, nur dies eine Mal!" Sie wagte es, ihn mit zitternden Händen zu ſtreicheln.

Er ſchob ſie von ſich und ſprach ernſt: „Möchteſt du es doch endlich erkennen, wie nur die Beſchränkung in der Häuslichkeit einem echten Weibe wohl anſteht. Welch vorübergehendes, oberflächliches Glück erringt die geputzte Schöne auf eitlen Feſten. Dich bald am eigenen Herde als Gattin eines treuen weiſen Mannes zu ſehen — du weißt, welch ein braver Jüngling um dich wirbt — das iſt und bleibt meines Herzens heißer Wunſch. Und daher, Kind, fürchte ich die Gefahren, die dir im gleißenden Feſtgepränge den reinen Sinn verwirren könnten."

Er hatte immer wärmer, immer herzlicher zu ihr gesprochen. Viola fühlte sich tief ergriffen. O, er hielt sie für gut und offen, und sie hatte ihn so schmählich betrogen und wollte nun noch weiter gehen in ihrer Lüge und wollte gar ein Aufsehen unter den Leuten machen, das ihm gewiß Verdruß bereiten würde. Sie war nahe daran, ihm alles zu gestehen, aber sie konnte, von Schluchzen geschüttelt, nicht sprechen. In einen Thränenstrom ausbrechend, warf sie sich an seine Brust.

Auch er wurde bewegt. Der Gedanke dämmerte ihm auf, daß er sie doch allzu einsam halte, sie zu sehr sich selbst überlasse, und daß ein so junges Geschöpf wohl andere Neigungen habe, anderes brauche, als ein Mann mitten in einem anstrengenden Beruf, dessen Gedanken von einem großen Interesse ausgefüllt wurden.

Mitleidig klopfte er ihr auf die Schulter und sagte: „Armes Ding, so leidenschaftlich ersehnst du dir das Fest?"

Sie hörte mit feinem Ohre heraus, daß sie gesiegt habe, daß er einwilligen und ihren Wunsch erfüllen werde, wenn sie standhaft blieb. Was würden auch Esteban und Paquita von ihr denken, wenn sie jetzt feige würde?

Sie richtete sich auf, bedeckte des Bruders Hand mit Küssen und stammelte: „O, wie bist du gut — so gut — du wirst mich mitnehmen! Bei deinen gütigen Worten erbebte mir das tiefste Herz."

„Du leichtbewegliches, zartes Kind! Ja, ich führe dich getrost hinaus. Du wirst keinen Schaden davontragen. Du wirst vielleicht eine gute Lehre mit heimbringen und erkennen, wie schal das Treiben der großen Welt ist. Aber solltest du dich nicht bald verloren und verlassen fühlen? Ich muß mich dem Zuge der Professoren anschließen, und Lamberts Rang ist noch nicht derart, daß er Zulaß fände."

„Paquita will sich meiner annehmen. Sie weiß als Schloßdienerin Bescheid, darf kommen und gehen."

„Ah, beine alte Freundin ſteckt bahinter! Nun ber,
benke ich, kann man bich getroſt anvertrauen." —

So burfte ſich benn Viola am anberen Tage zum
Feſte puhen, und ſie that es mit ſchwindelndem Kopf und
wildem Herzklopfen.

Das alte Königsſchloß mit ſeinen weiten Hallen und
Gemächern wurde bis auf bie Zimmer der Fürſtlichkeiten,
ber Hofbeamten und der Dienerſchaft ganz zu dem Hulbi=
gungsfeſte für bie junge Kaiſerin hergerichtet und ge=
ſchmückt.

In dem großen, von einer Mittelfontäne gekühlten
Innenhofe, dem Patio, um ben Säulengänge liefen,
ſollte bie aus fünfzig Muſikern beſtehende erſte kaiſerliche
Kapelle ſpielen. Die kleinere, von fünfundzwanzig In=
ſtrumenten, würbe oben im Hulbigungsſaale konzertieren.

Teils ſtanden Buben mit Speiſen und Getränken
zwiſchen ben Kolonnaden, teils blieben weite Durchläſſe zu
bem Gange bahinter, an bem eine Reihe kleiner Zimmer
lag, bie meiſt nur mit Teppichvorhängen vom Flur ab=
geſondert wurden.

Im Patio ſollten ſich bie Perſonen verſammeln und
orbnen, bie, von ben bienſtthuenden Kammerherren be=
gleitet, eine breite, mit Decken belegte und mit Fahnen,
Feſtons von farbigem Seidenſtoff und Statuen geſchmückte
Treppe zum Oberſtock hinaufgeführt werben würden, um
oben im Feſtſaale vor bem Throne ber Kaiſerin ihre
Hulbigungen barzubringen.

Hernach konnte bann im weitläufigen Innenhofe bas
Treiben der Masken und ber Tanz beginnen, während
oben ſich bie hohen Herrſchaften zu einem Souper ver=
einigten. So war alles wohlgeordnet, und der Verlauf
bes Feſtes von ben gegebenen Bedingungen und der Hof=
etikette vorausbeſtimmt.

Böllerſchüſſe, Glockenläuten und Fanfarengeſchmetter

luden alle berechtigten und gebetenen Gäſte in das Schloß
ein. Der Adel Kaſtiliens war ſchon am Tage zuvor in
die Stadt gekommen, hatte Herberge genommen und zog
nun mit den anderen Geladenen in Scharen dem Schloſſe zu.

Siebzehntes Kapitel.

Beſcheiden ging zwiſchen all dem ſtolzen Geprunke
der Großen André Veſalius, der ernſte Gelehrte, ſchön
und würdig im Talar und Barett, und neben ihm ſeine
junge Schweſter in dem fremden himmelblauen Seiden-
gewande, errötend unter den Blicken der Menge und einzelnen bewundernden Ausrufen, dem allgemeinen Ziele
entgegen.

O, wie war das ſchon hier atembeklemmend und ver-
wirrend, dachte Viola, wie mochte es gar drinnen ſein?

Die hochgeborenen Gäſte wurden vom Hofmarſchall
und anderen Hofbeamten am Portale des Hauptgebäudes
mit allen den Ehren empfangen, die eines jeden Stand
und Rang erforderte.

Die geringeren Perſonen traten durch den überwölbten
Thorweg gleich in den Patio ein, wo andere Feſtordner
ihnen ihre Plätze, Zugaufſtellung und Reihenfolge mit-
teilten.

Paquita, als Wirtſchafterin an einem der Kredenz-
tiſche beſchäftigt, ſah ihren holden Schützling mit ſcheuer
Miene neben dem ſtattlichen Bruder eintreten, der ſofort
von ihrer Seite gezogen und dem Kreiſe der würdigen
Kollegen von der Univerſität zugebrängt wurde.

Aengſtlich, mit niedergeſchlagenen Augen, drückte ſich
Viola an eine der Säulen. Da blickte ſie auf und ſah
ihre alte Freundin nicken und winken. Ein Leuchten der
Hoffnung und wiederkehrenden Mutes ging über Violas

verlegenes Geſichtchen, und behende durch die Menge
ſchlüpfend, ſtand ſie bald neben der Schaffnerin.

Paquita fühlte ſich in dieſem Augenblicke nun doch
etwas beängſtigt. Sie hatte der Kleinen zugeredet, hier=
her zu kommen, hatte verſprochen, ihr zu helfen, für ſie
zu ſorgen, und nun wurde ſie ſelbſt durch ihren Dienſt
hier feſtgehalten.

Viola ſchmiegte ſich ängſtlich an ſie, das ſcheue Vögel=
chen wagte ſich nicht allein unter die Leute, wo ſollte ſie
jetzt mit dem armen Dinge bleiben? Einige Zeit mochte
das Kind ſich ja bei ihr aufhalten, zuſehen und ſich er=
götzen. Da aber Fremde in den Buben und hinter den
Schenktiſchen nicht geduldet werden ſollten, konnte ein
Hausmeiſter das Mädchen fortweiſen, und das würde dann
ihre Kleine ſehr erſchrecken.

Die Zeit ging unter geſchäftigem Treiben hin, und
immer noch überlegte ſie, wohin ſie am ſchicklichſten ihr
armes Herzchen bringen und was ſie einſtweilen mit ihr
thun ſolle.

Ihr kam ein hilfreicher Gedanke. Sie wußte ein
ruhiges Kämmerchen am Gange, wo allerlei abgeſtellt
und aufbewahrt wurde; es hatte ein kleines Fenſter nach
dem Empfangsportale zu, da konnte Viola ausgucken und
ihre Zeit abwarten, bis Paquita einen glücklichen Augen=
blick für ſie abpaßte. Da ſie willige Gefährten hatte,
konnte ſie ſich wohl einmal von ihrem Poſten entfernen.

So nahm ſie endlich des Mädchens Hand, ſprach:
„Kommt, liebes Schäfchen, ich bringe Euch hier aus dem
Winkel und aus allem Gedränge, Ihr ſollt ſchön ſehen
und beſſer aufgehoben ſein, als hier.”

Damit führte ſie die willig Folgende über den von
hin und her ziehenden Masken belebten Kolonnadengang.
Drüben etwas weiter hinunter ſchloß ſie ein Thürchen
auf und brachte ihren Schützling in ein langes, ſchmales

Kabinett, in dem allerlei umherſtand: Körbe mit Früchten
und anderen Eßwaren, aufgeſteckte Lichter im Vorrat,
Garderobengegenſtände und zurückgeſetzte Möbel.

„Hier giebt's feine Augenweide für mein allerliebſtes
Kind," ſagte die Matrone, hob Violas Kinn und führte
ſie dann an den Ausguck. „Nun ſeid nur getroſt, jetzt
iſt unſer ſchönes Feſt noch nicht recht im Gange. Jetzt
dürfte noch lange nicht an Seine Majeſtät heranzukommen
ſein. Allein ſpäter, wenn der Kaiſer nicht mehr am
Throne der erhabenſten Gemahlin ſteht und da ſeine
höchſten Würdenträger empfängt, dann werde ich ſchon
den rechten Augenblick, Euch in ſeine Nähe zu führen,
erkunden. Nachher will ich mich auch einmal nach Eurem
lieben Eſteban umſehen, wird der ſich freuen und Augen
machen, wenn er hört, daß Ihr wirklich hier ſeid!"

„O, wie gut ſeid Ihr!" ſtammelte Viola.

„Werdet mir nur ja nicht ungeduldig, muß alles Zeit
und Weile haben, mein Goldkäferchen. Wie hübſch Ihr
heute ausſeht!" Sie ſtreichelte das Mädchen und wollte
forteilen. Da fiel ihr noch ein: „Wenn Euch nach mir
verlangt, ſo wißt Ihr, daß ich drüben auf dem Hofe am
ſechſten Tiſche ſtehe." Und dann trippelte ſie davon.

Viola blieb allein. Gehorſam, wie ihr geheißen war,
ſtellte ſie ſich an das Fenſter zum Ausſchauen. Es kamen
auch jetzt noch Gäſte an, und das Gedränge und Gejubel
des Volkes war groß.

Allein was ſie ſonſt entzückt haben würde, vermochte
heute ihre Aufmerkſamkeit nicht zu feſſeln. Sie ſah und
ſah doch nichts recht. Kaum war ihr körperliches Auge
im ſtande, Eindrücke aufzunehmen, ihr Intereſſe an den
Dingen blieb tot. Uebervoll war ſie vom Eigenen.

Was würde weiter mit ihr geſchehen? Würde Eſteban,
von Paquita verſtändigt, kommen, ſie hier aufzuſuchen?
Würde er ſie wohl gar zum Kaiſer führen, um ſeine Bitte

mit der ihrigen zu vereinen? Würde fie die rechten Worte
finden, das Herz des gewaltigen Herrn zu rühren? Sie
fann und fann.

Währenddem raufchten Zeit und Feftlichkeit weiter und
nahmen ihren Lauf.

Als Paquita wieder an ihrem Schenktifch hantierte,
fann auch fie über die Intrigue nach, die fie eingefädelt
hatte. Bald kam fie zu dem Befchluß, ihrem Herrn wirk=
lich zu fagen, daß Viola hier fei und mit welchem Vor=
haben fie fich trage.

Ja, fie hatte doch wohl in ihrer Liebe und Partei=
nahme für das füße Kind zu viel gewagt, Viola hierher
zu locken, fie zu dem kühnen Vorhaben zu ermutigen, ohne
Don Zuñiga ein Wort davon zu fagen. Nun war fie
hier, jetzt mochte er entfcheiden, was gefchehen follte.
Paquita fuchte fich einzureden, daß er zufrieden fein und
ihre Bitte bei feinem hohen Herrn unterftützen werde,
allein ihr war doch unheimlich dabei zu Mute.

Sobald fie annehmen durfte, daß Don Zuñiga nicht
mehr von dem Empfang vornehmer Gäfte oder anderer
Pflichten feines Amtes in Anfpruch genommen fei, wollte
fie verfuchen, ihn aufzufinden, wollte fich an ihn heran=
machen und ihm alles geftehen.

Es war fchon eine Anzahl von Aufzügen die große
Fefttreppe hinaufgeführt worden und nach erfüllter Pflicht
zurückgekommen, um fich unten zu erluftigen.

Nach den Klängen der raufchenden Mufik wogte der
Tanz um die große Fontäne, die, von dem Abendrot,
das den Himmel überzog und deffen Schein in den Hof
fiel, angeglüht, in Gold und Purpur gleich einer riefigen
Fackel auffprühte.

Die Dienerfchaft an den Krebenztifchen hatte alle
Hände voll zu thun, den Hunger und Durft der luft=
erfüllten Gäfte zu befriedigen; allein während Paquita

ihres Amtes waltete, verließ sie keinen Augenblick die
Sorge um ihr armes, verlassenes Kind, das still in seinem
Eckchen blieb und sich nicht bei ihr sehen ließ.

Don Vesalius mußte drüben, an der anderen Seite
des Patio, mit seinen gelahrten Genossen auf den Augenblick warten, wann der Aufzug der Universität, deren
Rektor eine Rede halten sollte, an die Reihe kommen
werde, vor Isabel zu erscheinen. Da diese Herren fast
die Geringsten im Range waren, konnte das noch einige
Zeit dauern.

Als die Dunkelheit hereinbrach, steckte man die Pechpfannen im Innenhofe an, trug hohe Wachskerzen auf
die Tische und entzündete Reihen von Lämpchen um die
Fontäne.

Besonders glänzend war die große Treppe beleuchtet,
wo jede der Statuen eine Wachsfackel im Arme trug.

Paquita dachte mit Angst an ihren Schützling, sie lief
hin, um ihr Licht zu bringen, allein Diener, die Kerzen
geholt hatten, hatten ihr schon ein paar angezündet.

„Kommt doch lieber wieder mit mir, Liebchen," sagte
die Schaffnerin freundlich. „Jetzt habt Ihr's hier gar
zu einsam."

„O nein, laßt mich, laßt mich," bat das Mädchen.
„Ich habe keine Freude an dem bunten Gewühl. Meine
Angst ist zu groß. Kommt Esteban noch nicht? — Höre
ich einen Schritt, so zittert mir das Herz, und wenn
jemand eintritt, und er ist es nicht, möchte ich mich ver-
kriechen."

„Ich sehe ja nach ihm aus, mein armes Püppchen,
aber er hat noch immer oben bei den höchsten Herrschaften
zu thun; sobald er mir zu Gesicht kommt, bringe ich ihn
her."

„Ja, thut das!"

„Nun muß ich wieder fort. Geht doch mit! — Ihr

wollt nicht? Na, dann gehabt Euch wohl!" Sie lief eilig
davon.

Endlich gewahrte die eifrig umherfpähende Paquita
Don Efteban be Zuñiga mit einigen anberen Hofherren
auf der Fefttreppe. Lachend und plaudernd ftieg er mit
feinen Genoffen langfam herab.

Er trug einen Anzug von maigrünem Atlas mit Gold=
brofat und gelber Seide gepufft und gefchlitzt. Keck hing
das gelb gefütterte Mäntelchen an golbenen Schnüren auf
feiner Schulter und ließ die Bruft mit dem Orden bes
golbenen Bließes frei. Ebenfo keck faß das Barett von
grünem Sammet mit der langwallenden Feber auf bem
fchwarzen Kraushaar.

Er, als ein faftilifcher Grande, genoß das Borrecht, fogar
im Beifein feines Königs bebeckten Hauptes zu erfcheinen.

Die Brillantagraffe am Barett und die Brillanten an
feinem golbenen Degengriff funkelten im Lichtfchein. Er
zwirbelte fein kleines Bärtchen und lachte fo übermütig,
baß die Schaffnerin, die ihn beobachtete, feine fpitzen
weißen Zähne blinken fah.

Jetzt war er unten, jetzt mußte fie fich an ihn machen.
Im nächften Augenblicke ftand fie neben ihm und zupfte
ihn am Aermel.

„Was willft du?" herrfchte er fie an.

„Hört mir nur gnädig zu, mein prächtiges Golbföhn=
chen," fchmeichelte fie.

„Was foll's? Mach's kurz!"

Sie hatte ihn aus dem Gebränge zur Seite nach dem
Säulengange hingezogen und flüfterte nun haftig: „Viola
ift hier, mit dem Bruder ift fie gekommen."

„Daß fie der Teufel hole!"

„Na — na," befchwichtigte die Frau und ftreichelte
fein Gewand. „Sie will fich dem Kaifer zu Füßen werfen
und für ihre Liebe bitten."

Esteban packte der Schaffnerin Hand. „Was will sie, altes Lügenmaul?"

„Sachte, sachte! Was ich sage, will sie. Zur kaiserlichen Majestät und bitten, daß er Gnade übe und sie und Euch zusammengebe. Habt ja selber gesagt, sie solle es thun."

Zuñiga lachte spöttisch auf und knirschte halb verständlich: „Satansbrut!" Dann sprach er ruhig und entschlossen: „Wo steckt sie? Bring mich zu ihr."

„Sie will ja nichts Besseres. Und gebt acht, wie reizend sie ist in dem schönen Kleide."

Die Frau trippelte voraus, und Esteban folgte ihr zornig erregt. Das Mädchen mußte auf alle Fälle entfernt werden. Gut, daß er jetzt um ihre Absicht wußte. Das hätte ja eine schöne Bescherung geben können!

„Seid wohl lieber mit Eurer Süßen allein?" schmunzelte Paquita. Sie öffnete die Thür des Kämmerchens, in dem Viola wartete, ließ Esteban eintreten und eilte, ganz befriedigt von dem, was sie gethan hatte, und überzeugt, nun die Liebesleute bei einander waren, würden sie sich auch verständigen, wieder an ihre Pflicht.

Als der Kämmerer in seiner glänzenden Kleidung bei der ängstlich Gespannten eintrat, glaubte sie, es sei endlich ihr Geliebter, flog ihm entgegen und trat dann, als sie ihres Irrtums inne wurde, erschrocken zurück.

„Soll Euch einen Gruß sagen, Señorita, von Don Esteban de Zuñiga," begann er so kalten, hochmütigen Tones, daß Viola trotz der guten Worte noch mehr zurückbebte.

Spöttisch fuhr der Kämmerer fort: „Der edle Zuñiga ist ein Freund von mir, ja, mein allerbester Freund, und er läßt Euch sagen, daß Ihr hier am unrechten Orte seid, daß Ihr Euch so bald wie möglich von hinnen scheren sollt."

Viola fühlte sich tief verletzt, daß ihr Geliebter solche schlimme Botschaft einem ihr fremden Manne anvertraut hatte, der so hart gegen sie auftrat und sie geradezu verächtlich behandelte. Dieser Kavalier, dessen boshaftes Gesicht sie schon einmal gesehen haben mußte, flößte ihr die größte Abneigung ein. Wie konnte ihr Esteban mit diesem höhnischen Manne Freundschaft halten? Wie konnte er ihre Liebe, die er als das größte Geheimnis behandelt hatte, diesem Menschen preisgeben?

Ah, sie traute dem Manne nicht! Es mochte da irgend etwas wie ein Betrug im Spiele sein, und da sie einmal hier war und so viel Angst ausgestanden hatte, und da Paquita ihr half, wollte sie diesem da nicht gehorchen.

Eigensinnige Entschlossenheit lag auf ihrem sanften Gesichte, als sie sagte: „Ich glaube Euch nicht, seid Ihr auch noch so stolz und vornehm. Ich gehe nur, wenn mein Esteban es mir selbst gebietet, daß ich gehen soll."

„Wie, Ihr widersetzt Euch?" Er trat mit dem Fuße auf.

„Ihr habt mir nichts zu befehlen."

„Das wollen wir doch sehen!"

Er sprang auf sie zu, wollte sie am Handgelenk packen, sie aber schrie auf: „Hilfe — Mörder!" entwich ihm geschickt und gewann die Thür. Die Hand auf dem Drücker stand sie ihm gegenüber.

„Rührt Ihr mich an, so stürze ich hinaus und schreie lauter," keuchte sie.

Die Ueberlegung kehrte ihm zurück. Mit Gewalt war hier nichts zu machen. Es mußte in der heiklen Geschichte, in die sein hoher Herr und auch er verflochten war, vor allem das Aufsehen vermieden werden, das die tolle kleine Person hervorrufen konnte, wenn er sie nicht beschwichtigte. Außerdem wußte er, wie sehr der Kaiser sie geliebt hatte. Behandelte er sie schlecht, wenn auch

im Interesse des Gebieters, so konnte ihm doch das ver=
argt werden und ihn in seiner Günstlingsstellung gefähr=
den. Da sie nicht einzuschüchtern war, mußte er andere
Saiten aufziehen.

Während er ein paar Augenblicke schweigend dastand
und sie finsteren Blickes anstarrte, sprudelte sie in leiden=
schaftlicher Erregung, fliegenden Atems hervor:

„Paquita bringt mich zum Kaiser — sie hat es mir
versprochen. Auch Esteban ist da — Ihr sollt mir nichts
anhaben — geht — geht!“

Paquita, die Gans, die Närrin, auch sie durfte die
Wahrheit nicht ahnen! Wie wurde man das kleine, hals=
starrige Geschöpf los? Sollte der Kaiser — wenn er es
ihm zutraute? Dominos und Masken waren zur Hand. Da
konnte sie's denn von ihrem „lieben Esteban“ selbst hören,
daß sie sich fortpacken sollte.

„Señorita,“ sagte er höflich, „mich kränkt Euer Zweifel
an meiner Berechtigung, jene unliebsame Botschaft aus=
zurichten. Sobald Don Esteban be Zuñiga sich von seiner
dienstlichen Obliegenheit lösen kann, wird er mit mir hier=
her kommen und meine Worte bestätigen. Dann werdet
Ihr hoffentlich glauben, daß Ihr hier überflüssig seid, und
Eure Zudringlichkeit nicht weiter treiben. Habt die Güte,
hier noch einige Zeit zu bleiben und uns hier zu erwarten.
Und nun gebt die Thür frei.“

Viola wich zurück, und der Kämmerer eilte hinaus.

Hätte er sehen können, wie sie jetzt zusammenbrach,
wie sie auf den nächsten Stuhl sank, sich das Gesicht
verhüllte, und wie krampfhaftes Schluchzen sie erschütterte,
er würde ihr keinen Aufsehen erregenden Schritt mehr zu=
getraut haben.

O, wie beschämt und wie zerknirscht fühlte sie sich
plötzlich! Hätte sie dem Fremden glauben, hätte sie gehen
sollen? Wenn Esteban nun doch diesen Mann beauftragt

hatte, wenn er kam und ſie ſchalt — o, welche Angſt,
welch ein ſchrecklicher Abend!

Eſteban ging geradeswegs in den Saal der Kaiſerin
hinauf. Er brauchte die aus dem Innenhofe dahin füh=
rende Prachttreppe nicht zu überſchreiten. Mit dem Schloſſe
genau bekannt, ſchlug er eine aus dem Kolonnadengange
emporgehende Stiege ein, ſchlängelte ſich geſchickt durch
die Menge und befand ſich alsbald im Gedränge der Höf=
linge hinter ſeinem kaiſerlichen Herrn.

Eben langten in feierlichem Zuge die Männer der
Wiſſenſchaft im Saale an und ſchritten durch den von
Kammerherren und Pagen zwiſchen den verſammelten
Großen offen gehaltenen Raum auf den Thron zu.

An der Spitze ging der Abt der Benediktiner in ſeiner
Würde als Rektor der Univerſität und ihm zu den Seiten,
ſich ehrfurchtsvoll etwas zurückhaltend, ſchritten die Dekane
der beiden Fakultäten. Hieran ſchloſſen ſich eine Reihe
würdiger Perſonen, die Profeſſoren und Lehrer der Uni=
verſität.

Es fiel Zuñiga auf, wie unter den graubärtigen, kahl=
köpfigen und gebückt gehenden Männern Veſalius' ſchöne,
ſtolz getragene Geſtalt vorteilhaft hervortrat.

Wenn Zuñiga den Niederländer ſah, regte ſich immer
ein dunkles Gefühl des Haſſes in ſeinem Herzen. Eine
ſo gute Meinung er auch von ſeiner eigenen feinen und
eleganten Perſönlichkeit beſaß, er konnte ſich's doch nicht
verhehlen, dieſer Mann war impoſanter als er, und wenn
Katharina ein Auge auf den Arzt geworfen haben ſollte,
wie er trotz alledem immer wieder befürchtete, ſo ließ ſich
gegen ihren Geſchmack nichts einwenden.

Dieſer Gedanke aber brannte wie Gift und Galle in
des Kämmerers Seele. Ja, ſein Haß auf den Bruder
hatte ihn vielleicht in ſeinem Verhalten gegen die Schweſter
beeinflußt. Klüger würde es jedenfalls von ihm geweſen

sein, wenn er nicht so derb gegen die kleine Hexe vor=
gegangen wäre.

Ein feierlicher Marsch, auf silbernen Trompeten ge=
blasen, begleitete Aufzug und Aufstellung der gelehrten
Körperschaft.

Währenddem gelang es Zuñiga, des Kaisers Ohr zu
gewinnen. „Majestät," flüsterte er, „Viola ist mit dem
Bruder zum Fest gekommen. Ich habe es schon versucht,
sie im Namen Estebans fortzuschicken. Sie geht nicht.
Sie will einen Fußfall vor dem Kaiser thun und für
ihre Liebe bitten. Sie ist nicht ohne Aufsehen zu ent=
fernen. Sie verlangt aus Estebans eigenem Munde zu
hören, ob sie gehen soll."

In Karls Mienen zuckte es. Er wußte nicht, ob Zorn,
Mitleid oder Sorge sich lebhafter in seiner Seele regten.
Er biß die Zähne zusammen und sann nach. Was sollte
er thun?

Schon einigemal hatte er seinen Platz neben Isabels
Thron an diesem Abend verlassen, um hier oder da, wäh=
rend die ermüdenden Aufzüge stattfanden, den einen oder
anderen seiner Herzoge und Granden mit gnädigen Worten
zu beglücken.

Die Kaiserin hielt ja in ihrem Pomp mit bewunde=
rungswürdiger Huld und Grandezza aus. Auf sie kam
es ja auch besonders an, auf sie und die Hofmarschälle
und Großwürdenträger, die das heutige Zeremoniell zu
leiten hatten.

Auch unter den maskierten Damen, die zunächst am
Throne zu beiden Seiten aufgestellt waren, fanden manch=
mal Verschiebungen und leises Wechseln statt. Es mochte
ja auch kaum auszuhalten sein, seit dem Nachmittage unter
der Maske auf demselben Flecke zu stehen. Freilich, die
schlanke Gestalt seiner Schwester, in der von ihr beliebten
orangegelben, mit Perlen und Silberbrokat ausgeputzten

Sammetrobe, von einem weiten Schleier umwallt und mit dem hohen Perlenbiadem der Infantin, ſah er un= verändert auf ihrem Platze ſtehen.

Sie mochte einſt eine ebenſo ſtolze Königin von Por= tugal abgeben, wie Iſabel Königin von Spanien war.

Die Rede des Gelehrten würde ermüdend lang wer= den; ja, Karl meinte, daß er ſich ſacht davonſchleichen könne. Der ihm eben von Zuñiga zugeflüſterte Vorſchlag, in einem Nebengemach Domino und Maske zu nehmen, ſchien ihm ausführbar.

So raunte er Gattinara zu, an ſeine Stelle zu treten, damit man keine Lücke gewahre, und ſchlich ſich leiſe aus der Umgebung ſeiner ehrfurchtsvoll zurückweichenden Höf= linge fort.

„Majeſtät wird der gelehrte Rektor auch zu langweilig,“ ziſchelte man, während Karl, raſch dem voranſchlüpfenden Zuñiga folgend, eine Seitenthür gewann.

Das Garderobezimmer, zu dem der Kämmerer, ſeinem Herrn den Weg weiſend, vorauseilte, ward bald erreicht, beide Männer hüllten ſich in dunkle Seidenmäntel mit Kapuzen und nahmen langbärtige Masken vor.

Als ſie jetzt durch eine andere Thür das Gemach ver= ließen und ſich unter die fröhlich lärmende Menge miſchten, von der jeder einzelne ſeine beſonderen Zwecke verfolgte, erſchienen ſie ſo unauffällig wie möglich, denn ihresgleichen gab es allerorten.

Zuñiga machte auch jetzt den Führer; ohne allzu große Haſt, hie und da ein Scherzwort austeilend, ſchritt er Karl voran, die obere Galerie entlang, eine Seitentreppe hinab, ein Stück durch den unteren Säulengang, und nun ſtand er vor der ihm bekannten Thür, hinter der er die kleine Trotzige wußte.

Der Kämmerer öffnete und ließ ſeinen hohen Herrn zuerſt eintreten. Vorſichtig ſchloß er hinter ihnen beiden ab.

Das Mädchen war allein. Sie schwankte vor Angst beim Eintritt der Vermummten. Sie klammerte sich mit beiden Händen an den Tisch und starrte die unheimlichen Gestalten entsetzt an. Beide Männer nahmen die Larven ab. Viola stieß einen Freudenschrei aus und flog auf Karl zu.

In des Kaisers Herzen herrschten jetzt nur Mißstimmung und Verdruß über dies thörichte, zudringliche Geschöpf, das ihn zu solcher unbequemen und bedenklichen Maßnahme zwang. Sie kam ihm auch in ihrem ungewohnten Putz und mit dem ängstlich verzerrten Gesichte ganz fremd vor, so daß sich in ihm keine wärmere Empfindung für sie regte.

Als er sie so kalt und streng ansah, warf sich Viola ihm zu Füßen und umklammerte mit stummem Flehen seine Kniee. Sie war vor Erregung und Angst keines Wortes mächtig.

Er machte eine Bewegung, als wolle er sie abstreifen. „Was willst du hier?" fuhr er sie an. „Hüte dich vor unbesonnenen Schritten! Mach, daß du fortkommst!"

„O, mein Esteban!" schluchzte sie, zu seinen Füßen die Hände ringend, „liebst du mich denn nicht mehr? Verstößt du denn ganz deine arme, kleine Viola?"

„Ich sagte dir schon, daß unsere Liebeständelei zu Ende sein müsse!"

„Ist es möglich — eine Tändelei — ein Spiel — was mir so heilig war?"

„Nun denn, so hör's und gehe. Meine Liebe ist aus, gänzlich erstorben in meinem Herzen; ist dir dies jetzt deutlich genug?"

Viola stieß einen gellenden Schrei aus und fiel der Länge nach auf den Steinfußboden hin. Die beiden Männer nahmen ihre Masken wieder vor und verließen rasch das Gemach. . . .

Nach einigen Minuten kam der Daliegenden das Be=
wußtsein zurück. Die Kälte der Fliesen, auf denen sie
lag, durchrieselte sie, und erschauernd richtete sie sich halb
empor. Sie besann sich, wo sie war, was ihr geschehen
sei, strich sich das Haar aus der Stirn und wußte plötz=
lich alles.

Er hatte ihr selbst gesagt, daß er sie nicht mehr liebe.
Fast brach sie unter der Wucht dieser Erinnerung wieder
zusammen. Aber sein zugleich in ihrem Gedächtnis wieder
auftauchender Befehl, zu gehen, ließ sie mit aller Kraft,
die sie noch besaß, in die Höhe fahren. Keinen Augen=
blick länger wollte sie hier bleiben, von wo er sie wegwies!

Schwankend und taumelnd stand sie auf den Füßen
und besann sich, was sie zu thun habe, und wie sie fort
und nach Hause kommen könne. Sie war ganz fremd hier
in dem weitläufigen alten Schloßbau, sie fürchtete sich vor
dem Gewühl da draußen. Allein konnte sie nicht gehen.
Ihre Schwäche und ihre Angst waren zu groß.

Paquita, die Treue, Hilfreiche — ja, sie würde ihr bei=
stehen, sie begleiten. Durfte sie sich aber getrauen, allein
hinauszugehen, um die mütterliche Freundin in ihrer Bude
auf dem Innenhofe um ihre Hilfe zu bitten? Es mußte
gewagt werden!

Die Mantilla fest ums Gesicht ziehend, schlüpfte sie
hinaus in den Säulengang, kam unangesprochen durch die
hin und her wogende Menge maskierter und unmaskierter,
schwatzender und lachender Gäste und fand glücklich, trotz
dem verwirrenden Lärm von Musik und Menschenstimmen,
trotz allem Schieben, Tanzen und Drängen um sie her,
den Kredenztisch Paquitas.

Die Schaffnerin gewahrte ihr liebes Kind sogleich.
Heilige Mutter Gottes, wie sah das arme Schäfchen aus!

„Viola, Herzchen — komm herein," raunte die Ma=
trone ihr zu, schlang den Arm um das Mädchen, zog sie

in die Bude und drückte sie auf den einzigen Schemel,
der da war. Dann zwang sie die Arme, einige Tropfen
Wein zu trinken. Fast ohnmächtig lehnte sich ja das liebe
Ding an sie. Was war da geschehen? Hatte doch der
Hartherzige ihr süßes Lämmchen grob angelassen?

„Er ist wohl schlimm mit Euch umgegangen, mein
Goldkind?"

Viola nickte und stammelte: „Fort — o, liebe Mutter
— bring mich fort!"

„Will sehen, ob ich weg kann. Dolores springt viel=
leicht für mich ein. So, Herzchen, so — lehnt Euch an
die Wand. Nur einen Augenblick Geduld, ich finde schon
eine Stellvertreterin."

Und weg war sie. Währenddem vergingen der Ver=
zagten in all dem wüsten Lärm fast die Sinne.

Paquita kam bald mit einer anderen Schloßdienerin
zurück, die sie unbeschäftigt und bereit, für sie einzutreten,
gefunden hatte.

„Man sieht's ja," sagte Dolores mitleidig, „daß die
Señorita krank ist. Ja, begleitet sie und verpflegt sie
wohl, Señora Paquita. Ich will schon Euren Dienst
versehen."

So konnte die Gutherzige ihr Töchterchen hinausführen.
Sie legte den Arm um die Zitternde und führte sie durchs
Gedränge. Endlich war sie draußen, aber auch hier wogte
noch immer schaulustiges Volk auf und ab. Jeder aus
dem Schlosse Kommende wurde begafft, bejauchzt und mit
Bemerkungen begleitet.

Hie und da brannten auch auf dem Platze vor dem
Schlosse Pechpfannen, Musik und Geschwirr tönten laut
bis hierher, und über all dem wilden Treiben, das der
menschlichen Freude Ausdruck gab, stieg still und klar der
volle Mond empor. Sein silbernes Licht mischte sich selt=
sam mit dem grellroten der Pechpfannen, behielt jedoch

mehr und mehr den Sieg, je weiter die beiden Frauen
den Feſtplaß hinter ſich ließen.

Als ſie unter den Kaſtanien des heimiſchen Wäldchens
ankamen, begann Viola etwas freier zu atmen, ſie konnte
jeßt zuſammenhängender die Fragen ihrer Begleiterin
nach dem, was ihr geſchehen ſei, beantworten.

„O, meine gute Paquita,“ ſeufzte ſie mit hervor=
brechenden Thränen, „er — er ſelbſt hat es mir ja
mit harten, böſen Worten geſagt, daß er mich nicht mehr
liebe.“

„Ich habe es Don Eſteban angemerkt, daß Ihr ihm
ungelegen kamt. Hätte ich nur nicht zugeredet, daß Ihr
zum Feſte gehen ſolltet.“

„Ja, es war ſchrecklich.“

„Aber Euch plößlich ſo hart anzulaſſen, wie abſcheu=
lich! Ja, die Männer — die Männer!“

„Wie ertrage ich’s nur? O, Eſteban, Liebſter, wie
kann ich dich entbehren! — Woburch mag ich ihn erzürnt
haben? Als ich ihn zuleßt ſah, war er noch lieb und
gut zu mir.“

„Da muß ein Zauber im Spiele ſein. Eitel Hexerei,
böſe Teufelskünſte haben ſeinen Sinn verwirrt!“

„Ein Zauber — giebt es ſo etwas wirklich?“

„Ungläubiges Ding, Sünde iſt’s, Satans Macht zu
leugnen,“ ſchalt die Matrone.

„Und kann man durch Gebet zur allerheiligſten Ma=
donna ſolchen böſen Zauber nicht entkräften?“ fragte Viola,
in deren Herzen ſich wieder ein leiſes Hoffen regte.

„Man muß dem Behexten ein Mittel eingeben, das
ihm neue Liebe macht. Habt Ihr nie von Liebesträuken
gehört? Euer kluger Bruder wird ſolch Tränkchen wunder=
ſein bereiten können.“

„Ja, ja, er hat ſie. Ich habe ſie ſogar geſehen. Andró
verwahrt ſie in ſeinem großen Schranke.“

„O, Ihr Glückskind! So könnt Ihr Euch ja helfen.
So habt Ihr ja das Mittel, Euren Esteban verliebter
zu machen, denn je!"

„Paquita, ich habe doch die Liebestränke nicht."

„Ihr kleines Schäfchen, was dem Bruder gehört, ist
doch auch Euer."

„Er giebt mir aber nichts von seinen Arzneien, und
ich möchte ihn auch nicht darum bitten. Ich stürbe vor
Scham, sollte ich ihm sagen: André, ich brauche einen
Liebestrank."

„Nun, so nehmt heimlich, was der gestrenge Doktor
Euch nicht giebt."

„Heimlich? Wie könnte ich's? Er verschließt seinen
gefürchteten Schrank und trägt den Schlüssel immer bei
sich."

„Und nachts?"

„Einmal habe ich den verschnörkelten, schweren Schlüssel
auf dem Schemel vor seinem Bette liegen sehen. Ein
anderes Mal lag er auf dem Tische in seiner Kammer."

„Da wäre also daran zu kommen."

„O, Paquita, ich sollte den Schlüssel wegnehmen?
Ich sollte allein und während André schläft, an den greu=
lichen Schrank gehen, in dem ein Totenkopf liegt und
wo noch viele andere schreckliche Dinge verwahrt werden?"

„Ja, wenn Ihr keinen Mut habt, Kind, etwas für
Eure Liebe zu thun, so kann ich Euch nicht helfen."

Viola schmiegte sich zärtlich an die Beschützerin. „Seid
nur nicht böse, Ihr Allerbeste," bat sie. „Ich will ja
mutig sein, ich will ja alles thun. O, Esteban!"

Sie sprachen nun, während sie unter den Kastanien
dahinschritten, durch deren Geäst das Mondlicht spielte,
des näheren über ihren kecken Plan, und Paquita wußte
der Aengstlichen so gut zuzureden, daß diese endlich selbst
meinte, sie werde das Wagnis bestehen können.

Als sie an das Haus kamen, das leer bestand, da Antonio zur Aushilfe im Schlosse von Zuñiga befohlen worden war, setzten sie sich zusammen auf die Terrasse und sprachen noch immer von ihrem Vorhaben.

Paquita versicherte, daß es ihr leicht werden würde, den Liebestrank unter Don Zuñigas Wein zu mischen, da sie den edlen Herrn ebenso oft zu versorgen habe, wie sein Diener Pedro.

Dann zeigte Viola der Freundin in ihres Bruders Kammer, die an die ihrige stieß, den mächtigen Schrank, bekreuzte sich ängstlich und sagte: „Mir ist's immer, als ob böse Geister in dem dunklen Schrein wohnten, mit denen ich nichts zu thun haben dürfe."

„Kleines Närrchen," lachte die Schaffnerin, „Liebe ist nichts Böses, und die sollt Ihr Euch daraus hervorholen; seine, Eures Estebans Liebe."

Sie saßen dann wieder im Mondlichte auf der Bank am Hause, und Paquita sagte: „Am besten ist's, Ihr führt schon diese Nacht Euer Vorhaben aus. Ich denke, Euer Bruder wird nicht allzulange mehr fortbleiben. Ehe er mit den gelehrten Herren zum Huldigungssaale hinaufzog, trat er zu mir heran und fragte nach Euch. Ich wies ihm rasch die Thür des Zimmerchens, in dem Ihr stecktet. Er hatte aber keine Zeit mehr, nach Euch zu sehen, sondern sagte bloß: „Behütet mir mein zaghaftes Schwesterchen, nachher hole ich sie mir zum Nachhausegehen."

„Da er mich nicht mehr dort fand, wird er gewiß bald heimkehren."

„Ja, er hat auch vielleicht an meinem Schenktische nachgefragt, gehört, daß Ihr unpaß geworden seid, und daß ich mit Euch fortgegangen bin."

„O, Paquita, ich glaube, da kommt er schon!" Viola wies hinaus, wo sich in der Ferne die Gestalt eines Mannes zeigte, die langsam herankam. Das Mädchen griff in neuerwachender Furcht wegen ihres gefährlichen Plans nach der Hand der Beschützerin und flüsterte: „O, steht mir bei — o, wie soll ich mir ein Herz fassen, das Schreckliche zu thun?"

„Nur ruhig! Ich bleibe hier. Die Nacht ist schön, ich ruhe hier aus, nicke ein wenig, bis er eingeschlafen ist. Dann holt Ihr den Trank, ich nehme ihn mit, und sobald Euer treuloser Esteban vom Feste heimkehrt, versuche ich noch in dieser Nacht mein Heil bei ihm. Und dann kommt er morgen gelaufen, bittet Euch um Verzeihung und schließt Euch zärtlicher denn je in seine Arme."

„Ach, wenn das wahr würde!"

Beide wandten jetzt ihre ganze Aufmerksamkeit auf die Gestalt unter den Bäumen, die immer näher kam, allein noch nicht mit Gewißheit zu erkennen war, da das spielende Mondlicht nur hie und da den Schatten durchdrang, den die alten Bäume warfen.

Achtzehntes Kapitel.

Schweigend und mißgestimmt schritt der Kaiser mit seinem Begleiter, nachdem er das hingesunkene Mädchen verlassen hatte, durch das Gewühl der Masken.

Diese Thörin, wie durfte sie es wagen, sich ihm in den Weg zu stellen! Gleich morgen sollte ihr Bruder seinen Laufpaß erhalten.

Als sie in dem oberen Garderobenzimmer die Verhüllung ablegten, siegte aber doch etwas wie Mitleid in Karls Gemüt über seinen Verdruß, und befehlend sagte er:

„Geht noch einmal hinunter, Zuñiga, und seht nach dem armen Dinge. Sie fiel da gar zu jämmerlich hin. Vielleicht hat sie sich Schaden gethan, und dann holt Hilfe und laßt sie fortschaffen."

Der Kämmerer erklärte sich mit größter Beflissenheit

bereit und nahm, während Karl möglichſt unbemerkt in
den Thronſaal zurückkehrte, Domino und Maske wieder
um. Es erſchien ihm doch richtiger, dieſe heikle Sache
in unſcheinbarer Geſtalt abzuthun.

Nach einiger Zeit, die er brauchte, um den weiten
Weg durch das Gedränge, in dem er ein paarmal durch
Anreden aufgehalten wurde, zurückzulegen, kam er in das
kleine Gemach und — fand es leer.

Als er, um genauer nachzuforſchen, ob ſich der Trotz=
kopf etwa verſteckt habe, in eine Ecke ſah, wo allerlei
Dienerſchaftskleider hingen, hörte er die Thür des Zim=
mers öffnen. Halb verborgen hinter dem Garderobenſtän=
der, blickte er zurück und gewahrte André Veſalius, wie
er eintrat und ſich ſuchend umſchaute.

Wieder regte ſich in Zuñigas Seele das Gefühl: Ah,
mein Feind! Teils in der dunklen Regung, nicht mit
dem Doktor zuſammentreffen zu wollen, teils neugierig,
ob jener bleiben und was er hier thun werde, ſchlüpfte
der Kämmerer völlig hinter die Kleider.

Veſalius ſtand ruhig in der Mitte des Zimmers, jetzt
rief er: „Viola — Schweſter!“ Dann murmelte er: „Sie
iſt fort — Paquita fragen.“

Schon wandte er ſich zum Gehen, als die Thür ſich
wieder öffnete, und die ſchlanke Geſtalt einer Zigeunerin
hereintrat, die eine große verhüllende Mantilla um ihre
bräunliche Maske zuſammengezogen hielt. Zögernden
Schrittes näherte ſie ſich dem ſie erſtaunt anblickenden
Veſalius.

„Darf ich Euch wahrſagen, Don André,“ fragte ſie
mit bebender, mühſam verſtellter Stimme, die indes ſo=
wohl dem Gelehrten, wie auch dem verſteckten Kämmerer
bekannt vorkam und beider Nerven mit ſonderbarem Schreck=
gefühl durchrieſelte.

Sie nahm des befremdet daſtehenden Veſalius' Hand

und sprach erst zaghaft flüsternd, dann immer lauter, rascher und lebhafter: „Ihr werdet geliebt, Don André! Sie, die für Euch glüht, möchte nur einmal — einmal vor dem Scheiden auf ewig — hinschmelzen sehen Eure kühle Gelassenheit. Welchen Trost, welche Erinnerung an eine Minute der Seligkeit würde sie mit sich nehmen auf den steinigen Weg zur Höhe! In ihren Adern siedet heiß das spanische Blut. Alle Wünsche gewährte man ihr bis jetzt. Sie kann nicht, will nicht leiden, nicht entsagen, sich nicht kühl zurückgedrängt sehen. Sie möchte, solange sie ein freies Weib ist, ihr Herz verschenken, und er — er nimmt es nicht an! Und doch ist sie ihm — ist sie Euch nicht gleichgültig, Vesalius. Einst, in einem wonne= vollen Augenblicke hat sie das Glück Eurer Gegenliebe zu fühlen geglaubt. Sie wagt viel — alles — um noch einmal in diesem Leben solche Seligkeit zu genießen!"

Atemlos schwieg sie, nahm den Fächer, den sie an einer Kette trug, bewegte ihn hastig, hielt aber mit der Rechten seine Hand fest.

„Schöne Maske," stammelte er, „ich bin töblich er= schrocken, ja, Ihr wagt — viel — zu viel!"

„Laßt das — es ist meine Sache!" rief sie leiden= schaftlich. „Nur keine Minute mit kleinen engen Sorgen verlieren. Seid doch nicht immer so ruhig, undurchdring= lich, überlegend, Ihr eisiger Mann des Nordens! Sollte meine Glut Euch nicht einmal mit gleichem Empfinden durchrieseln? Ich muß es Euch gestehen — verwerft mich, verdammt mich, ich weiß, es ist unziemlich, was ich thue — aber ich mußte es Euch einmal aussprechen — daß ich Euch liebe!"

„Infantin — was thut Ihr?"

„So habt Ihr mich erkannt!" Sie riß die Maske herunter und warf sich, ihn mit beiden Armen umfassend, an seine Brust.

Wären die beiden nicht völlig miteinander beschäftigt gewesen, so würden sie ein wutverzerrtes Antlitz wahrgenommen haben, das zwischen den zur Seite hängenden Gewändern auftauchte, mit stechenden Augen das Paar betrachtete, die Hände ballte und wieder verschwand.

Vesalius hielt die Prinzessin umfangen, allein er wagte nicht, ihr sehnsüchtig zu ihm aufgerichtetes Antlitz mit seinen Lippen zu berühren.

„O, laßt mich, Katharina!" flüsterte er, zärtlich zu ihr herabgeneigt. „Glaubt mir, aus unserem Bunde erwüchse nur Unheil. Ihr seid zu schön, zu edel, zu hochgesinnt, um nicht von dem Fürsten, dem Eure Hand bestimmt ist, heiß geliebt zu werden. Der Glücklichste aller Sterblichen wird er sein an Eurer Seite. Ich will ihn nicht bestehlen. Niederkämpfen will ich die Freude, das Verlangen, das wild durch meine Pulse jagt. Ich muß Euch lassen!"

Sachte löste er sich aus ihren ihn umschlingenden Armen.

Ihre Hände sanken herab. „O, Ihr weist mich fort, noch einmal; wie könnt Ihr so hart sein?"

„Ich darf Eure Zukunft nicht mit Reue beflecken. Ihr seid einem anderen bestimmt. Heißen Dank nehmt von dem Einsamen für den Segen Eurer Liebe, den er stets als reiches Glück empfinden wird!"

„Ihr müßt mich verachten," jammerte sie.

„Glaubt nicht, daß Ihr durch dies Geständnis Eurer Zärtlichkeit an Achtung bei mir verloren habt. Ihr, eine herrliche Purpurrose, müßt blühen, duften und mit all Eurem Reiz vergehen. Meine Lebensaufgabe ist eine andere. Ich muß Bleibendes schaffen. Mein Körper sinkt einst ins Grab wie der Eure, allein ich will nachlassen, was für alle Zeiten gilt. Dieses Wollen muß ich hochhalten; mein Sinn muß von Leidenschaft unbeirrt bleiben, wenn ich auch alles Glück der Erde dafür opfere."

Katharina stand da, bebend, mit verhülltem Gesicht, endlich sprach sie, sich fassend: „Die Liebe, Don André, glaubte ich, sei das mächtigste Gefühl, das ein Menschen- herz bewegen könne. Ihr zwingt mich, teurer Mann, etwas noch Größeres zu empfinden. Das ist die Ver- ehrung, die anbetende Verehrung, die ich für Euch fühlen muß. Vergeßt mein kindisches Werben und seid mein Freund, mein Vorbild — mein Höchstes auf dieser Welt!"

Sie streckte ihm beide Hände entgegen. Er ergriff sie und drückte einen Kuß auf ihre Rechte.

„O, wie gern bin ich Euer Freund, Prinzessin! Ein Mann, Euch durch Geburt und hohen Sinn gleichstehend, empfange Eure Hand und mit der Hand auch Euer Herz. Die Segenswünsche des einsamen Gelehrten, den Ihr Freund nanntet, sollen zu Eurem Thron emporsteigen."

Diesen Augenblick der Weihe störte das geräuschvolle Oeffnen der Thür.

„Vorsicht — um Gottes willen," raunte Vesalius, und blitzesschnell hatte die Infantin ihre Maske wieder vor dem Gesichte.

Es waren nur zwei Schloßdiener, die eine Bank hin- austrugen, sich um die Anwesenden nicht kümmerten und sogleich wieder gingen.

„Ich muß Euch verlassen, Infantin," sprach Vesalius hastig. „Mein Bleiben ist von großer Gefahr für Euch. Möchtet Ihr dies Wagnis ohne schlimme Folgen bestehen, und noch einmal Dank — tausend Dank!"

Er stürzte in großer Erregung fort.

Katharina fühlte, daß sie nicht zugleich mit ihm das Zimmer verlassen dürfe; sie brauchte auch einige Minuten der Sammlung. Mit wild schlagendem Herzen lehnte sie zur Seite, als plötzlich ein Geräusch in ihrer Nähe sie aufblicken ließ.

Aus der Zimmerecke trat ein Mann auf sie zu, dessen Erscheinen hier an dieser Stelle sie mit Entsetzen erfüllte.

Esteban de Zuñiga hatte den Domino weit zurück= geworfen, im grellen Glanz seiner Hofkleider stand er da und starrte die Prinzessin mit dem tückischen Blick der Schlange an, die sich heranringelt, um ihr Opfer zu umschlingen und zu verderben. Mit schneidendem Hohn und in zischenden Lauten sprach er: „Euer zärtlich um= worbener Freund verließ Euch ziemlich kühl, Infantin. Hätte ich gewußt, daß unsere hoheitsvolle Prinzessin es vorzieht, selbst zu werben, so würde ich nie gewagt haben, mit Liebesworten Doña Katharina zuvorzukommen."

Die Prinzessin war ihres Schreckes, ihrer stürmischen Bewegung Herr geworden. Ihr Stolz und ihr Abscheu gegen den Kammerherrn kamen ihr zu Hilfe. Sie richtete sich hoch auf und sagte scheinbar mit ruhiger Kälte: „Der dreiste Horcher erlistet mancherlei. Aber Verachtung trifft sein schändliches Treiben."

Sie wandte sich zum Gehen.

Er trat ihr in den Weg: „Hütet Euch, Infantin, meine Leidenschaft für Euch in Haß zu verwandeln. Nur morgen noch habt Bedenkzeit — findet Ihr übermorgen nicht die Gelegenheit, mich zu sehen und zu versöhnen, so erfährt der Kaiser Euer Liebesspiel mit dem Nieder= länder. Furchtbar soll dieser freche Eindringling gestraft werden, dafür laßt mich sorgen. Und Ihr, statt den por= tugiesischen Thron zu besteigen, sollt hinfort Euer Leben im Kloster der Büßerinnen vertrauen."

„Wißt Ihr, ob ich das nicht vorziehen würde?" rief sie herb. „Nun aber gebt den Weg frei für Eures Kaisers Schwester, Ihr, sein Diener!"

„Vergeßt nicht meine Bedingung," sprach er, sich tief verneigend und zurücktretend. „Uebermorgen auf Wieder= sehen!"

Sie eilte an ihm vorüber und hinaus.

Er hatte die Maske während ſeiner wilden Erregung im Winkel fortgeſchleudert, und da er in ſeiner Ver=hüllung bleiben wollte, mußte er die Larve erſt wieder ſuchen. Mochte Katharina unverfolgt von ihm in ihren Schlupfwinkel zurückkehren. Er hatte ihr geſagt, was er ſagen wollte.

Alles in allem gerechnet, mochte dies der Glücksfall ſein, nach dem er geſchmachtet hatte. Er hielt ja das ſtolze Geſchöpf in ſeiner Hand, und ſelbſt wenn ſie ihre Zukunft hinwarf, ihren Freund würde ſie, ſobald ſie zur Beſinnung kam, nicht im Stich laſſen, dieſen kühlen Freund, den nur ihre Tollheit in das gefährliche Aben=teuer verſtrickt hatte. Eſteban kannte die Schwärmerin jetzt; eher würde ſie ſich ſelbſt opfern, ehe ſie zugab, daß Veſalius zu Grunde ging.

Ein Lachen des Hohnes und zugleich des Triumphes brach von ſeinen Lippen. Aber wie war es Katharinen möglich geweſen, jetzt hier in dieſer Verhüllung zu er=ſcheinen? Er hatte ſie ja noch eben bei ſeinem Aufbruch mit dem Kaiſer in all ihrer ſtolzen Pracht neben Iſabels Thron geſehen. Hier ſpielten wohlüberlegte Ränke, und die Infantin war wirklich das ſchlaue, rückſichtslos leiden=ſchaftliche Weib, als welches ſie ihn immer intereſſiert hatte.

Sie mußte unter ihren Frauen Helferinnen haben, die er ebenſo wie ſie ſelbſt verderben konnte. Auch da=mit ließen ſich ſeine Drohungen verſtärken. Kampf würde es geben. Allein wie ſollte es ihm nicht gelingen, Sieger zu bleiben, wenn er nur verſtand, das Heft unerbittlich feſtzuhalten, das ein glücklicher Zufall ihm in die Hand geſpielt hatte.

Erfüllt von dieſen Gedanken und Plänen, kehrte Zu=ñiga in das kaiſerliche Garderobenzimmer zurück, legte

bie Hüllen ab unb befanb ſich balb wieber im Thronſaale
an ſeines Herrn Seite, bem er zuraunte, baß bie Kleine
ſich in guter Obhut befinbe.

Das Bilb hatte ſich hier mittlerweile veränbert. Die
Aufzüge waren beenbet, Iſabel hatte ben Thron verlaſſen
unb ſchritt unter Vortritt ihres Hofmarſchalls, umgeben
von ben Damen unb Herren ihres Gefolges, an ben ſich
im Saal unb in ber anſtoßenben Galerie aufgeſtellten
höchſten Abelsträgern entlang. Sie ſprach eben hulbvoll
mit Don Gonzalo Nunez be Guzmann, bem Großkomtur
bes Calatravaorbens, unb ſeiner Gemahlin, bie ſich beibe
tief verneigten.

Wo aber war bie Prinzeſſin Katharina mit ihrem
Hofſtaat? Es hatte ſich jetzt vor ber Abenbtafel ber Zeit=
punkt gefunben, ſich ber Masken zu entlebigen, ben Teint
zu erfriſchen unb eine Weile auszuruhen.

„Wann hat bie Infantin ſich zurückgezogen?" fragte
Zuñiga ben neben ihm ſtehenben Don Luis Quijaba.

„Soeben, als Ihre Majeſtät bie Cour begann; Ihr
kamt gleich barauf in ben Saal zurück," antwortete ber
junge Hofmann.

Leiſe ſchüttelte Zuñiga ben Kopf. Katharina mochte
noch ſo verſchlagen ſein, an zwei Orten zugleich konnte
ſie ſich nicht befinben, unb baß er ſie im Kämmerchen ge=
ſehen, bas hatte ſich ihm tief genug in bie Seele gebrannt.
So hatte bie Wagehalſige eine Vertreterin gefunben. Eines
ihrer Ebelfräulein mußte unter ber Maske, bie bas Zere=
moniell ben Damen aus ber Kaiſerin Umgebung heute vor=
ſchrieb, bie Vermeſſenheit beſeſſen haben, in bem nur ber
Infantin zukommenben Schmuck zu erſcheinen.

Er ließ bie Hofbamen Katharinas vor ſeinem geiſtigen
Auge vorübergehen. Welche von ihnen beſaß ben hohen,
ſchlanken Wuchs ber Prinzeſſin? Uraca be Menboza ähnelte
ihr am meiſten. Er hatte ſie allein mit Katharina im

Park getroffen und nicht an der Herrin Seite, also eine
Pflichtversäumnis, vermutlich auf der Infantin Wunsch.
So war die kindliche und doch feurige Uraca der Prin=
zessin offenbar blind ergeben, so war sie es also, die Ka=
tharinas Verkleidung und Abenteuer unterstützt hatte.

Er wollte, wenn die Infantin zur Tafel ohne Maske
erschien, alles daransetzen, in ihre Nähe zu gelangen und
ihr seine Wahrnehmung zuflüstern. So waren es also
ihre beiden liebsten Menschen, die er verderben konnte.

In größter Eile und von brennender Seelenpein ge=
jagt, verließ Katharina nach ihrer entsetzlichen Unter=
redung mit Esteban de Zuñiga das kleine Gemach. Wie
war sie nur in jenes elende Gelaß geraten? Doch jetzt
kein Sinnen und Denken, vorwärts — vorwärts, damit
ihr Wagnis nicht noch schlimmere Folgen nach sich zog,
und die, die sich ihren Wünschen gefügt hatten, bloßstellte.

Das Gedränge in den unteren Räumen des Schlosses war
jetzt, nachdem fast alle Huldigungsaufzüge ihr Ende erreicht
hatten, immer dichter, und das Treiben der lebhaften Spa=
nier immer ausgelassener und wilder geworden. Katharina
sah sich angeredet und aufgehalten. Ihre stolz getragene
Gestalt, ihr elastischer Gang fielen auf, und die Zurufe:

„Nicht so eilig, schöne Zingarella! — Erst wahrsagt
uns, am liebsten, wie man Eure Gunst gewinnt! — Kommt
mit zum Tanz, schöne Maske, zeigt Euer holdes Angesicht!"
umschwirrten die tödlich Geängstigte.

Einmal mußte sie sich sogar aus den sie umfassenden
Armen eines Caballero losreißen.

Die Räume, die Katharina mit ihrem Hofstaat im
ersten Stock des Palastes bewohnte, lagen in einem an=
deren Flügel, als die Gemächer des kaiserlichen Hofhalts.
Die Infantin mußte also die entgegengesetzte Richtung von
der einschlagen, die Karl und Zuñiga verfolgt hatten.

Endlich gewann sie die nach oben führende Seiten=
treppe, wurde noch einmal verfolgt und erreichte nun die
Thür zu dem Zimmer ihrer vertrauten Kammerfrau Estella.

Hierher hatte sie eigentlich Vesalius führen wollen,
nachdem sein Aufzug sich gelöst haben würde. Er aber
war rasch und unbeirrt aus dem Thronsaale nach dem
Kämmerchen geschritten, wo er seine Schwester zu finden
glaubte, und so hatte Katharina in blinder Leidenschaft
die Kühnheit begangen, ihm bis dahin zu folgen.

Jetzt trat sie, im tiefsten Innern erschüttert, wieder
in das Gemach ihrer treuen Dienerin, die so viel für
sie wagte.

Uraca und Estella empfingen sie. Der orangegelbe
Pomp mit Perlendiadem und Schleier lag für die In=
fantin bereit. Uraca, nachdem sie rasch den fürstlichen
Schmuck abgelegt, stand in dem rosenfarbenen Hofanzuge
da, den Katharina, während der Zeit der ersten Empfänge
hinter ihrem Ehrenfräulein stehend, getragen und dann,
als sie sich fortgeschlichen, in Estellas Stübchen mit ihrem
Maskeradenkostüm vertauscht hatte.

Der Prinzessin blieb auch jetzt keine Zeit, über das,
was sie erfahren und durchlitten hatte, nachzudenken.
Ihre beiden Vertrauten trieben zur Eile, und Katharina
fühlte selbst, daß es für sie auf Minuten ankomme, sie
riß die Maske herunter, ihr Gesicht war in Schweiß ge=
badet.

In größter Hast wurde der Kleiderwechsel vorgenom=
men. Die Glieder Katharinas flogen, sie hielt sich kaum
auf den Füßen. Estella that mit erfrischenden Toiletten=
mitteln, was sie konnte, und Uraca sprach der erschöpften
und erschütterten Gebieterin liebreich Mut zu. An diesem
fehlte es der Infantin sonst nicht, heute war sie aber fast
zu Ende mit ihrer Kraft.

Neben Estellas Gemach lag das des Hoffräuleins, und

von da konnte man in Katharinas Ankleidezimmer gelangen. Von hier aus trat sie nach dem raschen Umkleiden, von Uraca und der Kammerfrau begleitet, zu den anderen Damen ihres Hofstaates, die in einem vorderen Gemach auf sie gewartet hatten, um sie zur Abendtafel zu begleiten. Alle waren jetzt bemaskiert.

Mit wankenden Knieen schritt Katharina ihnen voran, dem fürchterlichen Wiedersehen mit ihrem Feinde und Peiniger entgegen. Voll Entsetzen erkannte sie, wie sehr sie in seiner Gewalt sei. Allein sie durfte sich diesem Gedanken nicht hingeben, durfte ihn sich nicht ausmalen, sonst, das fühlte sie mit Bestimmtheit, würde es um ihre Haltung und Selbstbeherrschung geschehen sein.

Man begab sich unter Aufrechterhaltung des feierlichsten Zeremoniells zur Tafel. Der Kaiser führte an den Fingerspitzen Gemahlin und Schwester. Diese einzigen Personen von königlichem Geblüt speisten auch hier allein an einer erhöht aufgestellten, prächtig geschmückten Tafel, bedient von einer ganzen Reihe höfischer Würdenträger.

Soeben hatte Karl, in einer Anwandlung von stiller Dankbarkeit, den in letzter Zeit etwas beiseite geschobenen Zuñiga zu der Auszeichnung befohlen, den Fisch an der königlichen Tafel darreichen zu dürfen.

Bei dieser Mitteilung des Hofmarschalls triumphierte der Kammerherr. Nun würde er in die von ihm heißersehnte Lage kommen, der Infantin ein paar Worte zuflüstern zu können.

(Fortsetzung folgt.)

Die Nebenbuhler.

Eine Geschichte aus der Biedermaierzeit. Von **B. Rittweger**.

Mit Illustrationen von **E. Klein**.

———

Johann Georg Pfannkuch und sein jüngerer Bruder Sebastian Heinrich Pfannkuch saßen friedlich zusammen beim zweiten Frühstück. Die beiden alten Herren ließen sich ein kaltes Rebhuhn trefflich schmecken und tranken dazu mit sichtlichem Behagen ihr Glas Burgunder. Sie befanden sich offenbar in bester Stimmung. Warum auch nicht?

Johann Georg und sein um zwei Jahre jüngerer Bruder Sebastian Heinrich erfreuten sich als Inhaber eines bedeutenden Handelsgeschäftes eines sicheren Wohlstandes. Sie brauchten sich nicht besonders anzustrengen und kannten als Junggesellen keine Familiensorgen. Warum also hätte ihnen das kalte Rebhuhn und der Burgunder nicht schmecken sollen?

Eine geradezu sprichwörtliche Einigkeit herrschte zwischen den Brüdern, die miteinander alt geworden waren und allen Leuten, die es hören wollten, versicherten, sie seien ein lebendiges Beispiel, daß man sehr gut unbeweibt durchs Leben gehen und sich recht glücklich dabei fühlen könne.

Der Grund ihres Junggesellentums lag wohl darin,
daß ihre Mutter, die selige Frau Johanna Heinrike
Pfannkuch, ein hohes Alter in außergewöhnlicher Rüstig-
keit erreicht hatte. Sie hatte so ausgezeichnet für ihre
beiden „Jungen", wie sie die Fünfziger noch nannte, gesorgt, daß diese nie das Bedürfnis nach etwas anderem
empfunden hatten, und nach dem Tod der hochverehrten
Mutter sich an der Pflege der von dieser hinterlassenen
wohleingeschulten Haushälterin genügen ließen.

Frau Johanna Heinrike hatte immer gemeint: „Sie
sollen heiraten, die Jungen, wenn ich einmal tot bin —
eher haben sie's nicht nötig. Es ist auch gut, wenn sie
erst zu gesetzten Jahren kommen." Und als sie tot war,
da waren die Jungen alte Herren und eingeschworene
Junggesellen geworden und blieben es. Johann Georg
war nun achtundfünfzig, Sebastian Heinrich sechsundfünfzig
Jahre alt, und keiner dachte mehr ans Heiraten.

Als sie an diesem Morgen ihr Frühstück beendigt hatten
und sich eben erheben wollten, um sich in das Comptoir
zu verfügen, öffnete sich die Thür, und Margaret, des
Hauses Schaffnerin, trat ein.

„Was will Sie?" fragte der ältere Bruder.

„Ach, du lieber Gott, ich —"

„Lasse Sie den lieben Gott aus dem Spiele, Margaret; ich habe Ihr schon oft gesagt, daß es von einer
sehr schlechten Kenntnis der zehn Gebote zeugt, wenn jemand stets den Namen Gottes im Munde zu führen sich
gewöhnt —"

„Johann Georg," fiel hier Sebastian Heinrich ein,
„warte erst ab, was das Frauenzimmer vorzubringen hat;
es könnte sich ja immerhin um eine Angelegenheit handeln, bei der die Anrufung Gottes gerechtfertigt wäre."

„Du hast recht, Sebastian Heinrich. — Schieße Sie
los, Margaret!"

Margaret, eine robuste Person in mittleren Jahren, sah voll gerührter Dankbarkeit den Fürsprecher an und be=

gann alsbald mit weinerlicher Stimme: „Ach Gott, ja, der Herr hat recht, es handelt sich um eine Angelegenheit, die nur mit Gottes gnädiger Hilfe zu einem gedeihlichen

Ende kommen wird. Wenn die Herren es erlauben thäten, so hätt' ich zu vermelden, daß ich beabsichtige, in den Stand der heiligen Ehe zu treten —"

Johann Georg ließ den Zipfel seiner Serviette, die er eben zusammenfalten wollte, fallen, und Sebastian Heinrich fuhr vom Stuhl in die Höhe, als sei eine Bombe neben ihm geplatzt. Er hatte offenbar eine heftige Rede auf der Zunge, aber er besann sich noch zur rechten Zeit, daß Johann Georg, als dem Aelteren, die Entgegnung zu= komme, und der ließ auch nicht darauf warten.

„In was beabsichtigt Sie zu treten? Ich habe nicht recht gehört. In was? Rede Sie, Margaret, in was?"

„Ja, lieber Gott, ich will heiraten!"

Jetzt hielt es Herr Sebastian Heinrich für passend, gleichfalls das Wort zu ergreifen. „Sie ist verrückt, Mar= garet, komplett verrückt! Sie hat das Fieber, wir wollen zum Doktor schicken. Was meinst du, Johann Georg?"

„Daß du recht hast, lieber Bruder. Die Person ist offenbar nicht bei gesunden Sinnen, und ein beruhigendes Pulver würde ihr gut thun. Gehe Sie in Ihre Kammer, Margaret, und lege Sie sich ins Bett. Die Lisbeth mag das Essen für heute im „Schwan" bestellen und zugleich den Herrn Physikus bitten, herzukommen. Er wird schon ein Mittel wissen, um Ihr Gehirn wieder auf den normalen Standpunkt zu bringen."

„Aber Herr Pfannkuch, bester Herr, ich schwöre Ihnen, ich bin gesund, vollkommen gesund. Sie können doch nichts dagegen einzuwenden haben, wenn eine ehrbare Jungfrau, die in den Jahren dazu ist, heiraten will. Es ist nicht gut, daß der Mensch allein sei — so steht's in der Bibel — und er ist ein ordentlicher Mensch, der Schuster Eichhorn, der Ihnen schon seit vielen Jahren stets zu Dank gearbeitet hat, und dem Sie hoffentlich Ihre geneigte Kundschaft erhalten werden. Ja, und daß ich's

nur gleich sage — in vier Wochen soll die Hochzeit sein,
denn mein künftiger Ehegemahl hat ein Häuschen gekauft,
und da braucht er eine Frau, die ihm das ordentlich ein=
richtet. Es thut mir ja selbst leid, da ich so alt — da
ich so lange bei den Herren gewesen bin, aber —"

„Alter schützt vor Thorheit nicht, das will Sie gewiß
sagen, Sie — Sie verdrehte Person. Nun, wir haben
nichts dagegen einzuwenden, heiraten Sie immerzu, ob=
gleich — hm — es wäre christlicher, Sie abzuhalten, denn
Sie rennt natürlich mit offenen Augen in Ihr Unglück hinein.
Aber ich fürchte, es wäre vergebliche Müh'. Sie ist heirats=
toll, wie so oft alte Jungfern. Also — Sie kann gehen in
vier Wochen und bis dahin wollen wir kein Wort weiter
von der Sache hören. Nicht wahr, Sebastian Heinrich?"

„Du hast recht, Johann Georg, ich stimme dir völlig
bei. Heirate Sie, Margaret, aber verschone Sie uns
mit unnützen Rederein über diese Sache, solange Sie
noch unter unserem Dach weilt."

„Sie kann gehen, Margaret." Damit schloß Johann
Georg die Unterredung, und Margaret drückte sich völlig
zerknirscht zur Thür hinaus.

Die beiden Herren sahen sich eine Weile sprachlos an,
dann begann der Aeltere: „Hör, Bruder, eine solche
Dummheit ist mir mein Lebtag noch nicht vorgekommen.
Das Frauenzimmer hat's so gut hier im Haus, es geht
ihr nichts ab, sie hat sich ein kleines Vermögen erspart,
sie hat wenig Arbeit und gutes Essen, und nun will sie
den krummen Schuster heiraten, der sicher seine zehn
Jahre jünger ist als sie, und nur auf ihr Geld spekuliert.
Aber es wäre vergebens, sie abhalten zu wollen, deshalb
sparte ich meine Worte."

„Und mit Recht, lieber Bruder; laß sie ruhig thun,
was sie will, das ist nicht zu ändern und kann uns schließ=
lich egal sein. Aber wo kriegen wir eine neue Haushäl=

terin her? Die Margaret war·noch von unferer Frau
Mutter felig angelernt, fie war noch aus der alten Schule;
aber heutzutage — wo foll man da eine ordentliche Haus=
hälterin herbekommen? Ach, Johann Georg, unfere Frau
Mutter hätte noch ein paar Frauenzimmer auf Vorrat
anlernen follen; fie hätte es ficher gethan, wenn fie ge=
ahnt hätte, daß die Margaret noch in ihrem vierzigften
Jahr folche dummen Streiche machen werde. Was fangen
wir nun an?"

„Ich fchlage vor, lieber Bruder, wir fetzen ein Gefuch
in das „Intelligenzblatt", denn das ift der ficherfte Weg,
eine taugliche Perfon zu erhalten. Ich werde gleich eines
auffetzen, und das Subjekt kann es der Expedition über=
geben, wenn es zur Poft geht."

*   *   *

Am Abend desfelben Tages, als die Brüder Pfann=
kuch eben aus der Reffource gekommen waren, wo fie täg=
lich eine Stunde zu verweilen pflegten, überreichte ihnen
das Subjekt — unter diefer Bezeichnung wurde im Haus
Pfannkuch von alters her der erfte Commis verftanden —
einen Brief mit einer Auffchrift von unbekannter Hand.
Der Briefumfchlag war blaßrofa, mit gepreßtem Ränbchen
und Goldverzierung verfehen; er entftammte ficher einer
Papeterie; folche Umfchläge führen nur weibliche Wefen.
Ziemlich gefpannt auf den Inhalt diefes Briefes, aber
dennoch mit der gewohnten Ruhe und Feierlichkeit eröffnete
Johann Georg das Schriftftück und las, jede Silbe genau
betonend, wie folgt:

„Liebwertefte Herren Oncles!

Vor allen Dingen bitte ich um geneigtefte Vergebung,
daß ich es wage, die Herren Oncles mit einem Brief zu
beläftigen. Aber ich berufe mich dabei auf meine ver=
ftorbene Mutter, die mir kurz vor ihrem Tode fagte, ich

solle mich, wenn ich mich jemals in einer Notlage befände, an Sie, als an meine einzigen Verwandten, wenden. Es sei allerdings keine nahe Blutsverwandtschaft, die uns mit Ihrer werten Familie verknüpfe, denn ihre Mutter, meine Großmutter also, sei nur eine Stiefschwester der seligen Frau Pfannkuch, Ihrer werten Mama, gewesen. Immerhin aber würden Sie gewiß der verwaisten Enkelin dieser Stieftante Ihre Hilfe nicht versagen. Hat auch meine teure Mutter nie in Verbindung mit Ihnen gestanden, so hat sie doch mit großer Teilnahme alle Ereignisse in Ihrem Hause verfolgt, und das Ableben Ihrer Frau Mama hat ihr schmerzliches Bedauern erregt. Meine Großmutter, die einst den Zorn der Familie durch eine Heirat auf sich lud, welche nicht nach dem Sinn ihres Stiefvaters war, ist ja lange tot, und gewiß werden Sie, meine Herren Oncles, der Enkelin nicht etwas entgelten lassen, woran diese völlig unschuldig ist.

Nun zu meiner Bitte. Ich war seither in Kondition bei einer alten Dame, und nun, nach deren plötzlich erfolgtem Tod, bin ich ohne Unterkommen. Ich müßte die erste beste Stellung annehmen, um nur ein Dach über dem Haupte zu haben. Da ich aber bereits allerlei unangenehme Erfahrungen gemacht habe, möchte ich vorsichtig zu Werke gehen, und ich würde den werten Herren Oncles zu großem Dank verpflichtet sein, wenn sie mir Unterkunft bei sich gewähren wollten, bis ich einen mir zusagenden Platz gefunden habe.

Von Herzen gern werde ich mich dafür in Ihrem Hause nützlich zu machen suchen, denn in aller Bescheidenheit darf ich mich rühmen, in Küche und Hauswirtschaft gut Bescheid zu wissen, was alles ich meiner lieben seligen Mama verdanke. Meine Bedürfnisse sind so gering, wie die einer Person nur sein können, die es in früher Jugend lernen mußte, sich in die Welt zu schicken, und die ganz

mittellos dasteht. Das soll aber keine Klage sein, denn
ich bin gesund und guten Mutes.

Der Haushalt hier wird schon in acht Tagen aufgelöst,
und ich bitte dringend um eine recht baldige geneigte Antwort, damit ich im Fall einer gütigen Gewährung meiner
Bitte, den Tag meiner Ankunft dort bestimmen könnte.

Mit der Versicherung meiner größten Hochachtung und
Ergebenheit bin ich)

Ihre gehorsamste Nichte

Renate Lenz."

Nachdem Johann Georg geendet, saßen die Brüder
eine Zeitlang in stummem Nachdenken da. Es fehlten
ihnen vorläufig die Worte, dieses zweite ungewöhnliche
Ereignis des heutigen Tages zu besprechen.

Nach einer Weile jedoch hob Sebastian Heinrich an:
„Bruder, erlaube, daß ich meine Meinung äußere; dieser
Brief ist ein Wink des Schicksals."

„Du hast denselben Gedanken, wie ich, Sebastian
Heinrich; du meinst, diese Nichte könnte —"

„Könnte Margaret ersetzen, falls sie wirklich ordentlich
Bescheid weiß in Küche und Haus, wie sie sich dessen be-
rühmt."

„Es scheint mir ein Wink des Himmels."

„So ist's. Also folgen wir dem Wink des Himmels.
Die Mutter sprach ja häufig von der zugebrachten Tochter
der zweiten Frau ihres Vaters, und wenn dieser auch mit
Recht über die Heirat besagter Stieftochter unwillig war,
so schien doch unsere Mutter ihrer nicht ungern zu gedenken. Schreiben wir also dieser Renate Lenz, daß sie
uns willkommen ist. Es ist wirklich komisch. Noch vor
einer Stunde hatten wir keine Ahnung von dem Vorhanden-
sein dieses Frauenzimmers, und nun haben wir bereits die
Entschließung gefaßt, sie in unser Haus aufzunehmen!"

„Auf Probe!"

„Selbstverständlich, auf Probe. In diesem Sinne wollen wir auch an sie schreiben, beileibe nicht gleich zu sicher. Man muß doch erst sehen, ob sie auch versteht, so zu kochen wie unsere Mutter."

„Ob sie bescheidenen Sinnes und von anständigem Benehmen ist."

„Ob sie nicht ihre Lust an unnützen Vergnügungen findet."

„Ob sie schlicht und ehrbar gekleidet einhergeht, das heißt, nicht vom Putzteufel der heutigen Zeit besessen ist."

„Ob sie nicht von abschreckender Häßlichkeit ist. Du weißt, Sebastian Heinrich, trotz aller Verachtung des im Grunde unnötigen weiblichen Geschlechts vermag ich zum Beispiel rote Haare an einem Frauenzimmer nicht zu sehen."

„Und ich, Johann Georg, ich kann es nicht ertragen, eine rauhe, harte Stimme zu vernehmen aus weiblichem Munde. Also erst sehen und dann handeln."

„Wohl, so soll's geschehen, und da es unser gemeinsamer Haushalt ist, dem das Mädchen unter Umständen angehören wird, so werde ich, als der Aeltere, den Brief abfassen, du aber, Sebastian Heinrich, wirst ihn mit unterzeichnen."

Und also geschah es. Der Brief aber lautete:

„Werte Nichte!

Im Besitz Ihres Geehrten vom 10. Oktober d. J. erwidern wir Ihnen, daß wir willig und bereit sind, Ihnen in unserem Hause Unterkunft zu gewähren, und zwar, sofern Sie uns geeignet erscheinen, dürfte es nicht ganz ausgeschlossen sein, daß Sie in fester Stellung als Wirtschafterin bei uns eintreten könnten. Die Person, die uns seit dem Tod unserer Frau Mutter selig den Haushalt zur vollen Zufriedenheit geführt hat, hat plötzlich den tollen Einfall bekommen, zu heiraten, was wir in An-

betracht ihres Alters für ein sehr verkehrtes Unternehmen
halten. Sollten Sie, werte Nichte, uns also konvenieren
und namentlich, was die Kochkunst anbelangt, unseren
Ansprüchen genügen, so würden Sie nicht nötig haben,
sich nach einem anderen Platz umzusehen, wasmaßen Sie
dann einen solchen im Haus Ihrer Onkels, als welche
wir uns trotz der auch von Ihnen betonten mangelnden
Blutsverwandtschaft zu betrachten nicht abgeneigt sind,
finden werden. Wir bitten, uns den Tag Ihrer Ankunft
zu melden, damit wir ein Zimmer für Sie zur rechten
Zeit in stand setzen lassen können. Die Margaret wird
noch Zeit haben, Sie in unsere Gewohnheiten und Ge-
bräuche einzuweisen, womit wir das Vergnügen haben,
zu zeichnen als

　　　　Ihre wohlgewogenen Onkels
　　　　　　Johann Georg Pfannkuch.
　　　　　　Sebastian Heinrich Pfannkuch."

Schmunzelnd überlas letzterer nach vollzogener Unter-
schrift nochmals laut das Schreiben. „Vortrefflich," lobte
er alsdann, „ganz vortrefflich! So erfährt das Frauenzimmer gleich, was wir vom Heiraten halten, und kann
sich danach einrichten. Sie weiß, nachdem sie diese Epistel
gelesen, daß wir keine Leute sind, die Liebschaften in ihrem
Hause dulden. Du hast das sehr gut gemacht, Johann
Georg."

„Die Sachlage hier dieser Renate Lenz klarzumachen,
war allerdings meine Absicht. Und nun wollen wir hoffen,
daß alles gut ablaufen wird. Eine unter Umständen fatale
Aenderung bleibt es ja freilich; so wird uns das Mädchen
zum Beispiel durch ihre Anwesenheit bei den Mahlzeiten
genieren, da wir sie als Verwandte selbstverständlich nicht
in der Küche essen lassen können. Aber da das Subjekt
doch einmal als störendes drittes Element bei sothanen
Gelegenheiten unter uns weilt, kommt es schließlich auf

ein viertes auch nicht an. Seither haben wir zu dreien beim Essen geschwiegen, nunmehr thun wir's zu vieren, das ist der ganze Unterschied."

„In der That, so ist's, und wenn uns die Sache nicht paßt, so können wir jeden Tag eine Aenderung treffen. Also nur guten Mut! Und die Margaret muß sich noch ärgern, daß wir so schnell und leicht einen Ersatz für ihre werte Person gefunden haben. Das freut mich ganz besonders."

     *   *   *

Am anderen Morgen wurde dem Subjekt — mit seinem wirklichen Namen hieß es Bernhard Huber und war ein hübscher, gefälliger junger Mann von guten Manieren — der Brief an „Mamsell Renate Lenz in Kreuzburg in Hessen" übergeben mit der Weisung, ihn sofort zur Post zu befördern. Der junge Mann besah die Aufschrift lange; ein Schreiben an eine Dame hatte er, so lange er im Haus weilte, noch niemals zu besorgen gehabt, und es gingen doch alle Schriftstücke durch seine Hände. Er schloß, daß dieser Brief die Antwort auf den goldgeränderten Brief aus der Papeterie sei, dessen Ankunft ihn bereits schon in Erstaunen gesetzt hatte, und er verband von da an mit dem Gedanken an Renate Lenz eine Vorstellung von etwas Jungem, Hübschem, denn nur etwas Junges, Hübsches konnte solche zarte, rosenrote Briefe schreiben.

Und Bernhard Huber hatte recht mit dieser Ahnung.

———————

Nach acht Tagen rumpelte die schwerfällige Thurn und Taxissche Postkutsche über das holperige Pflaster des Städtchens, der Postillon blies ein munteres Stücklein, aus dem Fenster der Kutsche schaute ein gar lieblicher Mädchenkopf, und mit freundlichem Lächeln reichte das zu diesem Kopf gehörige Wesen dem Subjekt, welches sich als erster

Commis der Gebrüder Pfannkuch zu erkennen gab, die
Hand zum Willkomm. *)

Bernhard schmunzelte, und eine Ahnung stieg in ihm
auf, da es hinfüro im Hause Pfannkuch vielleicht etwas
lustiger zugehen würde, als seither.

Und auch mit dieser Ahnung sollte er recht behalten.

Renate Lenz mochte ungefähr zweiundzwanzig Jahre
alt sein; sie war schlank von Wuchs, und an ihre rosigen
Wangen schmiegten sich nach der Mode der damaligen
Zeit dicke braune Flechten. Die braunen Augen glänzten
in jugendlichem Frohsinn; wenn sie lachte, bildete sich in
jeder Wange ein Grübchen, und ihr hübsches, keckes Näs-
chen paßte trefflich zu dem ganzen munteren Antlitz. Sehr
stolz geleitete Bernhard die Ankommende durch die Straßen
bis zum alten stattlichen Haus der Gebrüder Pfannkuch,
die im Wohnzimmer der jungen Verwandten harrten. Nach
ernsthaften Erwägungen hatten sie davon abgestanden, das
Mädchen selbst an der Post abzuholen; das wäre der Ehre
zuviel gewesen.

Nun stand Renate vor den Onkeln, die sie mit zu-
friedenen Blicken betrachteten. „Gottlob," dachte Johann
Georg, „sie hat keine roten Haare," und „Ein Glück, daß
sie eine angenehme Stimme hat," sagte sich Sebastian
Heinrich, nachdem Renate ihren Dank für die gütige Aufnahme ausgesprochen, und ihre Hoffnung, daß es ihr gelingen werde, sich die Zufriedenheit der Herren Onkels zu
erwerben.

Und nachdem Renate zum erstenmal Rebhühner ge-
braten und einen Pudding wohlgelungen als Werk ihrer
Hände gebacken hatte, da dachten beide: „Wir haben einen
schlauen Streich gemacht. Solche Rebhühner, ein solcher
Pudding -- à la bonheur!"

------

*) Siehe das Titelbild.

Freilich, in einem hatten sie sich getäuscht. Mit der behaglichen Stille bei den Mahlzeiten war's vorbei, seit das muntere Mädchen mit am Tische saß. Das war ein Plaudern und Lachen, ein Nötigen und Anpreisen: „Herr Onkel, noch ein Kotelett" und „Herr Onkel, noch ein Stückchen von diesem Kuchen." Und seltsam, den Onkeln war dieses muntere Wesen gar nicht einmal unangenehm, besonders da die Aufmerksamkeiten der Nichte nur ihnen galten, der Commis aber fast nie einer Anrede von Renate gewürdigt wurde. Es ließ sich alles gut an, gottlob! —

Ein paar Wochen waren seit Renatens Ankunft verflossen; Margaret war abgezogen, und der Haushalt ging wie am Schnürchen. Da begab es sich, daß der sonst so konservative Johann Georg eine Neuerung einführte, die allerdings nur seine eigene Person betraf. Er ließ den Barbier, anstatt wie seither einen um den anderen Tag, von nun an täglich kommen, und er trug anstatt seines Schlafrocks stets bei Tisch einen braunen Frack mit goldenen Knöpfen, der noch aus seiner Jugendzeit stammte und ihm, wie er versicherte, immer besonders gut gestanden hatte.

Als er zum erstenmal so erschienen war, hatte Renate erstaunt ausgerufen: „Aber Onkel, wie fein haben Sie sich gemacht, was ist denn heute los? Kommen Gäste?"

„Nein, nicht daß ich wüßte, liebe Renate; aber mein Schlafrock ist schadhaft, er muß zum Schneider, und — hm — überhaupt, man ist doch am Ende noch nicht so alt, daß man nötig hätte, sich so zu verweichlichen. Ist man auch kein Jüngling mehr, so ist man doch noch in den besten Jahren. Und Renate, was ich sagen wollte, du brauchst mich nicht Onkel zu nennen; Vetter, diese Bezeichnung würde dem Verwandtschaftsgrad vielleicht am besten entsprechen."

Dabei hatte er Renaten einen sehr liebevollen Blick

zugeworfen, den diese selbst gar nicht bemerkte, wohl aber
Herr Sebastian Heinrich.

In der That, Herr Johann Georg sah, seit er täglich
rasiert wurde und den Schlafrock abgelegt hatte, um zehn
Jahre verjüngt aus.

Wie aber erstaunte er, als nach ein paar Tagen sein
Bruder erschien, das kahle Haupt mit einer kunstvollen
Perücke bekleidet. Nur ein Kennerauge konnte bemerken,
daß es nicht die eigenen Locken waren, die ihn so sehr
verschönten.

„Es ist mir wegen des Warmhaltens." Mit dieser
lakonischen Erklärung schnitt er alle Fragen ab.

Mit diesem Lockenschmuck und dem blauen Rock, den
er sich nach neuestem Pariser Schnitt hatte anfertigen
lassen, sah Sebastian Heinrich wirklich um zwanzig Jahre
jünger aus — seiner eigenen Meinung nach nämlich.

Johann Georg sagte übrigens beim Anblick des Rockes
kein Wort, sondern begnügte sich mit einem spöttischen
Lächeln. Renate dagegen versäumte nicht, dem Onkel
Sebastian Heinrich so gut ein Kompliment über sein Aussehen zu machen, wie sie es bei dem älteren Bruder gethan hatte. Und beide waren davon höchst befriedigt.

Eines Abends erschien Johann Georg mit einem Schachbrett im Wohnzimmer. Renate hatte den Wunsch ge-
äußert, mit dem Herrn Vetter eine Partie zu machen.
Sebastian Heinrich war wütend, als er den Zuschauer
machen mußte, er war nicht bewandert im edeln Schach-
spiel. Aber er rächte sich. Ein paar Tage später kramte
er seine Guitarre, die wohl dreißig Jahre lang im Kasten
geruht hatte, hervor, und Renate lauschte mit Vergnügen
den niedlichen altmodischen Liedern und Stückchen, die
der Vetter zum besten gab. Sie liebte Musik sehr, und
bat den strahlenden Sebastian Heinrich, sie diese Kunst zu
lehren.

Von dieser Zeit an sprachen die Gebrüder Pfannkuch nur noch das unbedingt Notwendige miteinander — es

war, als sei zwischen ihnen eine unsichtbare Scheidewand errichtet.

Einmal, als Sebastian Heinrich bereits fertig gerüstet

zum täglichen Gang in die Ressource war, blieb Johann Georg ruhig bei einer Zeitung sitzen.

„Nun?" fragte der Jüngere.

„Was denn?"

„Gehst du nicht mit?"

„Nein, heute nicht, ich habe der Renate versprochen, eine Partie Schach mit ihr zu spielen — geh du nur ruhig allein."

„So, so, hm, hm —" Sebastian Heinrich ging ein paarmal im Zimmer auf und ab, steckte sich dann seine kurze Pfeife an, setzte sich, nahm ein Buch zur Hand und begann zu lesen.

„Nun? Gehst du noch nicht?" fragte der andere.

„Nein, ich — hm — es scheint sehr rauh draußen, und es ist wohl besser, wenn ich euch Gesellschaft leiste — ich werde hoffentlich nicht stören."

„Keineswegs, indessen — Renate scheint noch nicht fertig mit der Wäsche, wer weiß, ob es zum Spiele kommt." Damit ergriff Johann Georg wieder die Zeitung und vertiefte sich darein.

Renate kam später und fand die beiden Herren in sehr schlechter Stimmung. Warum waren sie aber auch nicht, wie sie es gewohnt, in die Ressource gegangen?

Die Gebrüder Pfannkuch waren verliebt — gründlich, bis über die Ohren!

Und sie wollten sich's nicht merken lassen; jeder glaubte, keiner könne den anderen durchschauen. Bald brachte Johann Georg der Nichte eine Tafel Schokolade mit, bald erfreute sie Sebastian Heinrich mit dem neuesten Almanach oder mit einem Blumenstock — er war etwas poetisch angehaucht, wie aus der Wahl seiner Geschenke hervorgeht.

Renate nahm beider Aufmerksamkeiten mit gebührendem Dank hin, wie eine Tochter ihn dem Vater zollt; sie dachte

sich nichts weiter dabei, als daß die Onkels oder vielmehr
Vettern ihr durch solche Gaben ihre Zufriedenheit mit ihren
Leistungen bezeigen wollten, und dieser Gedanke machte
sie glücklich. Die Waise war ja so dankbar für die
Heimat, die sie gefunden hatte; deshalb wurde sie jedenfalls
auch von Tag zu Tag vergnügter, deshalb schallte wohl
ihre Stimme, muntere Lieder singend, durch das alte
Haus.

*   *   *

Die Nebenbuhlerschaft zwischen den Brüdern wurde
immer schlimmer, aber Renate blieb ahnungslos. Sie
wußte ja nicht, daß es früher ganz anders zwischen den
beiden gewesen war. Johann Georg spielte sich jetzt mehr
und mehr auf das Familienoberhaupt heraus und verlangte von Sebastian Heinrich völlige Unterwerfung. Dieser
aber betonte bei jeder Gelegenheit das höhere Alter des
Bruders, flocht, wenn Renate zugegen war, gern allerlei
Anzüglichkeiten in seine Rede ein, wie: „Ja freilich, du
kannst dich darauf noch erinnern, du bist ja älter als ich;
ich war damals noch ein Kind," und solche spitze Worte
mehr.

Wenn aber einmal zufällig das Gespräch auf vergangene
Zeiten kam, dann brachen beide verlegen und mit roten
Köpfen die Unterhaltung ab. Es war so fatal, wenn
Renate sagte: „O, wie lange können sich die Herren Onkels"
— sie vergaß immer wieder, Vettern zu sagen — „zurück-
erinnern!"

Johann Georg und Sebastian Heinrich fühlten sich
recht unbehaglich in ihrer Verliebtheit, und doch hätte
keiner Renate, die Ursache dieses Zustandes, missen mögen.
Es war, als wollte durch diese Qualen das ganze, bisher von
ihnen so verachtete weibliche Geschlecht sich an ihnen rächen.
Noch nie war ihnen ein junges, anmutiges Wesen so
nahe getreten. Die Mutter hatte zwar trefflich für „ihre

Jungen" gesorgt, aber von der demütigen, liebevollen Art
und Weise, ihnen zu dienen, die Renate an sich hatte,
war sie weit entfernt gewesen. Diese Süßigkeit lernten
die Gebrüder Pfannkuch erst jetzt kennen und fanden sie
über die Maßen angenehm. Wenn nur die böse Eifersucht nicht gewesen wäre. Liebe und Eifersucht nahmen
den Brüdern völlig ihr klares Denken, und das hatte
schlimme Folgen.

Die sprichwörtliche Einigkeit war gestört, wie es schien
für alle Zeiten. Nur noch in Gegenwart dritter sprachen
sie überhaupt zusammen; waren sie allein, so verharrten
sie in verstocktem Schweigen. In die Ressource gingen
sie nun gar nicht mehr; kaum den notwendigsten Geschäfts-
gang wagte einer allein zu machen. Der andere hatte ja
so lange freie Bahn!

Eines Tages — die unbehagliche Stimmung zwischen
den Brüdern hatte ziemlich ihren Höhepunkt erreicht —
stand Sebastian Heinrich vor dem großen Pfeilerspiegel
in der guten Stube und hielt einen Monolog. „Vortrefflich," dabei warf er sich in die Brust, „ganz vortrefflich. Mancher Vierziger sieht nicht besser aus; ich dächte,
ein junges Frauenzimmer könnte recht gut noch Wohl-
gefallen an mir finden. Und ich verspüre es ja auch,
die Renate ist mir gewogen. — Nur Mut! Heute noch
frage ich sie, ob —"

„Hahaha!" tönte es da hinter ihm, „'s ist doch herrlich, die reine Komödie! Nein, Heinrich, mach dich
nicht lächerlich! Wenn sie einen von uns beiden nimmt,
so nimmt sie mich. Ich sage ja gerade nicht, daß ich
wie ein — hm — wie ein Jüngling aussehe — deine
Perücke läßt dich sogar von Angesicht vielleicht jünger
erscheinen, aber dafür ist mein Haarwuchs natürlich, und
überhaupt — meine ganze Natur hat eben noch etwas
viel Jugendlicheres, Elastischeres."

„Jawohl, besonders wenn dich das Podagra plagt; es fiel mir gestern schon auf, daß du wieder recht steif= beinig einhergehst. Nein, wenn sie einen von uns nimmt, dann bin ich es — ich habe Beweise."

„Beweise? Hat sie dir gesagt —?"

„Nun, nicht gerade gesagt, aber du mußt doch selbst bemerkt haben, daß sie mit mir ganz anders verkehrt, als mit dir. Dir gegenüber hat sie so was kindlich Ehr= fürchtiges; mit mir macht sie gern einen Scherz, wie es ja nur natürlich ist, da ich ihr im Alter doch so viel näher stehe. Und kurz und gut — noch heute halte ich um sie an!"

„Wage es nicht! Ich bin der Aeltere — du hast das ja eben noch betont — ich habe das erste Recht. Noch ein Wort — und wir sind geschiedene Leute. Mein wird die Renate, gerade ihre Schüchternheit mir gegenüber spricht dafür, daß sie mich liebt. Du bist ihr gerade gut genug zum Scherzen und Lachen, du hast in der That seither was geleistet an faden Witzen. Mit mir bespricht sie alles, was den Haushalt angeht; kurz und gut, du hast gar keine Aussichten, du — du — alberner Geck!"

„So? Du steifbeiniger Gesell —"

„Hinaus!" schrie Johann Georg, „ich vergesse sonst, daß wir Brüder sind — hinaus!"

„Ja, laß nur, ich gehe schon. Ich verlasse das Haus, morgen gleich sehe ich mich nach einer passenden Wohnung um — ich kann ja so lange auch in den „Schwan" ziehen — heute noch, jetzt gleich! O, ich sterbe vor Wut, daß du alter Schleicher —"

„Kein Wort mehr — Respekt bitte ich mir aus. Geh nur, zieh nur aus, du verliebter Narr! Sollt's nicht glauben, kein Haar mehr auf dem Kopf und bildet sich ein, er könne die Braut gewinnen!"

Die beiden Brüder standen sich zitternd vor Wut und

Erregung gegenüber und bemerkten nicht, daß Renate in
der Thür stand. Erst als Sebastian Heinrich den Aus=
gang suchte, um sich stehenden Fußes in den „Schwan"
zu begeben, erblickten die beiden Herren das Mädchen.

Sebastian Heinrich stutzte, dann aber rief er: „So,
da ist sie selbst, sie soll entscheiden, hier auf der Stelle.
Renate, liebes Mädchen — sag', sprich, wen willst du
heiraten?" Dunkle Glut bedeckte Renatens Wangen; un=
sicher schaute sie von einem zum anderen — sie hatte wohl
die streitenden Stimmen gehört, aber nicht verstanden,
um was es sich handelte. Nun stotterte sie in töblicher
Verlegenheit: „Sie wissen schon, teure Onkels, er hat's
Ihnen schon gesagt, daß er mir gut ist? Ja," — ihre Stimme
wurde fester — „ich gesteh's reumütig, ich will ihn heiraten,
wenn Sie es mir gütigst gestatten. Ich habe ihn ja so sehr,
sehr lieb, den Bernhard, und er mich auch. Aber ich dachte
nicht, daß er schon bei Ihnen war mit seiner Werbung."

Die Brüder schwiegen eine Weile, dann erhob, nach
einigem Schlucken, Räuspern und Husten, Johann Georg
seine Stimme: „Siehst du, Sebastian Heinrich, daß ich
recht hatte? Sie liebt ihn, ich hatte es wohl bemerkt,
und du wolltest mir keinen Glauben schenken. Nun wirst
du nicht länger zweifeln, nun hast du es von ihr selbst
gehört, wen sie heiraten will. — Nein, Renate, gesagt
hat es uns der Huber noch nicht, aber wir wollen deinem
Glück nicht entgegen sein. Das weibliche Geschlecht in=
kliniert nun einmal fürs Heiraten — das Subjekt ist
ein braver Mensch, der uns treu gedient hat, er soll Zu=
lage haben, und ihr könnt oben im Haus wohnen. —
Und nun geh, mein Kind, und sei überzeugt, daß wir nur
dein Bestes wollen."

Damit trat Johann Georg der Nichte näher und drückte
einen väterlichen Kuß auf ihre Stirne. Sebastian Hein=
rich that das Gleiche, und als das junge Mädchen, nach=

dem sie ihren Dank gestammelt, hinaus war, sahen sich die Brüder eine lange Weile schweigend an.

Dann hob der Jüngere an: „Gott sei Dank, daß das so abgelaufen ist. Wahrhaftig — das hast du gut gemacht. Deine Geistesgegenwart war bewunderungswürdig!

Du haft uns beide vor einer ungeheuren Blamage be=
wahrt. Willft du meine böfen Worte von vorhin ver=
geffen? Ich biete dir die Bruderhand zur Verföhnung."

„Und ich nehme fie an, gern und freudig. Haben wir
doch einander nichts vorzuwerfen. — Weißt du was, Se=
baftian Heinrich? Wir find zwei rechte alte — Efel ge=
wefen. Hätten uns beinahe entzweit auf unfere alten
Tage, und um was? Um ein — Frauenzimmer! Als
ob das der Mühe wert wäre! Nein, dem Himmel fei
Dank, wir find noch zur rechten Zeit zur Vernunft ge=
kommen. Wenn ich's übrigens recht bedenke, fo war's
doch nur ein Scherz von mir."

„Natürlich, gerade wie bei mir, ich wollte nur fehen,
wie du es aufnehmen würdeft."

Die Brüder fchüttelten fich die Hände, und der Friede
war hergeftellt, um fürder nie wieder geftört zu werden.

Herr Johann Georg trug von nun an wieder feinen
Schlafrock und ließ fich nur jeden zweiten Tag rafieren,
wie früher. Herr Sebaftian Heinrich aber fteckte nach
kurzer Zeit die ihm überaus läftige Perücke in den Ofen,
und fah mit Behagen zu, wie fie zu Afche verbrannte.

Und in voller Eintracht wanderten die Gebrüder Pfann=
kuch wieder täglich in die Reffource; das Schachbrett ftand
vergeffen auf dem Schrank, und die Guitarre ruhte im
Kaften, wie ehedem.

Ein Spaziergang durch St. Louis.

Nordamerikanische Reiseerinnerungen. Von **Fred Morris**.

Mit 10 Illustrationen.

Der Krieg zwischen Spanien und Nordamerika läßt zum erstenmal seit langer Zeit wieder eine europäische und eine überseeische Macht von Bedeutung gegeneinander auf den Plan treten. Auf der einen Seite steht das mit Stolz auf eine große Vergangenheit zurückblickende alte kastilische Reich, entschlossen, an die Behauptung des wertvollsten Besitzes seines einst so glänzenden Kolonialreiches das Dasein zu setzen. Drüben gewahren wir die jüngste unter den Weltgroßmächten, bemüht, auch in kriegerischen Thaten die Gleichstellung der transatlantischen Republik mit den Großmächten der Alten Welt zu erringen.

Mit Spannung sind alle Blicke auf die Union gerichtet, nach der wir unsere Leser im Geiste zu führen gedenken, um ihnen eines der großartigsten städtischen Gemeinwesen jener gewaltigen Republik näher zu schildern.

Seiner jüngeren Rivalin Chicago sucht St. Louis, die größte und wichtigste Handels- und Fabrikstadt in Missouri, die fünftgrößte der Vereinigten Staaten, den stolzen Namen einer „Metropole des Westens" streitig zu machen. Sie liegt ziemlich im Mittelpunkte des riesigen

Mississippibeckens, das sich von den Alleghanybergen im Osten bis zu den Felsengebirgen des Westens erstreckt, am Westufer des „Vaters der Ströme".

Die Stadt kann auf eine interessante geschichtliche Vergangenheit zurückblicken. Bekanntlich bildete seit der Mitte des 17. Jahrhunderts das ganze Land am Mississippi eine französische Kolonie, die Le Salle 1682 nach seinem Monarchen Ludwig XIV. Louisiana benannte, und die vom Golf von Mexiko nach Norden bis an das kanadische Gebiet und noch weiterhin ohne bestimmte Grenzen in die Felsengebirge hineinreichte. Die an Zahl nur geringen Ansiedler der ersten Zeit waren durchweg Jäger, die im Kampfe mit den Indianern ein abenteuerliches Leben voll Gefahren führten und durchweg im Dienste der großen Pelzcompagnien standen. Auch auf jener Stätte, wo sich jetzt die große Handelsmetropole St. Louis erhebt, wurde zuerst eine solche Station für den Pelzhandel errichtet. Auf Grund eines vom Generalgouverneur in New Orleans ausgestellten Freibriefes ließ sich am 15. Februar 1764 eine Pelzhändlergesellschaft dort nieder und schlug einige Blockhütten auf. Ein gewisser Laclade, der an ihrer Spitze stand, verlieh jener Niederlassung den Namen seines Königs und taufte sie nach Ludwig XV. St. Louis.

Seltsamerweise gehörte aber das Land um jene Zeit thatsächlich gar nicht mehr zu Frankreich, das bereits im Jahre 1763 Louisiana, westlich vom Mississippi an Spanien und das östliche an England abgetreten hatte. Da aber die Verbindungen in der Neuen Welt damals noch sehr spärliche und langsame waren und jener Abtretungsvertrag zudem geheim gehalten wurde, so galt St. Louis nach wie vor als französische Niederlassung. Auch nachdem es bekannt geworden, daß das Gebiet Spanien gehöre, blieb der französische Kapitän St. Ange de Bellerive, der bis dahin Kommandant des St. Louis gegenüber liegenden Forts

Chartres gewesen war, mit seiner aus 40 Mann bestehenden Garnison an der Spitze der Niederlassung. Gegen Ende der sechziger Jahre erst kamen einige spanische Soldaten nach St. Louis, und 1780 wurde von seiten Spaniens dort der erste Gouverneur, Don Pedro Piornas, eingesetzt.

Nachdem sich 1776 die dreizehn Kolonialstaaten von England unabhängig erklärt hatten, stellten sich die Bewohner von St. Louis ebenfalls auf deren Seite. Deshalb veranlaßten die auf der gegenüber liegenden Flußseite sta-

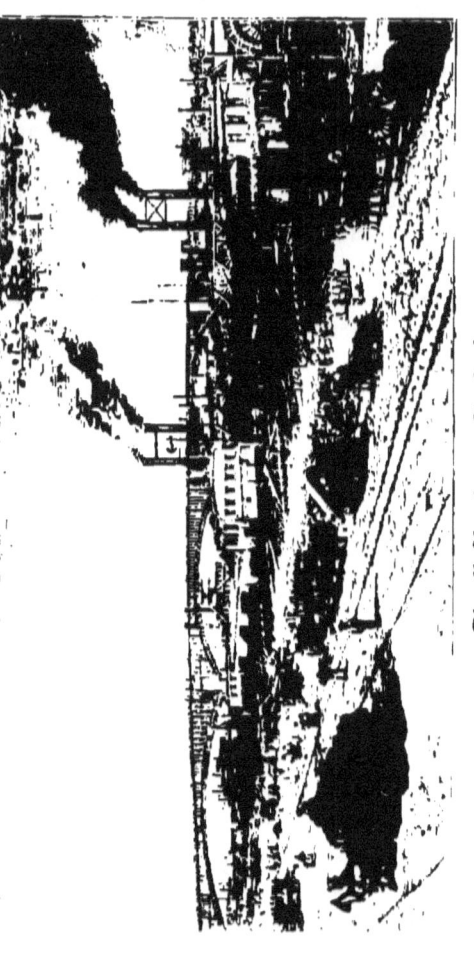

Die Flußfront von St Louis.

tionierten Engländer 1780 eine Bande feindlicher Indianer, den Platz zu überfallen. Viele Opfer erlagen ihren

Tomahawks, doch gelang es dem mutigen Zusammenhalten
der Ansiedler schließlich doch, die Rothäute zu Paaren zu
treiben, worauf man die ganze Ansiedelung durch einen
Palissadenwall und steinerne Bastionen gegen solche Hand=
streiche schützte. Als in der Nähe der Ohiomündung freche
Flußpiraten ihr Unwesen trieben, zogen im Jahr 1788 zehn
Boote von St. Louis aus den Mississippi hinab und ver=
nichteten die ganze Flottille der Räuber.

Dazumal zählte St. Louis etwa 800 Einwohner, die
sich bis 1800 kaum auf 1000 vermehrt hatten. In diesem
Jahre fiel das westliche Lousiana durch den Vertrag von
San Ilbefonso wieder an Frankreich zurück; die französische
Regierung befürchtete indessen, es könne ihr durch die stär=
kere Seemacht Englands genommen werden, und verkaufte
es daher 1803 um den Preis von 15 Millionen Dollars
an die Vereinigten Staaten. Es fielen somit an die Union
die jetzigen Staaten Louisiana, Arkansas, Missouri, Jowa,
Minnesota, Nebraska, Kansas, Oregon und die Territorien
bis an den Pazifischen Ozean.

Als in St. Louis zum erstenmal die amerikanische
Flagge aufgezogen wurde, zählte es etwa 150 Häuser und
drei angelegte Straßen, nahm aber fortan einen rascheren
Aufschwung, da die Vorteile seiner zentralen Lage für die
Handelsvermittelung zwischen Norden und Süden wie Osten
und Westen sich mehr und mehr geltend machten. Während
die ersten Ansiedler Franzosen und Spanier gewesen waren,
kamen bald auch zahlreiche Deutsche hinzu, die sich in
St. Louis und im Staate Missouri niederließen, als sich
in den zwanziger und dreißiger Jahren die deutsche Ein=
wanderung nach dem Westen richtete.

Um die Mitte der vierziger Jahre war St. Louis be=
reits eine Stadt von über 40,000 Einwohnern und ver=
mehrte sich von da an mit einer geradezu wunderbaren
Schnelligkeit. Westlich vom Ohio gab es noch keine Bahn=

Die Börse.

linien, weshalb der Mississippi die Hauptverkehrsader zwi=
schen dem Nordosten und dem Süden bis zum Golf von
Mexiko bildete. St. Louis war der Endpunkt der Dampf=
schiffahrt von New Orleans und der Abgangspunkt der
Fahrten auf dem oberen Mississippi bis nach Minnesota,
auf dem Illinoisfluß bis nach Chicago und auf dem Mis=
souri bis in die ferne Wildnis. Boote, die von der Stadt
den Mississippi bis zum Ohio abwärts und dann von dessen
Einmündung aufwärts bis Cincinnati und Pittsburg fuhren,
vermittelten den Verkehr mit dem Osten der Union.

Unter diesen Umständen konnte es nicht ausbleiben, daß
die Stadt sich immer rascher hob und ausdehnte. Sie hatte
im Jahre 1860: 160,773, 1880: 350,518 Einwohner und
zählt nach der letzten Volkszählung 441,770 Bewohner, mit
der am anderen Flußufer im Staate Illinois gegenüber=
liegenden Stadt East St. Louis, mit der es eine Eisen=
bahnbrücke verbindet, 466,939. Darunter sind etwa 150,000
Deutsche und 25,000 Farbige.

St. Louis erhebt sich amphitheatralisch auf dem Fluß=
ufer, und der Anblick, den Stadt und Fluß dem von Osten
kommenden Reisenden darbieten, ist überraschend großartig.
Während der Zug über die Brücke fährt, sieht er zu seinen
Füßen den mächtigen Strom mit unzähligen Schiffen und
Dampfern, an seinen Ufern ziehen sich die breiten Quais
mit zahllosen Magazinen und gewaltigen Getreidespeichern
hin. Dahinter steigt das Häusermeer dieser Metropole des
westlichen Amerika mit seinen Riesenbauten und Kuppeln,
Türmen und Rauchschloten sanft empor.

Wie die meisten Städte der Union ist auch St. Louis ganz
regelmäßig angelegt; die breiten Straßen schneiden sich fast alle
rechtwinkelig, und ihre Häuser sind durchweg aus Backsteinen
aufgeführt. Den eigentlichen Geschäftsteil bilden natürlich
die dem Flusse zunächst liegenden Straßen, während längs der
westlichen Grenze sich die eleganten Villenviertel hinziehen.

Inneres der Börse.

Die 18 englische Meilen lange Flußfront, Levee ge=
heißen, verleiht gewissermaßen der ganzen Stadt ihren
eigenartigen Charakter. Hier konzentriert sich der gesamte
Handelsverkehr, und hier gewinnt der Fremde auf den

erſten Blick die Ueberzeugung, ſich in einer Handelsſtadt und in einem Flußhafen erſten Ranges zu befinden. St. Louis iſt als Mittelpunkt des Miſſiſſippibeckens ein Stapelplatz für Mehl und andere Brotſtoffe, wovon ſeine 13 Getreideelevatoren oft mehr als 12 Millionen Buſhel (zu je 35 Liter) enthalten; desgleichen für Baumwolle, Pelzwerk, Tabak, Hanf, Kartoffeln, Vieh, Schweinefleiſch ꝛc.

Hunderte von Dampfern liegen an den Ufern oder kreuzen den Strom, darunter die größten ſchwimmenden Paläſte. Waren werden aus- und eingeladen, Boote fahren ab oder kommen an, von allen Seiten ertönen ſchrille Dampfpfeifen und Schiffsglocken, und in das Raſſeln der Fuhrwerke miſchen ſich die Rufe der Aufſeher und Arbeiter. Man braucht längere Zeit, um ſich an dieſen Lärm und dies fieberhaft haſtende Drängen und Treiben zu gewöhnen. Längs der ganzen Flußlänge zieht ſich ein 31 Meter breiter Damm (Frontſtreet) hin, beſetzt mit großen Speichern, Warenlagern und einzelnen Fabriken, während in den nächſt= liegenden Straßen ſich die Geſchäftshäuſer, die Engros= und Detailhäuſer befinden.

Die langen, breiten Straßenzüge weiſen zahlreiche ſtatt= liche Bauten auf, allerdings ohne gemeinſamen Stil, manche aber, wie z. B. das dem Court=Houſe oder Gerichtshofe an der vierten Straße gegenüber errichtete Haus von wirk= lich architektoniſcher Bedeutung. Die öffentlichen Gebäude ſind durchweg großartig und zumeiſt in einem gleichmäßig ſchönen und reichen Stil erbaut. Ein ſehr anſehnlicher, jedoch etwas überladener Bau iſt das Regierungsgebäude (Poſt Office und Curtam Houſe) an der Oliveſtraße; bemerkenswert ſind das aus Granit gebaute Zollhaus mit Poſt, das ſchon erwähnte Court=Houſe mit Kuppel, die neue City=Hall, das Ausſtellungsgebäude, das Zeughaus ꝛc.

Beſondere Erwähnung verdient die Börſe (Marchant= Exchange), ein ſtolzer Renaiſſancebau, der leider in einer

sehr engen Straße liegt, so daß man nur schwer einen Ge=
samtüberblick gewinnt. Dem imposanten Aeußeren ent=
spricht das Innere, zumal der große Börsensaal mit seinem
interessanten Leben und Treiben während der Geschäfts=

„Straßenparade" eines Zirkus.

stunden verdient einen Besuch. Auch mehrere der großen
Gasthöfe sind außerordentlich schöne Bauten. Von Gottes=
häusern nennen wir die katholische Kathedrale, die prote=
stantische Christ Church=Kathedrale, und einige der pres=
byterianischen Gotteshäuser.

Die belebtesten Straßen im Inneren der Stadt sind: Olivestreet, Broadway, Chestnutstreet; in Fourstreet sind viele Banken, in Thirdstreet Versicherungsgesellschaften.

Partie in der Gegend der Four Courts.

Kabel- und elektrische Bahnen durchziehen die Hauptverkehrsadern. Bei einem Gange durch die Straßen fallen dem Fremden oft höchst originelle Proben echt amerikanischer Reklame auf; dazu gehören auch die sogenannten Paraden der Zirkus und sonstigen Schaustellungen, die mög-

lichst prunkvoll und phantastisch gestaltet werden. Kein
ankommender Zirkusbesitzer unterläßt es, mit seinen Ar=
tisten, seltenen Tieren und sonstigen Sehenswürdigkeiten
einen Zug durch die Straßen der Stadt zu veranstalten.
Versteht er es, dadurch die Neugier und Schaulust recht

Die Washington-Avenue.

rege zu machen, so ist ein glänzender Erfolg seiner Vor=
stellungen gesichert.

Die stattlichsten Bauten findet man in den mittleren
Stadtteilen, wohingegen die nördlichen und südlichen Aus=
läufer der Stadt einen viel bescheideneren Charakter tragen.
Manche Viertel weisen ein ziemlich altes und verfallenes
Aussehen auf, wie z. B. die Partie in der Gegend der
Four Courts, wo eine Zentralanstalt für die Kriminal= und
Polizeigerichtshöfe, das Stadtgefängnis u. s. w. sich be=

finden. Einen ganz anderen Charakter wiederum weisen die westlichen, auf den höheren Terrassen gelegenen Stadt= teile auf. In den Villenvorstädten und langen Avenuen, wie Washington=Avenue, Grand=Avenue, reiht sich ein hüb= sches Landhaus an das andere. Ueber diesen aristokratischen Vierteln herrscht auch eine reinere Luft, wie in der eigent= lichen Stadt, wo der Ruß lästig fällt, und der schwarze, schwere Dampf aus den Wohnhäusern und Fabriken, in denen man eine sehr weiche, bituminöse Kohle brennt, be= ständig wie eine mächtige Wolke über dem Häusermeer lagert.

Sehr bemerkenswert sind die höheren Bildungsanstalten der Stadt: die Wellington University, die außer der poly= technischen, der Kunst= und der Rechtsschule auch Colleges für das weibliche Geschlecht und Elementarschulen umfaßt; das katholische College of the Christian Brothers, das lu= therische deutsche Concordia=College, das St. Louis Medical= College (dem Museum gegenüber). Unter den Bibliotheken sind die städtische mit 70,000 und die Mercantile Library mit 80,000 Bänden hervorzuheben. Das Elementarschul= wesen gilt für gut; für Volksbildung ist in ergiebiger Weise gesorgt, und die deutsche Sprache findet billige Be= rücksichtigung. Mehrere historische, naturwissenschaftliche, Kunst= und Erziehungsanstalten und Vereine sind vorhan= den; unter den Klubs befinden sich natürlich auch zahlreiche deutsche.

Die Deutschen bewohnen in St. Louis nicht, wie in manchen anderen Städten der Union, abgeschlossene „deutsche Viertel", sondern verteilen sich mehr auf die ganze außer= ordentlich langgebehnte Stadt. Das Deutschtum tritt des= wegen bort auch nicht als kompakte Masse auf und übt in politischer Beziehung, bei Wahlen u. s. w., vielleicht nicht einen solchen Einfluß aus, wie er seiner numerischen Stärke entsprechen würde. Bereitwillig wird indessen anerkannt, daß namentlich die 1848 aus Deutschland gekommenen Flüchtlinge auf die Entwickelung wissenschaftlichen Lebens in St. Louis den günstigsten Einfluß ausgeübt haben. Die deutschen Turn-, Gesang-, Musik- und Schützenvereine tragen wesentlich zur Hebung der Geselligkeit bei.

Im Lafayette-Park.

Eine ganz besondere Zierde der Stadt bilden die zum Teil sehr ausgedehnten Parks, die sämtlich noch innerhalb der Stadtgrenze liegen. Im südlichen Stadtteil befindet sich der Lafayette-Park mit einer 12 Hektar umfassenden Grundfläche. Er ist sehr hübsch mit Seen, Rosenkulturen,

Gesträuchen und schattigen Baumgruppen angelegt und gewinnt dadurch nicht unwesentlich, daß er rings von einem neuen Stadtteil mit schmucken Bauten umgeben ist.

Nördlich davon erstrecken sich die Fair Grounds, welche fast dreimal so groß wie der Lafayette-Park sind. Hier findet man eine Rennbahn mit Amphitheater für 25,000 Personen, Ausstellungsgebäude, einen zoologischen Garten 2c. In diesem Parke werden in der schönen Jahreszeit zahlreiche Feste abgehalten, zumal auch solche der Deutschen, wie das Schwabenfest, Cannstatter Volksfest, Plattdeutsches Volksfest und andere. Während der Ausstellungs(Fair-)wochen im Oktober strömen jahraus jahrein, Tag für Tag viele Tausende in diesen Park; der Donnerstag gilt während dieser Zeit nach altem Gebrauch als offizieller Festtag für St. Louis, eine Art von Derbytag, und dann ist jedesmal der Besuch ein besonders starker, da natürlich auch aus der ganzen Umgegend ein großer Zudrang stattfindet.

Im Westen liegt der Forest-Park (555 Hektar) oder „das Wäldchen"; im Südwesten der Tower Grove-Park mit trefflichen Statuen von Alexander v. Humboldt, Shakespeare und Columbus. Shaws Garden oder Missouri Botanical Garden (30 Hektar) ist einer der schönsten botanischen Gärten der Vereinigten Staaten. Der Besitzer, Henry Shaw, der über ungezählte Millionen verfügte, gründete bereits im Jahre 1849 diese Anlagen, die außer den im Freien befindlichen Beeten und Baumschulen eine ganze Reihe von Gewächshäusern mit Sammlungen der seltensten Topfpflanzen, ein Museum mit umfassenden Herbarien, eine Bibliothek botanischer und naturwissenschaftlicher Werke u. s. w. umfassen. Er öffnete sie dem Publikum und traf die Verfügung, daß der Garten nach seinem Tode in den Besitz der Stadt übergehen solle. Der schönste Friedhof der Stadt ist der von Belle Fontaine im Norden.

Auch die vielen wohlthätigen Anstalten der Stadt ver-

dienen wenigstens eine kurze Erwähnung; namentlich das
Stadt-, das Marien- und das Schwesternhospital, das Haus
der Freundlosen, die Irrenanstalt, die verschiedenen Waisen-
häuser u. s. w.

Wie oben bemerkt, liegt St. Louis, gleich den meisten

Die Fair Grounds.

großen Städten am Mississippi und Missouri, am Westufer
des Stromes, und noch bis gegen Ende der sechziger Jahre
war die Verbindung der beiden Seiten eine höchst mangel-
hafte und unzureichende. Dann aber faßte man den Plan,
eine stehende Brücke über den Mississippi zwischen St. Louis
und East St. Louis zu erbauen, mit dessen Ausführung

der Ingenieur James B. Eads, von dem später auch das
seiner Zeit vielbesprochene Projekt einer Nicaraguaschiffsbahn
herrührte,   betraut
wurde.

In den Jahren
1864 bis 1874 ent-
stand dann mit ei-
nem Kostenaufwande
von 10 Millionen
Dollars oder 42 Mil-
lionen Mark jene
großartige Brücke,
die auch heute noch
als ein Meisterwerk
moderner Brücken-
baukunst gelten darf.

Das Humboldt-Denkmal im Tower Grove-Park.

Sie ist 680 Meter lang, hat drei Bogen (der mittlere
158 Meter weit) aus Gußstahl, die auf vier mächtigen
Granitpfeilern ruhen. Die letzteren mußten durch Schlamm

und Flußsand bis auf den felsigen Untergrund gebracht werden; bei einem der Pfeiler stieß man erst bei 37 Meter

Auf der Brücke von St. Louis.

unter dem Wasser=spiegel auf solchen. Der obere Teil der Brücke stellt eine breite und ge=räumige, in der Mitte nur wenig ansteigende Pas=sage für Fuß=gänger und die mannigfaltigsten Fahrzeuge dar, während sich im Inneren der Brücke die Eisenbahngeleise hinziehen, um auf der

Seite von St. Louis in einen Tunnel zu münden. Dieser
läuft vom Ufer aus 1460 Meter weit unter der Stadt
hin und mündet erst bei der elften Straße, so ziemlich
im Mittelpunkte von St. Louis, in das riesige Union=
depot. Hier stoßen, mit Ausnahme einiger weniger
Lokalbahnen, die sämtlichen 35 Eisenbahnlinien zusammen,
welche nach St. Louis führen, und man kann sich danach
unschwer vorstellen, was für ein Riesenverkehr in jenem
Zentraldepot herrschen muß. Trotzdem aber findet man
dort eine geradezu musterhafte Ordnung, und der Betrieb
ist so vortrefflich geleitet, alle Anordnungen sind so zweck=
mäßig und übersichtlich, daß jedermann sich in dem Gewirr
unschwer zurecht zu finden vermag.

Die obere Brückenpassage ist namentlich an den schwülen
Sommerabenden ein beliebter Spaziergang, da dort auf der
Höhe über den rauschenden Fluten des Mississippi immer
ein kühles Lüftchen weht. Von dort aus werfen wir auch
noch einen Abschiedsblick auf St. Louis, bevor wir von
ihm scheiden. In der Richtung stromabwärts ist die
St. Louiser Brücke die letzte, welche den Mississippi über=
spannt. Auf seinem tausend Meilen weiten Laufe bis
New Orleans ist er zu gewaltig, zu reißend und zu mächtig,
als daß Menschenhände es unternehmen dürften, ihn in
solche Eisenfesseln zu schlagen.

Der Mühlknappe.

Novelle von Karl Felix v. Schlichtegroll.

---

1.   (Nachdruck verboten.)

Es hat geklingelt. Hast du keine Ohren, Johann?" rief der Kommerzienrat Schweder seinem Diener zu, der beschäftigt war, ihm beim Ankleiden zu helfen. „Sieh nach, wer draußen ist; ich bin für niemand mehr zu sprechen — für absolut niemand!"

Der Diener ging hinaus, kam aber schon nach wenig Minuten wieder zurück. „Es war nichts — nur ein Bettler, gnädiger Herr."

„Landplage," brummte jener vor sich hin. „Hast du ihm etwas gegeben?"

„Ja, Herr Kommerzienrat."

„Du weißt doch, daß ich es nicht haben will; das Pack kommt sonst in Scharen gelaufen."

„Der Mann dauerte mich," erwiderte der Gescholtene. „Er sah so elend aus — es war ein alter Mann."

Schweder runzelte die Stirn und zupfte an seiner Krawatte. „Wieviel hast du ihm denn gegeben?"

„Zehn Pfennig."

Mit ungeduldigem Griff riß der Kommerzienrat sein Portemonnaie aus der Tasche, nahm ein gleiches Geld-

stück heraus und warf es auf den Tisch: „Für die Zukunft
verbitte ich mir die Geschichte. Ich will die Lumpen
nicht erst in mein Haus gewöhnen! Es wird hier so wie so
jetzt täglich eingebrochen. Man ist seines Lebens ja kaum
noch sicher."

Ah — eben hatte er die Lackstiefel an den Füßen.
Er sprang auf und griff nach seinem Frack. Der Diener
half seinem Herrn hinein.

„Haben Herr Kommerzienrat schon gehört, daß gestern
nacht wieder ein Einbruch stattgefunden hat?" fragte er
währenddessen.

„Na, da hast du es ja! — Nein. Wo denn?"

„Bei Major v. Kleß in der Villa draußen; das ganze
Silberzeug haben sie mitgenommen.",

Schweder zog die Augenbrauen in die Höhe. „Ist
doch unerhört! Schöne Polizei hier! Da sollte ich nur
etwas zu sagen haben, ich würde mit dem Gesindel bald
gründlich aufräumen! Man hat natürlich wiederum keine
Ahnung, wer der Dieb ist. Was, Johann?"

„Nein, gnädiger Herr."

Verstimmt schüttelte dieser mit dem Kopfe, träufelte
alsdann aus einer Parfümflasche einige Tropfen auf sein
Schnupftuch, fuhr noch einmal mit der Bürste über Bart
und Haar und schritt dann seinem Wohnzimmer zu, das
durch ein dunkles Kabinett mit seinem Schlafgemach verbunden war.

„Sage dem Herrn Assessor, daß ich bereits warte," rief er
dem Diener noch zu, als er schon die Thür in der Hand
hatte.

Der Raum, den er betrat, war mäßig groß und mit
schweren, dunklen Eichenmöbeln ausgestattet. Ein Ge-
weihbronzeleuchter hing von der Decke herab, auf einigen
Schränken und Wandbrettern standen verschiedene überseeische Gegenstände, Vasen, Muscheln und ein indisches

Götzenbild, während auf einem Tischchen ein kleiner Holz=
kasten mit Glasdeckel lag, welcher zwei sehr seltene Münzen
aus der Zeit des Dreißigjährigen Krieges mit dem Bild=
nis Bernhards von Weimar enthielt — zwei Raritäten,
auf die ihr Besitzer ungemein stolz war. Ein dicker hol=
ländischer Teppich bedeckte den Fußboden, Oelgemälde
hingen an den Wänden, kurzum das ganze Gemach atmete
Wohlstand und Behagen.

Der Kommerzienrat trat vor den Spiegel, vor dem
zwei große Lampen brannten und deren Licht jetzt voll
auf seine breite, kräftige Gestalt fiel. Er musterte sich
sehr genau. Ein siegesgewisses Lächeln flog dabei über
sein hartes, rücksichtsloses Antlitz. Tief Atem holend strich
er mit der Hand über die Stirne.

Er war zufrieden mit sich. Der heutige Tag belohnte
ihn für manche Stunde harter Arbeit, Demütigung und
Entbehrung. Aber das alles lag weit hinter ihm; er
hatte erreicht, was er wollte: er war reich und er war
mächtig; endlich heute war er so weit, daß selbst die spröde
und zurückhaltende Gesellschaft der alteingesessenen Fami=
lien wie des Adels, die ihn bis dahin immer nur ge=
duldet, als gleichberechtigt in ihren Kreis aufnahm. Es
galt heute die Verlobung seines ältesten Sohnes mit Fräu=
lein Alwine v. Pattow, der Tochter des Generals v. Pattow,
zu feiern.

Damit war die Schranke gefallen! Das Haus Schweder
trat ein in die Reihe der ersten Häuser der Stadt.

Schweder war das Kind armer Eltern. Er machte
kein Hehl daraus, er rühmte sich dessen sogar gerne,
er war stolz darauf, daß er alles, was er besaß, „ehrlich
und aus eigener Kraft" erworben habe.

„Habe mich hart plagen müssen," war seine Redens=
art. „War drüben über dem großen Wasser. Da lernt
man arbeiten!"

Aus den kalifornischen Goldminen stammten die An-
fänge seines Wohlstandes. Vor zwanzig Jahren war er
mit seinen beiden Söhnen Ferdinand und Martin in der
Stadt aufgetaucht. Da er Witwer war, fiel es ihm um
so schwerer, in der Gesellschaft Fuß zu fassen. Anfangs
war man ihm auch mit Mißtrauen entgegengekommen,
und hatte dem „Amerikaner", wie man ihn trotz seines
deutschen Ursprungs nannte, das Leben weidlich sauer gemacht, bis man schließlich, als er sich nicht mehr übersehen
ließ, vor ihm kapitulierte.

Er hatte sogar einen Titel erhalten, und ein Orden
schmückte seine Brust — kurzum, er war ein Faktor geworden in der Stadt, in der er lebte.

Auf dem Tisch vor dem Sofa lag die Abendnummer
der Zeitung. Er bemerkte es, von dem Spiegel zurücktretend. Hastig griff er nach dem Blatte und entfaltete
es. Die Politik kümmerte ihn heute nicht, aber eine
Notiz unter der Rubrik „Lokales" interessierte ihn ungemein. Er las:

„Wieder hat einer unserer angesehensten Mitbürger
seinen Wohlthätigkeitssinn in großartiger Weise bethätigt.
Herr Kommerzienrat Schweder spendete anläßlich der Verlobung seines ältesten Herrn Sohnes zehntausend Mark
für die Armen der Stadt."

So war es recht! Er schmunzelte — er war sehr zufrieden mit sich.

Eben ging die Thür auf, und sein jüngerer Sohn
Martin, der Gerichtsassessor, trat in das Zimmer. Auch
er trug Festkleider, allein sein Gesicht war nicht so strahlend wie das des Vaters — vielmehr lag um seinen Mund
ein Zug stiller Resignation.

„Ah, bist du endlich auch fertig?" empfing ihn der
Kommerzienrat.

„Verzeihe, wenn ich dich habe warten lassen, ich hatte

mich über meinen Arbeiten verspätet, es ist jetzt gerade
übermäßig viel auf dem Gericht zu thun."

Der Kommerzienrat lachte kurz auf: „Viel? Hm —
und ihr räumt doch mit den Spitzbuben nicht auf. Gericht und Polizei, alle beide — hm..."

„Wie meinst du?"

„Ach nichts — nichts! Komm nur, es ist schon spät.
Wir haben keine Zeit zu verlieren."

Damit schritt er dem Sohne voran auf den Hausflur,
der quer durch das ganze alte Giebelhaus ging, und trug
dem Diener auf, Sorge zu tragen, daß alle Thüren gut
verschlossen würden.

———

Die Wohnung des Generals v. Pattow war erleuchtet.
Es war fast zuviel Licht für die Einrichtung.

Die Herrschaften erwarteten ihre Gäste. Ferdinand
Schweder war bereits anwesend. Als Bräutigam hatte
er das Vorrecht, früh zu erscheinen. Er fühlte sich sehr
glücklich und war gleich seinem Vater ungemein stolz auf
die vornehme Herkunft seiner Braut. Er war so ein-
genommen von diesen Gefühlen, daß er darüber das re-
servierte Benehmen Alinens gar nicht bemerkte, noch die
übermäßige Zuvorkommenheit des Generals und seiner
Frau.

Soeben hatte er seiner Verlobten ein kostbares Saphir-
armband angelegt, das einen seltsamen Kontrast zu der
sonstigen Einfachheit ihrer Toilette bildete. Sie betrachtete
das Schmuckstück mit funkelnden Augen. Keine ihrer
Freundinnen besaß ein solches!

„Freut's dich?" fragte er zärtlich.

Sie sah zu ihm auf. „Verschwender!" flüsterte sie.

Der General eilte eben nach der Thür; die ersten Geladenen waren erschienen. Es war eine Baronin Klaten
nebst Tochter.

„Tausend Glückwünsche, meine liebe Aline! Und auch Ihnen, Herr Schweder, von Herzen Glück! Ich habe mich ungemein gefreut."

Aber schon kamen andere Gäste; der Salon war bald gefüllt. Es regnete Gratulationen. Kein einziger war da, der nicht entzückt schien von dieser Verbindung.

Frau v. Klaten hatte den Oberst v. Schack in eine Ecke gezogen. „Nun, was sagen Sie?"

„Mein Gott, Baronin, wenn man drei Töchter hat und gar nichts — absolut gar nichts!"

„Freilich, mein Gott, ja — aber dennoch —"

Der Offizier schlug die Hände leicht zusammen. „Ich denke im Grunde ja auch so wie Sie, verehrte Freundin, aber sehen Sie — Pattow konnte nicht anders. Man sieht die Einschränkungen hier in jedem Winkel und — — ja, was ist denn?"

Eine allgemeine Stille war entstanden, der Oberst fuhr herum, um die Ursache zu erfahren. Der Kommerzien= rat und Martin waren soeben erschienen. „Der Thaler= schwiegervater!" flüsterte ihm die Baronin zu. „Sehen Sie ihn nur an. Das reine Verbrechergesicht!"

Schack hob warnend den Finger. „Vorsicht, Verehrteste. Der reichste Mann der Stadt. Alles tanzt, wenn er pfeift. Ich bitte Sie, Baronin!"

Nein, er paßte wirklich nicht in diesen Kreis; sein eisernes Gesicht, dies rücksichtslos zur Schau getragene Selbstbewußtsein, die Art, wie er mit seiner Uhrkette spielte, seine harte Stimme — das alles stand in schnei= dendem Gegensatz zu den sanft lächelnden Mienen und den abgeschliffenen Formen der übrigen Gesellschaft. Er fühlte das auch selber, aber er war doch stolz darauf, hier zu sein und sich als der am meisten beobachtete und umworbene Gast des Hauses fühlen zu dürfen.

Eben traten Herr und Frau v. Kleß in das Zimmer.

Sogleich waren beide von einer Schar Neugieriger umringt; ein jeder wünschte etwas über den Einbruchsdiebstahl in der Villa zu hören.

„Haben Sie gar keinen Verdacht? Ist gar keine Spur aufgefunden?"

Der Major zog die Augenbrauen herauf. „Leider nicht. Nur ein Andenken haben die Kerle uns hinterlassen."

„Was denn?" Alle Mienen waren auf das äußerste erregt.

„Einen Knopf!" erwiderte der Gefragte.

Einige der Zuhörer lachten; andere machten sehr enttäuschte Gesichter.

„Ja, einen Knopf von braunem Hirschhorn," fuhr jener fort. „Ich habe dies Beweisstück heute morgen sogleich auf das Polizeibureau getragen."

„Wo ist der Assessor Schweber?" rief Frau v. Klaten dazwischen. „Das ist etwas für die Juristen und Kriminalisten! Eine solche Kleinigkeit hat manchen schon an den Galgen gebracht. Geb' es der Himmel, daß auch dieser Fund seine Schuldigkeit thut."

Auch der Kommerzienrat hatte diesem Gespräch zugehört. Es war augenscheinlich, daß dasselbe ihn an einem Ehrentage seines Hauses, wie dem heutigen, verdroß. Er zog die Stirne in Falten. „Ein unheimliches Thema," sagte er. „Ich denke, wir könnten von besseren Dingen reden."

Bald darauf hieß es, das Essen sei aufgetragen. Die Generalin legte ihren Arm in den seinen und ließ sich von ihm zur Tafel führen.

Es wurden ungeheuer viele Reden gehalten, welche die Verbindung der Familien v. Pattow und Schweber feierten. Die Sprecher überboten sich gegenseitig, die beiden Häuser herauszustreichen, indem sie die Traditionen des abligen und die Erfolge, die Tüchtigkeit und Ehrenhaftigkeit des bürgerlichen hervorhoben.

Die ganze Versammlung erhob sich von ihren Sitzen und stieß mit den schäumenden Sektgläsern an. Alles schwamm in Wohlwollen und Zuvorkommenheit.

„Und man weiß doch eigentlich nicht, wer diese Schwebers sind," zischelte die Klaten dem Obersten v. Schack ins Ohr, als ihre Kelche aneinander klangen. Sie hatte es ganz leise gesagt, aber trotzdem hatte jemand die Worte verstanden: Martin Schweber, des Kaufherrn jüngster Sohn.

Unwillkürlich zuckte er zusammen, es fuhr ihm wie ein Messer ins Herz. Er blickte auf den Vater, den Bruder; er sah sie beide lächeln, so stolz, so glücklich. Er wandte das Auge auf Aline v. Pattow, und allerdings, auch sie lächelte, aber doch ganz anders. Dieses Lächeln kam nicht von Herzen! Und während er so auf sie hinschaute, mußte er sich des Lächelns eines anderen Mädchens erinnern, und seine Gedanken flogen fort von dieser Festtafel — weit hinaus in die Vorstadt, wo ein kleines, niedriges Haus zwischen Rotdornhecken lag.

Um ihn her ward es immer heiterer. Der Wein floß in Strömen, das Lachen wurde lauter, die Augen blitzten immer heller. Papa Schweber wurde immer mehr Mittelpunkt des ganzen Kreises.

Als man sich nach Mitternacht trennte, war alles in der fröhlichsten Stimmung.

Fräulein Aline trat zu ihrem Schwiegervater und reichte ihm die Lippen zum Kusse.

Es war das erste Mal, daß sie ihm diese Gunst gewährte, und in gehobenster Stimmung verließ der Kommerzienrat, von Martin gefolgt, das Haus. Ferdinand blieb noch.

Am Himmel stand die silberne Mondscheibe, die Sterne funkelten, die hohen Giebelhäuser der Straße warfen breite

Schatten über den Weg, das Rathaus und die Nikolai=
kirche zeichneten sich wie zwei riesige Steingebirge gegen
die klare Luft ab. Vom Hafen her blies ein leichter
Wind die Straße herauf und pfiff leise in den Dach=
rinnen: es war eine herrliche Nacht.

Dem Kommerzienrat war so leicht zu Mut, wie noch
nie in seinem Leben. Der Jüngere schwieg.

„Zum Henker, sage etwas!" rief der Vater schließlich
ungeduldig. „Was ist dir? Du hast den ganzen Abend
schon ein Gesicht gemacht, wie die teure Zeit."

„Ich — wieso?"

„Ja, das muß man gestehen," fuhr der andere fort,
seine Gedanken auszuspinnen, „zu leben verstehen diese
Leute! Haben nichts, und doch — es ist eine Art, wie
sie sich geben — das macht ihnen keiner nach, der das
nicht von Geburt an gelernt hat."

Auch hierauf antwortete der Sohn nichts, sondern ging
schweigend weiter.

Auf einmal stand der Vater still. „Junge, mach mir
endlich auch die Freude und bringe mir so eine Tochter
ins Haus. Da ist das Fräulein v. Rottbeck, zwar aus
erstem Hause, aber du, ein Sohn von Johann Bernhard
Schweder, holst dir keinen Korb dort."

Martin blickte zur Erde. „Laß das, Vater!"

„Nein, im Gegenteil! Je eher, desto besser!"

„Das kann ich nicht — und will es nicht; du weißt
warum!"

„Weil du ein Narr bist! Das habe ich dir damals
gesagt, das wiederhole ich dir auch heute! Mein Sohn
ist nun einmal nicht geboren für eine Schreiberstochter!
An sich habe ich ja nichts gegen das Mädchen! Sehr
brav, sehr ehrenwert, gewiß. Aber dennoch ist es keine
Frau für dich."

„Das kannst du nur sagen, weil du sie nicht kennst."

„Einerlei — so oder so — ich geb's nicht zu. Nie! Die Familie ist zu tief unter unserem Stand."

Auch Martin ward nunmehr gereizt. „Allerdings — sie ist keine Generalstochter," versetzte er. „Aber, wie du mir oft erzählt hast, unsere Familie ist auch —"

„Was?"

„Deine Eltern sind einfache Arbeitersleute in Dessau gewesen, und du hast als Müllerbursche —"

„Schweig!" rief der Alte kurz. „Das Vergangene kümmert dich nicht, soll dich nicht kümmern. Du kennst meine Wünsche. Handle danach!"

„Ich kann nicht."

„Nicht? Nun gut, das werden wir sehen!"

Mit großen, starken Schritten ging der Kommerzienrat davon. Schweigend folgte der Sohn.

Nach kurzer Frist hatten sie ihr in der Frauenstraße belegenes Haus erreicht. Martin zog den Schlüssel aus der Tasche und machte auf. Der weite Hausflur lag vor ihnen wie ein ungeheurer schwarzer Schacht.

„Donnerwetter, was ist das?" entfuhr es auf einmal dem Kommerzienrat.

Am Ende des Raumes, woselbst sich die Thür zu den im Hintergebäude liegenden Comptoiren befand, schimmerte es hell.

Mit ein paar raschen Sätzen war er an der Thür und hob das Gesicht zu dem kleinen Glasfenster in dieselbe. In diesem Moment erlosch drinnen das Licht.

„Zu Hilfe!" schrie er. „Diebe! Auf den Hof! — Johann, zu Hilfe." Und dabei rüttelte er unablässig an der von innen verriegelten Thür.

Laut und schrill gellte sein Ruf durch das stille Haus. Martin war im Nu auf dem Hofe. Er sah zwei dunkle Gestalten aus dem letzten Fenster des Hinterhauses herausspringen und mit großen Sätzen auf den Garten zu

eilen, der nur durch eine niedrige Mauer abgeschlossen
war. Schon schwang der eine sich hinüber, schon schickte
sich der zweite an zu folgen, als Martin ihn erreichte und
zurückriß.

„Haben wir endlich einen von euch!"

Der Ergriffene stieß einen dumpfen Laut aus und
schlug wie rasend um sich. Er wurde erst überwältigt,
als der Kommerzienrat und der Diener zu Hilfe kamen.

„Herr Gott, das ist ja der Bettler von heute abend!"
rief letzterer aus.

„Nun, da haben wir's!" rief Schweder. „Das kommt von
dieser Hausbettelei! — Aber wo ist der andere Halunke?"

„Haltet nur diesen!" Martin ließ den Mann los und
schwang sich mit kurzem Entschluß gleichfalls über die
Mauer. Niemand war zu sehen. Es war ganz menschen-
leer hier.

Nein, doch nicht! Ein paar hundert Schritte weiter
sah er einen sich eilig entfernenden Mann. Das mußte
der Dieb sein! So schnell er konnte, rannte er dem Ent-
eilenden nach. Dieser bemerkte den Verfolger und begann
gleichfalls schneller zu laufen.

„Haltet den Dieb!" rief Martin.

Jetzt bog der vorne in die Wasserstraße. Martin war
ihm dicht auf den Fersen. „Haltet den Dieb! Haltet ihn!"

Sein Schrei lockte den Nachtwächter des Reviers herbei,
der sich mit ausgebreiteten Armen dem Fliehenden in den
Weg stellte.

Der Mann stutzte, er blickte zurück, er wollte kehrt
machen, allein es war zu spät. Er befand sich bereits
in den Händen seiner Verfolger.

„Was wollen Sie?" schrie er, „lassen Sie mich los!
Was habe ich gethan?"

„Das wirst du erfahren! Auf die Polizei!" keuchte
Martin.

„Nein, ich gehe nicht! Die Hände weg!" Er suchte zu beißen, er warf sich zu Boden, ließ sich schleifen und stieß eine Flut von Verwünschungen aus, und gebärdete sich wie rasend. Erst als noch ein anderer Wächter zu Hilfe kam, gelang es, den Ergriffenen auf die Wache zu schaffen, die sich unter den Kolonnaden des Rathauses befand.

„Hier bringen wir einen schweren Jungen!" sagte der Wächter eintretend.

Die Beamten lachten. „Ah, Herr Assessor Schweder!" rief der Wachthabende, Martin erkennend. „Eben war der Herr Kommerzienrat auch schon da und hat uns jemand zugeführt! Eine gute Nacht, heute!"

Martin that, als höre er es nicht. Er gab kurz seine Angaben zu Protokoll und ging. Ehe er wieder auf die Straße trat, saß der Verbrecher bereits in Haft.

2.

„Mein verehrter Herr Kommerzienrat, welch neues Verdienst Sie sich wieder um die Stadt, um uns alle erworben haben!" rief Frau v. Klaten, als sie Herrn Schweder tags darauf begegnete.

Er lachte mit seinem harten, breiten Lachen. „Ein schönes Kompliment für die Polizei!"

„Nur ein schrecklicher Abschluß des gestrigen Tages für Sie," fuhr die Dame fort. „War Ihnen das nicht entsetzlich peinlich?"

Er sah zu Boden und stieß seinen Stock auf das Trottoir.

„An so etwas darf man nicht denken! Im Grunde freilich thun mir die armen Teufel beinahe leid!" Er zuckte die Achseln und schwieg eine Weile. „Ich gönne keinem Menschen die Berührung mit dem Gericht, selbst wenn —"

„Himmel, wie Sie so etwas nur aussprechen können!" entfuhr es der Dame. „Was würde Ihr Herr Sohn zu dieser Ansicht sagen! Im Gegenteil, selbst das kleinste Vergehen soll geahndet werden. Wohin kämen wir ohne Gesetz und Gerichte! So wird doch jedem sein Recht."

„Wirklich?" fragte er mit leisem Spott. „Meinen Sie?"

„Natürlich! Diese Einrichtungen sind nicht nur eine Garantie für unsere eigene Sicherheit, nein, auch die beste Bürgschaft unseres Rufes, unserer gesellschaftlichen Stellung! Wenn Verbrechen straflos wären, so wüßte man ja niemals, wen man vor sich hat."

„Ich habe mich noch gar nicht erkundigt," suchte er abzulenken, „wie Ihnen das Fest bekommen ist, Baronin!"

Sie dankte leichthin, fuhr aber sogleich in ihren Ausführungen fort. Sie waren währenddessen vor dem Klubhause angelangt. Der Kommerzienrat zog den Hut und empfahl sich kurz und rasch, ohne sie zu Ende zu hören.

Verdutzt sah Frau v. Klaten ihm nach. „Er hat doch keine Lebensart," dachte sie.

Er war froh, von ihr loszukommen, und stieg die Treppe des Klubhauses eilig empor. Oben angelangt legte er ab und ging in das Lesezimmer. Es war ganz leer. Erschöpft sank er in einen Stuhl und stützte das Haupt in die Hand. Was die Dame unten zu ihm gesagt, wollte ihm nicht aus dem Kopf! Dem Verbrecher seinen Lohn — dem Unschuldigen Gerechtigkeit! Ja, ja. Es ist göttliches und menschliches Gesetz, wenigstens es heißt so. Auf allen Gassen wird es gepredigt.

Aber auf einmal ward ihm siedend heiß. Auch hier konnte er es nicht aushalten. Die Zeitungen interessierten ihn nicht, und so eilte er davon, direkt nach Hause.

In den Comptoirs wurde heute wenig gearbeitet; die Ereignisse der vorigen Nacht, die heute morgen von der

Kriminalpolizei gemachten Aufnahmen, der Fund der zurückgelassenen Dietriche und Werkzeuge, alles das wurde unablässig erwogen und besprochen.

Der Kommerzienrat stand plötzlich unter seinen jungen Leuten, die erschrocken auseinander stoben und an ihre Pulte eilten.

„Ist mein Sohn nicht hier?" fragte der Gestrenge.

Der Prokurist trat vor. „Nicht mehr, Herr Kommerzienrat. Herr Schweder ist schon seit einer halben Stunde fort."

„So — so!" damit ging der Kommerzienrat hinaus und in sein Privatbureau hinüber.

Die Angestellten blickten verwundert einander an. Was bedeutet das? Das Benehmen ihres Chefs dünkte sie sehr seltsam. Es war sonst noch nie vorgekommen, daß er irgend eine Nachlässigkeit im Geschäft ungerügt gelassen hatte.

Martin und der Vater waren heute allein bei Tisch. Ferdinand speiste bei Pattows. Das Gespräch kam nicht recht in Fluß, das Essen mundete wenig, jedem von ihnen gingen zu viel Gedanken im Kopfe herum.

„Sind die beiden Kerle schon vernommen?" fragte Schweder endlich.

„Ja. Es scheinen Erdarbeiter beim Bahnbau zu sein."

Wieder trat eine Pause ein. „Wer hat sie verhört. Du?" fragte der Kommerzienrat aufs neue.

„Nein, der Amtsrichter Haller; mich hat man als Zeugen vernommen."

„Nun? Gestehen sie?"

Martin legte die Gabel nieder. „Der eine, ja! Wohl oder übel, weil er muß. Der andere leugnet, trotzdem auch er so gut wie überführt ist. Der in der Villa Kleß gefundene Knopf gehört augenscheinlich an seine Jacke. Das beweist für den einen Fall in unanfechtbarer Weise gegen ihn, und so wird ihm sein Leugnen nicht viel nutzen."

Der Kommerzienrat nickte. „Wie mir diese ganze Sache fatal ist, kann ich dir gar nicht sagen. — Ueber alle Begriffe fatal!"

Martin blickte seinen Vater an und erbleichte.

„Was ist dir?" fragte jener.

„O nichts — nichts."

„Doch, ich sehe es dir an. Du hast etwas auf dem Herzen. Bitte, laß es mich wissen."

Der Sohn saß jetzt da wie mit Blut übergossen.

„Hernach," sagte er mit einem Seitenblick auf den Diener, der der Unterhaltung mit gespitzten Ohren lauschte.

Schweder bedeutete jenem sich zu entfernen. „Also, was ist?"

„Eigentlich nichts — aber doch — ein Zufall! Der Name des von mir selbst Gefaßten — es ist lächerlich zu sagen — freilich — aber trotzdem, daß er mich stutzig machte. Der Name —"

„Nun?" fragte der Kommerzienrat mit weitgeöffneten Augen.

Der junge Mann blickte eine Weile auf den Teller vor sich, es schien, als kämpfe er mit einem Entschluß. „Es ist der gleiche wie der deine!" stieß er sodann heraus.

Mit einem Satze war der Kommerzienrat auf den Beinen. „Martin, du sagst —" Er versuchte zu lachen, aber nur ein heiserer Ton kam über seine Lippen. „Mein Name —"

„Es ist so! Johann Bernhard Schweder!"

„Und woher stammt der Mensch?"

„Aus Dessau, ebenso wie du," antwortete der Assessor. „Es ist sehr seltsam."

Inzwischen hatte der Kommerzienrat seine Fassung vollständig wiedergewonnen. „Im Grunde doch nicht gar

so merkwürdig. Es giebt sehr viele des Namens dort.
Freilich, es ist nicht angenehm —" und schon ließ er
wieder sein gewohntes Lachen hören. „Laß dich nicht ins
Bockshorn jagen, Martin! — Mahlzeit, Junge!"

Damit ging er hinaus. Auch der Sohn erhob sich
von der Tafel. Er trat an das Fenster und sah gedanken-
voll auf den Hof, auf dem die großen Cochinchinahühner
hin und her wackelten und zwischen den Steinen des
Pflasters nach Würmern oder Käfern suchten.

Halb fünf Uhr schlug es, als Martin das Gerichtsgebäude verließ. Sein Tagewerk für heute war beendet.

Er wandte sich der Wallpromenade zu. Die großen
Teiche, welche hinter dieser die ganze Stadt umgaben,
schimmerten von der sinkenden Herbstsonne. Schwäne
zogen durch die Flut, die Bäume, die Gärten, die Häuser,
alles spiegelte sich in dem klaren Wasser. Der ganze
Promenadenweg war mit braunem und rötlichem Laube
bedeckt.

Vorbei an den Teichen und durch die jenseitigen Park-
anlagen hindurch! Weiter, weiter. Schon sah er den
großen Kirchhof vor sich liegen, und dicht daneben zwischen
den schon kahl werdenden Rotdornhecken das kleine Haus,
an das er heute unablässig gedacht hatte.

Die Thürglocke gab einen schrillen Laut, als er öffnete.
Zugleich that sich nebenan eine Zimmerthür auf und ein
frischer Mädchenkopf ward sichtbar.

„Martin —"

„Hilma!"

Er zog die Geliebte an die Brust und drückte einen
Kuß auf ihren Mund.

„Komm herein," sagte sie und führte ihn in das Gemach, in dem schon die Lampe brannte. Auf dem Sofa
saß, mit einer Stickerei beschäftigt, eine alte Frau, die

ihm beim Eintritt zunickte. Nicht freundlich, aber auch
nicht unfreundlich. Es war Hilmas Mutter, die Stadt-
schreiberswitwe Willhaus.

„Guten Abend, Herr Assessor.“

Er setzte sich und sprach von dem und jenem, aber
die Unterhaltung kam nicht in rechten Fluß.

„Gestern also war die Verlobungsfeier Ihres Herrn
Bruders?“ fragte die Mutter plötzlich ganz unvermittelt.

Er nickte. „Ja, es war ein großes Fest.“

Hilma wurde rot bis unter das Haar.

„Vornehme Gesellschaft!“ fuhr die alte Frau mit einer
gewissen Bitterkeit in der Stimme fort. „Ja, ja, die
Reichen, die Vornehmen. Der Herr Kommerzienrat ist
wohl sehr stolz auf eine solche Schwiegertochter?“

„Frau Willhaus!“

Diese räusperte sich. „Geh und richte den Thee,“
wandte sie sich alsdann an ihre Tochter. „Herr Schweder
wird eine Tasse nicht verschmähen, und du könntest uns
auch noch etwas Zwieback drüben aus der Bäckerei holen.“

„Sie haben Hilma absichtlich fortgeschickt,“ sagte der
Assessor, als jene verschwunden war.

„Ja, denn ich habe mit Ihnen zu sprechen.“

Er neigte sich herüber, als ob er warte.

Die alte Frau that einen Seufzer. „Ich habe eine
Bitte an Sie, Herr Schweder, es ist meine Pflicht, dieselbe zu thun, um meinet-, um Ihret-, um meiner Tochter
willen!“

Martin richtete sich empor. „Das heißt, Sie wollen —“

„Ja, es thut mir leid, aber ich muß Sie bitten, besuchen Sie uns ferner nicht mehr! Mein Kind kommt
ins Gerede mit Ihnen, und das kann ich nicht dulden.“

Er war aufgesprungen. „Frau Willhaus!“ rief er,
er war so überrascht, daß er kein Wort weiter sagen konnte.

„Ja,“ fuhr jene fort, „ich zweifle nicht, daß Sie es

ehrlich meinen, gewiß nicht, aber es ist doch besser, wir
enden die Sache."

„Nein," fuhr er auf, „ich wäre erbärmlich, thäte ich
das! Ich habe Hilmas Wort, sie das meine! Das ist
ein Band zwischen uns, das keiner zerreißen soll. Auch
Sie nicht, und auch mein Vater nicht. Keiner — keiner."

Abwehrend schüttelte die alte Frau das Haupt. „Ich
habe Ihnen damals schon gesagt, Herr Schweder, bringen
Sie mir die Einwilligung Ihres Vaters, dann ja. Aber
ohne die — nein. Und ich bleibe auch heute dabei. Sie
kennen uns jetzt über ein Jahr, Sie hätten Gelegenheit
gehabt, längst mit dem Herrn Kommerzienrat zu sprechen."

„Ich habe es gethan."

„Und?" fragte sie leise.

Martin schwieg.

„Ich wußte es," sagte die Matrone. „Ihr Vater ist
ein stolzer Herr! Er würde mein Kind über die Achseln
ansehen, und nicht allein er, nein, auch Ihr Bruder und
seine adlige Braut; und das, mein Herr Assessor, das
ertrage ich nicht. Dazu ist mir meine Tochter zu gut.
Sie stehen zu hoch über uns, darum — trennen wir uns
als Freunde. Noch ist es Zeit. Sie werden es mir
selbst später einmal danken."

Eben erklang draußen wieder der Ton der Hausglocke.

„Es ist Hilma," sagte die Mutter.

Jetzt trat diese ein. Mit Befremden blickte sie auf
die Gesichter ihrer Lieben. Es war etwas vorgegangen,
etwas Ernstes, Gewichtiges, sie sah es und erschrak.

„Hilma!" Martin breitete seine Arme aus. „Hilma,
schickst du mich auch fort?"

Glühend rot stand das Mädchen vor ihm. „Wer sagt
das? Wer thut das? — Nie! nie!" Sie eilte an sein
Herz und barg das Antlitz an seiner Brust.

„Ich!" ertönte die Stimme der Mutter, „weil ich muß."

„Mutter!" schrie die Tochter auf.

„Mutter!" rief auch er, indem er die Hand des Mädchens ergriff. „Was thun Sie? Sehen Sie nicht, Sie brechen ihr das Herz — können Sie das wollen?"

Mit feuchten Augen blickte die alte Frau auf das junge Paar. Sie war sich der Größe des Opfers, das sie verlangte, vollauf bewußt, aber sie blieb fest.

„Bringen Sie mir Ihres Vaters Einwilligung, dann ..." Weiter kam sie nicht, ihre eigene Bewegung brach ihr die Stimme.

Martin stürzte hinaus in die Nacht. Heute noch! Vorwärts! Vorwärts! Er hatte keine Zeit zu verlieren.

— — — — — — — — — — — —

„Wie du mich erschreckt hast!"

Hastig warf der Kommerzienrat eine Menge Papiere, unter denen er gekramt hatte, in eine Schieblade, verschloß dieselbe und blickte Martin, der soeben in das Zimmer getreten war, starr ins Gesicht.

„Ich gaubte dich nicht zu stören — ich gehe, wenn es der Fall ist."

„Nein, bleibe nur!" stotterte jener, „es ist mir ganz lieb, wenn du es kannst! Auf Ferdinand ist jetzt so wie so nicht mehr zu zählen. Dort stehen Zigarren — nimm bir und setze dich! Dort — so!"

Jener gehorchte, indes der Vater, die Hände auf den Rücken gelegt, mit großen Schritten das Zimmer durchmaß.

„Ich kam eigentlich her, etwas mit dir zu besprechen," hub der Sohn nach einer Weile an, „etwas, was keinen Aufschub mehr erduldet."

„Du mit mir?" Jener machte sofort in seiner Wanderung Halt.

Martin nickte. „Ja, es geht nur dich und mich an."

Schweder trat einen Schritt zurück. Wohin soll diese Einleitung führen?" fragte er ganz betreten.

„Vater!" Der junge Mann stand auf. „Wir sprachen schon gestern abend davon. Ich soll zwar nicht davon anfangen, aber ich kann nicht anders — ich muß! Stelle dich nicht länger zwischen mich und meine Wünsche."

Der Kommerzienrat atmete erleichtert auf. „Also das? Du warst wieder draußen — gegen mein ausdrückliches Verbot!"

„Ja, ich war dort, und —"

„Und da haben die Weiber dir die Pistole auf die Brust gesetzt, wollen dich zwingen, o, ich kenne diese Art, kenne das!"

„Das ist ein unwürdiger Verdacht, Vater!" rief Martin.

„Verdacht?" grollte der Kommerzienrat. „Wer spricht hier einen Verdacht aus? Du?" Er stockte. „Nein, ein für allemal, so lange ich lebe, solange du mein Sohn sein willst — niemals!"

„Und wenn ich es gegen deinen Willen thäte?"

„Du?" Schweder lachte kurz auf. „Du?"

„Allerdings, ich glaube, du weißt, daß ich dich zwingen könnte, diese Ehe nicht zu hindern."

„Wodurch?"

„Durch das Gesetz, das Gericht!" klang es zurück.

Wie rasend, aber bleich, fuhr Schweder auf. „Gericht! Meine Kinder gegen mich! Drohen mir mit dem Gericht! Habe ich darum — ihr verdankt mir alles — alles, ihr — ist das mein Lohn?"

Er mußte sich auf den Tisch stützen, neben dem er stand, es war der, auf dem das Münzenkästchen paradierte.

Der Sohn war erschüttert, wenn er diese Fassungslosigkeit des Vaters auch nicht begriff. Er näherte sich ihm, und ergriff seine Hand.

„Vater," sagte er bittend, „ich möchte es ja nicht auf das äußerste treiben. Es ist mein innigster Wunsch, stets Hand in Hand mit dir zu gehen! Freilich können zwei

Personen eine Ehe erzwingen, sobald sie unbescholten und die Gründe der Eltern, eine solche Verbindung zu hindern, nicht stichhaltig sind. Allein ich denke nicht daran! Wenn ich es sagte, that ich es nur, dich zu erinnern, daß alle deine Einwände gegen Hilma nichtig sind, daß selbst das Gesetz sie nicht anders nennt."

Es war, als habe der Kommerzienrat ihn gar nicht verstanden.

„Du kannst mir deine Unterstützung entziehen," fuhr Martin fort, „du kannst mich enterben, aber das vermagst du nicht: mich zum Schuft zu machen an dem Mädchen, dem ich mein Wort gegeben, das meine Braut ist! Dein ganzes Leben war die Ehrenhaftigkeit und Redlichkeit selber, du kannst daher nicht wollen, daß deine Söhne die Bahnen, die du selbst gewandelt, verlassen sollen."

Der Kommerzienrat stöhnte laut auf, auf seiner Stirn perlte der Schweiß in hellen Tropfen. Er zog die Hand zurück und schüttelte das Haupt.

„Laß mich allein," stieß er heiser heraus. „Was du auch sagst — ich will es nicht! Geh — geh — verlaß mich jetzt."

Martin zauderte. Dies Benehmen, diese Verstörtheit erstaunten und erschreckten ihn zugleich. Erst als der Vater ihn noch einmal heftig zum Gehen drängte, verließ er schweren Herzens das Zimmer.

3.

Keineswegs durch Ruhe und Schlummer erquickt, erhob Martin sich am folgenden Morgen. Er war noch beim Ankleiden, als Ferdinand zu ihm in das Zimmer trat.

„Was hast du gestern mit dem Vater gehabt?" rief der Bruder. „Es ist unerhört von dir — diese dumme Geschichte! Nimm doch endlich Vernunft an! Ein Schweder und eine Schreiberstochter!"

„Ich verbitte mir diesen Ton!" entgegnete Martin
sehr bestimmt. „Ich lasse mich nicht wie einen Handschuh
umkehren! Wo ich mein Wort einmal gegeben, liegt's
fest! Merke dir das, wenn ich bitten darf."

„Es ist gegen die Ehre der Familie," rief Ferdinand.

„Nein, nur gegen eure Eitelkeit, euren Hochmut! Ihr
fürchtet euch nur vor den Pattows, Klatens, Kleß und
wie sie alle heißen, weil ihr fühlt, eure Stellung in diesen
Kreisen ist trotz alledem eine unsichere!"

Der Aeltere kaute an seinem Schnurrbart. Er sah seine
geheimsten Empfindungen erkannt, und das verdroß ihn.

„Nein, nicht darum, sondern weil..."   .

„Weil?" rief Martin blitzenden Auges. „Also bitte!
Ich möchte dir jedoch bemerken, daß ich jede Herabsetzung
meiner Braut als Beleidigung ansehe für mich."

Mit diesen Worten ging er, ohne den Bruder eines
weiteren Blickes zu würdigen, in das Nebengemach.

——— ——— ——— ——— ——— ——— ———

„Eben komme ich von Pattows."

Rot und atemlos trat die Baronin Klaten bei Herrn
und Frau v. Kleß in den Salon. „Die ganze Familie
ist außer sich. Sie wissen wohl auch bereits, daß der
eine von diesen Einbrechern, die der Kommerzienrat hat
festnehmen lassen, ganz ebenso heißt, wie er selber: Johann Bernhard Schweder."

Frau v. Kleß machte sehr große Augen. „Freilich,
ich habe es auch schon gehört. Ist es denn möglich?"

„Es ist gewiß. Und aus Dessau stammt er gleichfalls
und —"

„Und?"

„Geburtsjahr und Tag — alles das nämliche, wie
bei dem Herrn Kommerzienrat."

Endlich hatte sie es vom Herzen herunter! Ihr war
ordentlich leicht.

„Ja, das ist sehr sonderbar! Wie soll man das er=
klären? Ich finde es geradezu unheimlich."

Die Klaten zog die Schultern herauf. „Sollte nicht
irgend eine Verwandtschaft . . . aber nein, das ist schlecht,
und ich bin die letzte, die unserem Schweder das zumuten
will; allein, sehen Sie — das kommt von der Verbindung
mit solchen Familien. Sie haben keinen Stammbaum, sie
sind nicht registriert. Und ist es auch nichts wie der gleiche
Name, es bleibt immerhin peinlich."

Frau v. Kleß nickte mit dem Kopf. „Eigentlich weiß
man gar nicht, welchen Herkommens der Herr Kommer=
zienrat ist."

„Das ist es ja eben! Diese Namensgleichheit ist na=
türlich ein Zufall, muß ein Zufall sein, aber Aline sitzt nun
den ganzen Tag, weint und ist außer sich. Der General
allein sucht die Partei des Kommerzienrats zu nehmen
und schilt auf Klatsch und grundlose, unbewiesene Ver=
dächtigungen! Ich versichere Sie, es waren entsetzliche
Minuten, die ich heute in dem Hause verlebt habe."

Hierin hatte die Baronin nicht gelogen. In der
Pattowschen Familie gab es heute erregte Scenen. Als
Ferdinand erschien, seine Braut zu besuchen, gab es einen
Auftritt zwischen ihm und ihr.

Es war der erste Streit unter den Liebenden.

Wieder sank die Sonne. Goldstrahlend und reizend
ging sie nieder, die alte Hansastadt, das Meer, die Küste
in ihr schimmerndes Licht tauchend. Wieder schlug es
fünf Uhr von den Türmen der Stadt, wieder schritt der
junge Wanderer von gestern vor das Thor, dem kleinen
Hause zwischen den Rotdornhecken zu. Es war alles wie
am Tage zuvor, nur sein Herz war schwer, ach so schwer!
Er meinte fast, diese Last nicht mit fortschleppen zu können.

Die Hausglocke gab den altbekannten Ton, er trat in

das Zimmer rechter Hand; es war leer. Er blickte in die anstoßende Küche; auch hier fand er niemand. Er suchte, er rief. Endlich entdeckte er die Mutter, die auf dem Hofe beschäftigt war.

Sie blickte ihm nur ins Gesicht, da wußte sie genug.

„Warum kommen Sie noch einmal her? Ich bat Sie doch, uns nicht mehr zu besuchen," redete sie ihn strengen Tones an.

Ihn überlief es kalt bei diesen Worten. „Mutter," rief er, „Mutter, wo ist Hilma?"

„Fort," entgegnete sie. „Ich habe sie selber zur Bahn gebracht."

Ihm war es, als solle er niederstürzen. „Und kein Brief, kein Gruß — nichts?" würgte er heraus.

Frau Willhaus schüttelte das Haupt. „Es ist besser so."

———

„Ich kann nicht auf das Gericht, ich will nicht! Ich bin krank, todkrank."

Der Kommerzienrat lag, das Gesicht gegen die Wand gekehrt, in seinem Bette. Martin stand vor ihm.

Gestern abend noch spät war die Vorladung zur Zeugenvernehmung des Kaufherrn in das Haus gekommen.

Der Sohn stand ganz ratlos da. „Wie du aussiehst, Vater! Um Gottes willen — was ist? Ich lasse sofort den Arzt holen."

„Nein, nein!" der Kommerzienrat richtete sich plötzlich empor, „auf keinen Fall! Ich verbiete es — ich will es durchaus nicht."

„Aber Vater, ich bitte dich, es ist um deinetwillen! Und dann — wenn du der Vorladung nicht Folge leisten kannst, mußt du auch ein Attest beibringen, daß du krank bist. Schon deshalb ist es notwendig, den Arzt zu rufen."

„Ein Attest? Nein!" Mit einem Satze war der Kranke

aus dem Bett. „Geh nur, ich komme! Es ist besser,
ja — um elf Uhr bin ich auf dem Gericht."

Schweren Herzens ging der Sohn. Er erkannte seinen
Vater gar nicht mehr. Wäre es ein anderer, er würde
glauben, daß — aber nein, unmöglich! Sein Vater! —
Ganz unmöglich!

———

In dem kleinen Vernehmungszimmer, gleich links neben
dem Eingange des Gerichtgebäudes, saß Doktor Brünswitz, der die Untersuchung führende Amtsrichter, hinter
seinem Pult. Schweder, Martin und der Diener des
Hauses waren eben als Zeugen vernommen. Die Aussagen waren einfach und klar. Es war so wenig, was sie
auszusagen hatten. Der Kommerzienrat war augenscheinlich unwohl, er war sehr bleich und hustete unablässig.

„Es käme somit nur noch darauf an, ob Sie in dem
Mann einen der beiden Leute erkennen, die Sie durch
das Thürfenster gesehen haben," sagte der Amtsrichter.

„Ich vermöchte das unmöglich; das Licht erlosch sofort, es war nur ein Moment."

„Aber wir müssen Sie trotzdem darum ersuchen. Es
ist ja schließlich nur der Form wegen."

Dabei schlug der Beamte auf eine Glocke und beauftragte den eintretenden Gerichtsdiener, den Untersuchungsgefangenen Schweder aus Zelle 9 herbeizuführen.

Der Kommerzienrat trat an das Fenster und stellte
sich mit dem Rücken gegen das Licht. Langsam und schlep-
pend vergingen die Minuten. Endlich öffnete sich die
Thür, und zwei Gefängniswärter führten den Häftling
herein. Er war ein groß gewachsener Mann mit grauem
Bart und Haar; gesenkten Hauptes überschritt er die
Schwelle.

„Herr Kommerzienrat Schweder," wandte der Amts-

richter sich an diesen, „dies ist der Mann. Erkennen Sie
in ihm einen der Einbrecher in Ihr Comptoir?"

Ein heftiger Hustenanfall erschütterte den Körper des
Gefragten. Er wandte sich zur Seite und bedeckte den
Mund mit seinem Taschentuch.

Der Sträfling hob den Kopf und blickte scharf zu ihm
hinüber. Seine Augen vergrößerten sich, sein Gesicht sah
auf einmal aus wie das eines spähenden Raubtieres.

„Nein," kam es jetzt leise und zitternd über des Kauf=
herrn Lippen, „ich kenne den Mann nicht."

In diesem Moment sprang der Verbrecher vor und
stürzte sich auf den Kommerzienrat.

„Wöpfner!" schrie er, „du, Hund elender, du! Seh'
ich dich endlich wieder?" Und dabei schlug er mit der
Faust auf den Kommerzienrat ein.

Der Getroffene stieß einen durchdringenden Hilferuf
aus. Sogleich sprangen die Wärter herzu und rissen den
Rasenden zurück. Martin und der Diener eilten zu Hilfe.

Der Amtsrichter war von seinem Stuhl aufgesprungen.
„Legt dem Kerl Fesseln an!" rief er in den Lärm hinein.
„Was heißt das?"

Die Schreiber waren wie erstarrt vor Entsetzen.

Alles umringte den Angefallenen und dazwischen gellte
des Sträflings Stimme: „Der hat mich zu dem gemacht,
was ich bin. Ich bin heute ein Lump, jawohl! Aber
der dort ist schuld daran, der Schuft!"

Er war außer sich, trotz seiner Fesseln tobte er wie
ein Besessener. Der Kommerzienrat aber sank ohnmächtig
in Martins Arme.

„Der Mensch ist wahnsinnig! Fort mit ihm!" befahl der
Richter. „Und dann einen Arzt!"

Die Gerichtsdiener packten den Tobenden, sie hatten
Mühe, ihn fortzuschaffen. Noch auf dem Korridor schrie
er laut durch das ganze Haus: „Er ist ein Dieb, ein

Brandstifter! Wöpfner heißt er! Franz Wöpfner —
nicht Schweder!"

Aus allen Thüren der Bureaus stürzten die Beamten
hervor, Zeugen und anwesende Neugierige eilten herbei
und vernahmen die Anschuldigungen.

Der Kommerzienrat war auf den Boden gelegt wor=
den, man hatte ihm das Hemd geöffnet und Brust und
Stirne mit Wasser benetzt. Ein jeder der Umstehenden
sah dem anderen ratlos ins Gesicht.

Endlich kam ein Arzt. Unter dessen Bemühungen
schlug der Ohnmächtige die Augen auf und richtete sich
langsam empor, während er verstört um sich blickte. Er
entdeckte ringsum lauter wohlbekannte Gesichter.

„Ist er weg?" rang es sich dann über seine Lippen,
„ist er weg?"

Er stand auf, von seinem Sohn und seinem Diener
unterstützt. Seine Brust hob und senkte sich in jäher Be=
wegung, sein ganzer Leib bebte.

Man führte ihn zu einem Stuhl und gab ihm zu
trinken. Er erholte sich — langsam zwar, aber doch —
er rang sich durch, und gewann seine Fassung wieder.

„Ich glaube, das hätte man mir ersparen können,"
sagte er tonlos.

———

Der eine Einbrecher ist wahnsinnig geworden und hat
den alten Schweder im Gerichtsgebäude angefallen, hat
Beschuldigungen gegen ihn ausgestoßen — unerhörte, furcht=
bare Dinge.

Die ganze Stadt hallte wieder von diesen Gerüchten.
Jeder blickte dem anderen verstört ins Gesicht; es gab
keinen, der sich nicht sträubte, an die Wahrheit, ja nur an
die entfernte Möglichkeit des Vernommenen zu glauben.
Und doch kroch jedwedem ein heimliches Grauen ans
Herz. —

Schweder saß in seinem Privatbureau; seine Söhne waren bei ihm.

„Um Gottes willen, Vater, so sprich doch endlich! Was wollte dieser Mensch von dir?"

Der Kommerzienrat schwieg.

„Sag es uns offen heraus," drang Ferdinand in ihn, „damit wir jedem die Stirne bieten können, der es wagen sollte, dich anzugreifen. Es ist alles Lüge, schändliche, infame Lüge — gewiß! Aber es giebt immer Menschen, die so etwas ausbeuten, die — nein, das halte ich nicht aus! Ich schlage jedem ins Gesicht, der es wagt, ein Wort von alledem zu glauben."

Der Kommerzienrat stöhnte laut auf.

„Vater," Martin ergriff seine Hand, „ich gehe jetzt selbst ins Gefängnis. Aug in Auge will ich dem Menschen gegenübertreten. Er soll es wagen, mir das zu wieder= holen. Ich gehe der Sache bis auf den tiefsten Grund. Weshalb schweigst du? — Ein Wort, Vater, bester Vater!"

Jener rührte sich noch immer nicht, nur seine Lippen zuckten.

„Wöpfner," drängte der ältere Sohn, „kennst du solch einen Namen? — Und du," wandte er sich plötzlich an den Bruder, „konntest dabeistehen, es anhören, ohne dem Kerl an die Gurgel zu gehen? Wahrhaftig, ich weiß nicht, was mich mehr empört — dieser Mensch oder du und dein Verhalten. Das war feige!"

Eben wollte Martin mit gleicher Heftigkeit antworten, als der Kommerzienrat wie beschwörend die Hände erhob.

„Kinder, Kinder!" Er stand auf, es schien, als ob er etwas sagen, etwas bekennen wolle, aber sogleich ver= stummte er wieder und starrte hilflos zu Boden.

Die Brüder vergaßen ihren Streit, eilten auf den alten Mann zu, legten ihre Arme um seine Schultern und sprachen auf ihn ein.

„Ich danke euch," hub jener endlich an. „Kinder, könnt ihr sagen, daß ich euch je etwas anderes gewesen bin, als ein guter Vater. Ich habe gesorgt für euch, wie ich es vermochte. Als eure gute Mutter drüben starb, und es mich dort nicht mehr litt — als ich hierher kam mit euch — habe ich euch je etwas vermissen lassen?"

„Nie — niemals!" riefen die jungen Männer wie aus einem Munde.

„Und wenn ich jetzt tot wäre, jetzt — und ihr euch fragen würdet über mein Leben: was würdet ihr sagen? War ich ein Mensch, der —" er mußte innehalten, seine Stimme verlor sich in Stottern. „Ja, ich habe gefehlt in meinem Leben — schwer — ich mag hart sein, eigenwillig, aber —" er zog plötzlich die Hände aus denen seiner Söhne, bedeckte sein Gesicht und begann zu schluchzen. — „So zu enden — eine solche Begegnung! Dieser Mensch — glaubt es mir, ich kenne ihn nicht — ich — nein — nein! Ich kenne ihn nicht!"

Er wurde immer fassungsloser; alle ihm gespendeten Trostesworte schlugen vollständig fehl.

„Aber, Vater, so beruhige dich doch! Kein Mensch kann sich vor Verdacht und Beschuldigungen schützen, es gehört nur ein dreister Schuft dazu, solche in die Welt zu setzen! Und wer ist hier dein Ankläger?" rief Martin. „Frage arm und reich in der ganzen Stadt, du hast stets unantastbar gelebt, du stehst zu hoch da, als daß die Wutausbrüche eines Wahnsinnigen dein Ansehen auch nur im geringsten erschüttern könnten."

Eben pochte es an die Thür. Der Kommerzienrat schrak zusammen, als ob ein Donner vor ihm niedergefahren sei.

Ferdinand öffnete. Der Diener stand draußen. „Der Herr General v. Pattow bittet, den gnädigen Herrn sprechen zu dürfen."

„Nein!" rief jener, „ich kann jetzt niemand sehen, nimm du ihn an, Ferdinand!"

Und damit schwankte er, auf Martin gestützt, durch das dunkle Kabinett in sein Schlafgemach.

Kaum, daß er hinaus war, trat der General ein. Ferdinand ging ihm entgegen und streckte ihm die Hände hin. Es that ihm wohl, in diesem Augenblick seinen Schwiegervater hier zu sehen.

„Herr General, wie danke ich Ihnen, daß Sie kom= men!"

Der General machte vor ihm Halt, ohne seinen Gruß zu erwidern.

„Es war der Herr Kommerzienrat selber, den ich zu sprechen wünschte," entgegnete er förmlich.

Ferdinand stutzte. Was sollte dieser gemessene, feier= liche Ton? „Mein Vater ist leider ernstlich unwohl und hat mich daher beauftragt, ihn zu vertreten," erwiderte er. „Darf ich bitten, daß Sie ablegen?"

„Ich danke. Ich glaube, Herr Schweder, Sie wissen, was mich herführt."

„Nein! Es scheint, als ob ich das doch nicht weiß. Aber vor allen Dingen möchte ich Sie ersuchen, mir eines zu sagen: Stehe ich dem General v. Pattow oder dem Vater meiner Braut gegenüber?"

Der alte Offizier wurde dunkelrot im Gesicht. „Ich weiß zwischen diesen beiden keinen Unterschied. Es kur= sieren seit heute mittag Gerüchte in der Stadt, Ihren Herrn Vater betreffend; diese sind es, die mich herführen. Ich denke, jetzt werden Sie mein Kommen begreifen und verstehen."

„Wie, Herr General, Sie könnten glauben —" rief der junge Mann betroffen.

Der General machte eine rasche Bewegung mit der Hand: „Glauben, lieber Freund? Wer spricht davon?

Jedoch mein Name, meine Stellung verlangen, daß auch nicht der leiseste Hauch einer Anklage oder eines Verdachtes gegen ein Haus erhoben werden kann, welches sich mit dem meinen zu verbinden gedenkt."

„Also das heißt?"

„Daß ich von seiten Ihres Herrn Vaters eine entschiedene Zurückweisung und Widerlegung dessen fordere, von dem man spricht. Ich hoffe, eine solche kann dem Herrn Kommerzienrat unmöglich schwer fallen."

Ferdinand war erbleicht. „Ich glaube," rief er heftig, „die Stellung, das Ansehen, welches wir hier genießen, reicht dafür schon aus."

„Für mich wohl, für die Welt — nein!" erwiderte der General festen Tones. „Es handelt sich hier auch nicht allein um mich!"

„Und Aline?" entfuhr es dem jungen Mann. „Herr General, ich weiß nicht — aber was Sie sagen, klingt, als ob Sie gewillt wären —"

Er vollendete nicht. Die Möglichkeit, die sich ihm plötzlich mit Allgewalt aufdrängte, erschien ihm zu unglaublich, zu ungeheuerlich, daß er sich nicht mit ganzer Seele gegen sie wehren sollte.

„Allerdings," erwiderte jener, „ziemt es sich, in ernsten Lebenslagen jede Möglichkeit zu bedenken."

„Und das sagt Aline mir — durch Sie? Herr General, glauben Sie, daß meine Ehre weniger empfindlich ist, als Ihre? Glauben Sie, daß ich — wenn es wahr wäre — es noch ertrüge, zu leben? — Allerdings, Herr General, wenn das Alinens Liebe ist, das ihr Vertrauen zu mir, dann — Nein, ich kann nicht weiter! Sie muten mir zu viel zu! Ich liebe Ihre Tochter — das wissen Sie! Sie haben selber Ihre Einwilligung gegeben und nun —"

„Halt!" rief der andere, „ich bringe Ihnen auch jetzt

noch ganz das nämliche Wohlwollen entgegen wie früher.
Aber trotzdem werden Sie begreifen, daß ich Sie ersuchen
muß, mein Haus einstweilen zu meiden und die Besuche
bei meiner Tochter einzustellen, bis der Herr Kommer=
zienrat meinem Verlangen Rechnung getragen hat."

Ferdinand war außer sich. „Gut, Sie sollen die Recht=
fertigung meines Vaters haben! Ich bringe sie Ihnen!
Glänzend, unwiderleglich! Aber dann, dann, Herr Ge=
neral, verlange ich, daß Sie mir Abbitte leisten für diesen
Schimpf, den Sie mir, den Sie uns angethan haben."

Er stand blitzenden Auges und hochaufgerichtet da.
Der General verneigte sich. „Die soll Ihnen werden,
lieber Ferdinand, ich gebe Ihnen dann jede Genugthuung,
die Sie wünschen."

Mit einer abermaligen Verbeugung verließ er das
Zimmer.

Ferdinand war allein. Mit einem Satze sprang er zu der
Thür des Kabinetts, riß diese auf und stürzte in das Schlaf=
zimmer des Kommerzienrats. Martin war nicht anwesend.

Er war außer sich. Sein Ehrgeiz, sein Stolz waren
tödlich verletzt. Aber ehe er noch den Mund geöffnet,
vernahm er seines Vaters Stimme.

„Ich habe alles gehört."

„Und du kamst nicht herein?"

Vernichtet sank er auf einen Stuhl. Das war zu viel.
Der Vater hatte es gehört und hatte geschwiegen! Und
er schwieg auch jetzt, er raste, er empörte sich nicht, er bot
nur noch das Bild eines gebeugten Greises, der fast er=
drückt wird von einer furchtbaren Last.

Ferdinand schauderte in tiefster Seele. Was er weit
von sich geworfen, gegen was sich seine ganze Seele ge=
sträubt, seine ganze Festigkeit aufgebäumt, dünkte ihm
auf einmal möglich, denn so wie sein Vater jetzt sah der
nicht aus, dessen Gewissen frei ist von Schuld.

4.

„Herr Amtsrichter.“

„Sie wünschen, lieber junger Freund?“

Martin stand vor seinem Chef; es war in einem der Bureauzimmer des Gerichts.

„Ich möchte eine Unterredung von Ihnen erbitten, eine private, zeugenlose. Ich habe Vertrauen zu Ihnen — ich weiß nicht mehr aus und ein.“

Brünswitz stand auf und entfernte die Schreiber aus dem Nebengelaß. „So, wir sind jetzt ganz ungestört. Was haben Sie?“

Er wies dem Assessor einen Sitz neben sich an und lud ihn durch eine Handbewegung ein, sich das Herz zu erleichtern.

„Sie waren selber Zeuge der Vorgänge von heute morgen, Herr Amtsrichter, Sie werden begreifen, wie mir zu Mute ist. Die ganze Stadt spricht bereits davon, mit Genuß, mit Schadenfreude. Wir sind immer noch die Fremden hier, mein Vater ist reich, man ist neidisch! Darum wird jede Gelegenheit begierig ergriffen, uns etwas anzuhängen, und wenn es geht, uns in den Staub zu zerren.“

Brünswitz hatte seine Brille herabgenommen, um sie zu putzen, wie er zu thun pflegte, wenn er Zeit zu einer Antwort gewinnen wollte.

„Sie waren bei dem Untersuchungsgefangenen selbst in der Zelle, ich weiß es,“ fuhr Martin fort. „Der Schließer hat es mir gesagt. Der Gefangene hat selbst nach Ihnen verlangt, hat Aussagen gemacht. Was ist damit? Mein Gott, Sie wenden sich ab — ist etwas daran? Antworten Sie mir, Herr Amtsrichter, ist es wahr, daß mein Vater —“

Aufspringend griff er nach seinem Kopf und starrte ins Leere. Der Beamte blickte ihn teilnehmend an und nahm Martins Hand.

„Mein lieber, junger Freund, es ist schlimm, wenn
jemand in diesem Hause mich zu seinem Vertrauten wählt."

„Nein, ich will Ihr Mitleid nicht," schrie Martin auf,
„Wahrheit will ich, Klarheit!"

„Vor allen Dingen fassen Sie sich. Die Anschuldi=
gungen jenes Menschen werden zu entkräften sein. Wenn
irgend einer von der Nichtigkeit alles dessen überzeugt ist,
bin ich es! Wirklich, lieber Schweder! Aber trotzdem
oder deswegen möchte ich einige Fragen an Sie richten."

„Ich bitte, Herr Amtsrichter!"

„Der Kommerzienrat hat Ihnen sicherlich manches aus
seinem bewegten Leben erzählt. Können Sie mir vielleicht
einiges davon wiederholen? Etwa, was ihn bewogen hat,
seiner Zeit auszuwandern und dann wieder nach Deutsch=
land heimzukehren?"

„Ja, das vermag ich," erwiderte Martin, zu Boden
blickend, „zum Teil wenigstens, wiewohl mein Vater nicht
gern von seiner Jugend spricht. Er sagt selbst, daß die=
selbe eine traurige war. Er hat schwer kämpfen müssen,
bis er in die Höhe kam. Trotzdem kann ich Ihnen so viel
sagen, daß er aus Dessau stammt und als Mühlknappe
in verschiedenen Mühlen Thüringens gearbeitet hat."

„Wo?"

Martin schüttelte den Kopf. „Ich glaube, zumeist in
der Nähe von Gotha."

Der Amtsrichter schwieg eine Weile. „Sagen Sie,"
hub er dann an, „besitzt Ihr Herr Vater irgend welche
Dokumente aus der Jugendzeit?"

„Diese dürften, als er als amerikanischer Bürger sich
hier niederließ, geprüft und richtig befunden sein."

„Gewiß, gewiß. Aber ich meine Briefe, Andenken
oder derartiges."

Martin sann eine Weile nach. „Ich wüßte nichts;
oder doch — zwei Münzen mit dem Bilde Bernhards

von Weimar. Er hängt sehr an diesen Andenken, hat sie über alle Wechselfälle und Schwankungen seines Lebens herübergerettet. — Aber" — er stutzte auf einmal — „wozu diese Frage? Was hat das mit den Aussagen jenes Verbrechers zu thun, der den Namen meines Vaters führt?"

Brünswitz trommelte mit den Fingern auf seine Kniee. „Jener angebliche Johann Bernhard Schweder hat wegen vorsätzlicher Brandstiftung und Einbruchsdiebstahl fünfzehn Jahre lang im Zuchthaus gesessen. Er war ebenfalls Mühlknappe und soll das Geschäft seines Brotherrn angezündet haben, um sich wegen seiner Entlassung zu rächen. Er selbst ist auf die Aussage des zweiten Mühlknappen, der Franz Wöpfner hieß, hin verurteilt worden."

„Und dieser — dieser Zuchthäusler —" stieß Martin zitternd heraus, „behauptet, daß er seine Strafe unschuldig erlitten und daß mein Vater — nein, so kann ein Gericht nicht irren!"

Eine lautlose Stille trat nach diesen Worten ein.

„Dieser Wöpfner soll mein Vater sein?" begann der junge Mann nach langer Zeit aufs neue. „Mein Vater soll eine solche Last auf dem Gewissen durchs Leben schleppen? Es ist Wahnsinn. Lassen Sie die Akten dieses Prozesses kommen, Herr Amtsrichter, lassen Sie mich sie durchsehen. — Und was ist mit den Münzen? Sagt er etwa auch, daß mein Vater diese gestohlen habe?"

Brünswitz spielte nervös mit seiner Uhrkette. „Sie sind erregt, lieber Freund, Sie sind außer sich. Sie quälen sich mit müßigen Kombinationen. Ich beurlaube Sie für die nächsten Tage; gehen Sie jetzt! Wenn wir uns wiedersehen, werden Sie ruhiger sein, und wir werden wissen —"

„Nein, nein. Ich will selbst in die Zelle dieses Schweder, ich will selber hören — ich muß —"

„Halt, das verbiete ich kraft meines Amtes!" Mit

einemmal reckte sich der Amtsrichter empor. „Sie sind entlaffen, Herr Affeffor."

Martin taumelte. Er blickte den Vorgesetzten an, er sah deffen ernstes, besorgtes Gesicht, und ihm war, als lese er in diesen Mienen eine Verurteilung deffen, der ihm der Teuerste war auf dieser Welt.

Wie er nach Haufe gekommen, wußte er kaum. Die Leute blickten ihn alle so seltsam an auf der Straße. Wen er grüßte, der dankte ihm zögernd. War es wirklich so, oder kam es ihm nur so vor? Sein Kopf war so benommen, daß er für nichts mehr eine deutliche Unterscheidung besaß.

Endlich auf seinem Zimmer zwischen seinen Büchern und Bildern kam er wieder zu sich. Der Vater war nicht daheim; er hatte es irgend jemand auf der Treppe sagen hören.

Er warf sich auf das Sofa und sann und sann. Die Leute in der Stadt glaubten es alle schon, ehe sie noch Bestimmtes wußten. Das Benehmen der Pattows bewies es. Er dachte an Hilma, und ein bitteres Lächeln irrte um seine Lippen. —

„Trennen wir uns, es ist beffer so," hatte die alte Frau Willhaus gesagt. Es war wirklich beffer so, er empfand es jetzt ebenfalls.

Allmählich ward es dunkel. Es schlug fünf, es schlug sechs, es schlug sieben Uhr. Die Thür ging auf, und Ferdinand trat ein.

„Es ist zum Teufelholen," rief er heftig. „Ich ging mit Absicht ins Klubhaus. Ueberall verlegene Mienen — mitleidige Blicke. Ich werde rasend, wenn das nicht bald ein Ende nimmt."

Martin erhob sich, sein Gesicht war sehr blaß, der volle Schein der Lampe, die Ferdinand angezündet hatte, bestrahlte dasselbe.

„Und wie du ausfiehst!" rief der Bruder, ihn be=
trachtend. „Was haft du erlebt, wo warft du?"

„Auf dem Gericht."

„Und —"

„O Ferdinand! Ferdinand!"

„Was — du auch?" keuchte jener. „Bift du eins
mit denen, die — Antwort! Du weißt etwas, du haft
den Menschen selbst vernommen."

„Nein, nicht ich, der Amtsrichter Brünswitz."

Und nun erzählte er, was er wußte. „Und wenn ich
alles bedenke," schloß er, „alles aneinanderhalte — das
Benehmen des Vaters, diese Namensgleichheit, die Orte,
die Münzen — das ist mehr als Zufall. Die beiden
kennen einander!"

Ferdinand rannte im Zimmer auf und nieder und
rang die Hände. „Und dann — dann! Unser Name,
unser Ansehen — alles falsch, Betrug! Nicht einmal der
Name unser. Geschändet, gebrandmarkt von Geburt an!
Meine Braut! — Aline! Nein, wenn das wirklich so ist,
und wenn ich das überleben könnte — ich wäre kein
Mensch, wenn ich das vermöchte."

Eben kam der Kommerzienrat nach Hause. Man hörte
deutlich, wie er aufschloß und in sein Zimmer ging.
Ferdinand wollte zu ihm, allein Martin hielt ihn mit
Gewalt zurück.

„Du darfst nicht! Um deinet=, um meinet=, um seinet=
willen. Wenn es doch ein Zufall wäre oder sich ganz
anders verhielte — warte noch! Einen Tag nur! Was
er auch gethan haben mag, er bleibt doch unser Vater!"

Der Diener steckte den Kopf herein. „Eine Empfeh=
lung vom Herrn Amtsrichter Brünswitz, und er läßt den
Herrn Assessor bitten, unverzüglich zu ihm zu kommen."

Die Brüder blickten einander überrascht in die Augen.
Ferdinand winkte dem Diener, sich zu entfernen.

„Geh," sagte er darauf zu Martin, „geh! Jetzt ist
es aus." —

Martin meinte, er laufe, er fliege; in Wahrheit aber
schwankte er nur durch die Straßen. Endlich hatte er
das Haus seines Vorgesetzten erreicht. Er schellte und
stand alsbald vor demselben.

„Sie haben mich rufen lassen, Herr Amtsrichter."

„Ja, lieber Schweder; ich begehe eine Ungesetzlichkeit,
aber ich kann nicht anders. Sie werden es verstehen, wie
ich es meine."

Der junge Mann brach in Thränen aus. Ihm war,
als gehe die Welt aus den Fugen. Er hatte begriffen.

„Was werde ich hören?"

Der Amtsrichter nahm ein Papier aus seiner Mappe.
„Ich war heute noch einmal bei jenem. Als ich ging,
bat er um Schreibzeug, um seine Angaben schriftlich zu
wiederholen. Ausnahmsweise habe ich es gestattet. Hier
ist das Dokument. Ich sehe es einstweilen immer noch
als ein privates an."

Mit zitternder Hand griff Martin nach dem Blatt.
Vor seinen Augen tanzten die Buchstaben dieser ungelenken
Handschrift hin und her. Er las.

„Ich leugne es nicht mehr, ich habe eingebrochen bei
diesem, der sich Schweder nennt. Man stecke mich wieder
ins Zuchthaus, ich saß unschuldig lange genug darin.
Was kommt es nun noch auf ein paar Jahre mehr an —
aber jener soll mit.

Es ist nicht wahr, daß er Schweder heißt. Franz
Wöpfner heißt er und ist von Haus aus, was ich jetzt
geworden bin — ein Dieb, ein Lump! Ich hab' ihn
viele Jahre lang gesucht; nun habe ich ihn gefunden, nun
soll er mir endlich bezahlen, wenn er jetzt auch ein großer
Herr geworden ist.

Man soll nachforschen, und man wird finden, daß alles,

was ich sage, Wahrheit ist. Er soll sein linkes Knie
zeigen, da muß eine große Narbe sein. Er hat mal durch
das Zerspringen eines Mühlsteines da eine große Wunde
gehabt. Man soll ihn fragen, ob er keinen Müller ge=
kannt, der Weißmann hieß und der bei Gotha lebte, und
er wird wissen, wie der umgekommen ist. Man soll ihn
zur Rede stellen, ob er kein Mädchen gekannt hat, die
Friederike Höhring hieß und noch lebt — und er wird
nicht nein sagen können.

Derentwillen ist alles geschehen. Er kam erst in die
Mühle, als ich schon zwei Jahre dort gearbeitet hatte.
Er war tüchtig, allein er taugte nichts, er suchte mich
wegzuschaffen von meiner Stelle, er wollte mich auch
wegdrängen von dem Mädchen, mit dem ich so gut
wie versprochen war. Er hatte sie durch mich erst kennen
gelernt. Sie gefiel ihm, das sah ich gleich, aber ich
dachte mir nichts Arges dabei. Aber je weiter es in
den Sommer hineinging, um so deutlicher merkte ich,
daß sie jenen lieber hatte, als mich. Schließlich hatten
wir täglich deswegen Streit; die Eifersucht ließ mir keine
Ruhe.

Einmal rief der Müller uns in seine Stube, um uns
unseren Lohn auszuzahlen. Er saß vor seinem Schreib=
tisch; der Schrank desselben stand offen. Der Meister
verwahrte darin seine Papiere und sein Geld. Auch unsere
Sachen lagen darin, unsere Ausweispapiere, unsere Tauf=
scheine und dergleichen. Am Tag vorher war viel Geld
in die Mühle gekommen — in dem Schrank auf den Pa=
pieren lag ein großer Haufen. Wir nahmen unser Geld
in Empfang und gingen wieder hinaus.

„Du hast ja so auf das Geld geschaut," sagte der
Wöpfner da zu mir. „Das wäre dir wohl recht, wenn
es deines wäre?"

Ich entgegnete: „Ja, dann wüßte ich wenigstens, was

die Friederike thäte. Mit meinem Ersparten reichte das
schon, um sich selbständig zu machen."

Da lachte er hell auf. „Weißt du ganz gewiß, was
die Friederike thäte?"

Als wir dann in unsere Kammer kommen, schließt er
seinen Koffer auf, sein Geld zu verwahren. Ich blick'
ihm über die Schulter, und wie er es in eine Schachtel
legt, seh' ich darin zwei alte Münzthaler, die dem Mäd=
chen gehört haben, und die ich mir schon lange gewünscht
hatte. Sie hatte dieselben nicht fortgeben wollen, hat sie
mir immer gesagt, die wären noch von ihrem Vater selig.
Ich werde fuchswild. „Woher hast du die Münzthaler,
du?" schrei' ich ihn an.

„Das kümmert dich nicht," giebt er zur Antwort.

Da hatte ich ihn auch schon bei der Kehle. Seit dem
Tage war es, als sei der Satan in der Mühle. Er lief
zum Müller und verklagte mich und verlangte, er solle
mich fortschicken, denn er sei seiner Haut nicht mehr sicher
vor mir. Nun gab es Zank und Streit, hin und her —
das Ende vom Liede war, daß der Herr mir den Dienst
aufsagte zum nächsten Quartal. Ich ging ein paar Tage
herum und fraß meine Wut so in mich hinein. Ich
schämte mich, ich war außer mir — weggedrängt von so
einem hergelaufenen Kerl! An die Friederike mochte ich
schon gar nicht mehr denken. Eines Abends aber packte
es mich doch wieder. Der Müller war nach der Stadt,
und wir zwei allein auf dem Werk. Da renne ich her=
über zu dem Mädchen, ich will ein letztes ernstes Wort
mit ihr reden. Die aber dreht sich um und sagt, ich solle
hingehen, woher ich gekommen, mit uns sei es aus.

Das brachte mich ganz von Sinnen. Wie toll lief ich
in den Wald hinein und warf mich da ins Gras. Allerlei
Gedanken gingen mir im Kopf herum, ja, ich dachte
daran, den Kerl, den Wöpfner, totzuschlagen. Es mögen

so brei Stunden gewesen sein, daß ich da lag. Endlich
wird es dunkel, und ich mache mich auf den Heimweg.
Als ich aus dem Holz heraustrete, sehe ich einen Feuer=
schein. Als ich näher komme, laufen Leute vorbei. „Beim
Buschmüller brennt's," heißt es. Ich renne; ich will
retten helfen, was ich kann. Das ganze Gehöft steht in
Flammen, aus allen Fenstern brennt es heraus. Eine
einzige Scheuer steht unversehrt noch da. Eben kommt
Wöpfner heraus, ganz rauchgeschwärzt vom Retten, und
als er mich sieht, da schreit er: „Der hat es gethan! Der
hat die Mühle angezündet aus Rache!"

Ich fahre zurück. Da fällt man mich schon an und
packt mich —"

— — — — — — — — — —

„Nein, ich kann nicht mehr! Das ist mehr, als
Menschenkraft erträgt," rief Martin, das Blatt weglegend.
„Ich danke Ihnen, Herr Amtsrichter, ich habe Sie verstan=
den; ich danke Ihnen. Wie immer es sei — Vernehmungen
in dieser Sache werden für meinen Vater unausbleiblich
sein. Darum" — ein Lachen wie das eines Irren um=
spielte seinen Mund — „ich danke Ihnen noch einmal."

Brünswitz blickte ihm, die gebotene Rechte ergreifend,
tief in die Augen. „Mein lieber Schweder, es heißt
zwar, das Recht solle seinen Lauf haben und möge die
Welt darüber untergehen, aber ich —" er vollendete nicht,
sondern schüttelte des jungen Mannes Hand noch einmal
und führte ihn dann hinaus. „Um Ihretwillen hab' ich
so gehandelt — Sie dauern mich."

5.

Zehn Uhr schlug es, als Martin wieder auf der Straße
stand. Der Abend war kalt und unfreundlich; von der
See her blies ein scharfer Wind, der heulend um die
hohen Giebel der alten Handelshäuser pfiff.

Vor Martin gingen zwei Arbeiter. Sie sprachen sehr
laut, trotzdem aber konnte er ihre Unterhaltung nicht deutlich verstehen. Auf einmal unterschied er den Namen
Schweder. Eine heiße Blutwelle schlug ihm ins Gesicht,
er taumelte vorbei wie ein Trunkener. Er kam sich fast
schon selber vor wie ein Verbrecher, dem die Verfolger auf
den Fersen sind.

Endlich war das Vaterhaus erreicht. Hinter den geschlossenen Fensterladen in des Kommerzienrats Zimmern
schimmerte Licht. Er legte das Ohr an das Fenster und
lauschte. Drinnen hörte er sprechen. Es war Ferdinands
Stimme.

Er schloß auf und trat ein. Sollte er zu den beiden hin-
eingehen? Er schwankte lange, endlich aber that er es doch.

Der Vater saß in seinem Lehnstuhl, die Augen mit
der Hand überschattend, Ferdinand stand am Ofen.

Kaum daß die Thür sich hinter Martin geschlossen
hatte, streckte der alte Herr die Hände nach ihm aus.

„Martin, Martin, wo warst du so lange?"

„Vater!" schrie Martin auf, „ich weiß alles, wessen
man dich bezichtigt. O Vater — Vater!"

Der Kommerzienrat brach unter der Wucht dieses Wortes
zusammen wie unter einem Beilhieb.

Ferdinand stand wie erstarrt.

„So glaubst du es auch?" klang es stöhnend von dem
Stuhle her. „Mein eigener Sohn wendet sich von mir.
Dann ist es aus."

„Nein — nein! Ich will es noch immer nicht glauben,
mein ganzes Blut schreit dagegen. Aber jener Mann
spricht von Dingen — von der Narbe an deinem Knie,
von diesen Münzen — Vater! Noch ist es Zeit. Wenn
du schuldig bist — flieh, rette dich! Oder rechtfertige
dich, wenn du es vermagst!"

Der alte Herr rang einen qualvollen Kampf mit sich.

Auf einmal schnellte er empor. Die Söhne erschraken und starrten wortlos auf ihres Vaters Gesicht.

Der machte ein paar Schritte vorwärts. Seine Muskeln strafften sich, er hatte gesiegt über seine Schwäche.

„Ihr waret mir stets gute Kinder," begann er feierlich. „Ich danke euch. Dringt heute nicht weiter in mich. Auf alles, was ihr zu wissen begehrt, gebe ich euch morgen Antwort."

„Was willst du thun, was heißt das?" fragte Ferdinand betroffen. Des Vaters Mienen schienen plötzlich so verändert, so trotzig, so eisern, als habe er unwiderrufliche Entschlüsse gefaßt.

„Nichts, was euch erschrecken soll," entgegnete er festen Tones. „Ich habe nicht nötig, zu fliehen! Gute Nacht, Kinder! Geht jetzt! — Auf Wiedersehen morgen."

Er schüttelte den Söhnen mit kräftigem Druck die Hand und schob sie hinaus.

Kaum, daß jene auf dem Hausflur standen, drehte sich der Schlüssel im Thürschloß.

Ohne einander anzublicken, ohne Gruß trennten sich die Brüder und suchten ein jeder sein Zimmer auf.

Jetzt war er allein, ganz allein. Nur um ihn her war es, als brächen Gräber auf, als beginne eine grausige Auferstehung. Wie dunkle Schatten tauchte es überall empor, die die geballte Faust gegen ihn schüttelten. „Kennst du uns? Wir sind deine Thaten. Wenn du auch lange unser hast vergessen wollen, wir sind unsterblich. Wir sind da, dich in die Nacht hereinzuzerren, der wir selbst entsprossen."

Draußen fegte der Wind die Straßen entlang oder fuhr manchmal heulend in die Schornsteine der Häuser.

Der Kommerzienrat knickte zusammen. Als ein gebrochener Mann schlich er auf den Platz zurück, auf dem er vorhin gesessen hatte.

Er hatte sich stark genug gefühlt, die schwere Schuld
auf seinem Nacken zu tragen, sein Gewissen zu bändigen
und schwindelfrei an jedem Abgrund entlang zu gehen.
Er hatte es gezeigt, er hatte es bewiesen. Nichts hatte
seinen Schlummer gestört, bis gestern, bis heute! Er
hätte auch weiter getrotzt — das Bewußtsein der Schuld
vernichtete ihn nicht. Aber ein anderes raubte ihm seine
Stärke: das Verdammungsurteil, das er in den Mienen
seiner Söhne gelesen hatte.

Seine Kinder waren in ihrem Glauben an ihn er=
schüttert. Das übermannte ihn.

Schwer stützt er die Hand auf die Platte seines Schreib=
tisches. Er denkt zurück — weit, weit zurück! Er hält
selber über sich Gericht.

Er sieht heitere Thäler, grüne Berge, einen alten
Mann vor einem offenen Pult. Vor seinen Augen flim=
mert es. Gold und Silber! Ein unermeßlicher Schatz,
wie er meint.

Der alte Müller zahlt ihm seinen Lohn — er achtet
gar nicht darauf, wieviel es ist, er sieht immer nur den
Goldhaufen in dem offenen Schrank.

Wenn dieser Schatz sein wäre!

Auf dem Flur angekommen, muß er davon reden.
Unmöglich kann er sagen, daß er das Geld begehrt; er
sagt seinem Kameraden auf den Kopf zu, jener habe augen=
fällig danach geschielt. Sie kommen in Streit darüber;
der andere sagt: Freilich hätte ich es gern, dann wüßte die
Friederike ganz genau, zu wem sie hält.

Das Wort schlägt ihn wie ein Verdammungsurteil,
denn er ist arm, ganz arm. Jener hat wenigstens eine
kleine Summe auf der Sparkasse; aber er nichts, keinen
Heller. Dies Mädchen ist wetterwendisch. Heute hält sie
es mit ihm — sie hat ihm sogar ihren größten Schatz
geschenkt, die zwei alten Münzen, die sie besitzt; aber wer

weiß, was morgen kommt. Ueber Nacht vielleicht schon
wendet sie sich wieder dem anderen zu!

Ja, wenn er Geld hätte, viel Geld! Unablässig reißt
es fortan mit der fiebernden Allgewalt der Versuchung an
seiner Seele. Wer reich ist, gewinnt alles. Liebe, An=
sehen — alles wird sein!

Sein Blut schäumt, seine Gedanken wirbeln, er em=
pfindet nur noch das eine: Geld — Geld! Die Eifer=
sucht und die Habgier wetteifern miteinander, ihn von
Sinnen zu bringen.

Es war ein Donnerstag — er weiß es noch wie heute.
Der alte Müller war in die Stadt gefahren. Er selbst
hatte den Dienst bei den Gängen. Der andere Knappe
ließ die Arbeit im Stich und lief fort. Er stieg auf den
Boden und blickte auf den Weg. Teufel! Jener ging
nach Friederikens Hause.

Das brachte ihn um den Rest seiner Vernunft. Er
ergriff eine Axt und schlich in des Müllers Zimmer.
Krachend zersplitterte die Thür des Schreibpultes. Und
wirklich, da lag es noch — das Geld! Der ganze Haufen.
Er raffte es zusammen und pfropfte in die Taschen, was
er fand.

Dann stürzte er hinaus. Das ganze Haus war leer,
die beiden Mägde arbeiteten auf einem entlegenen Feld=
stück. Was sollte er nun thun? Der Raub war geglückt.
Nun galt es, sich selbst und die Beute zu sichern. Die
Eifersucht in Verbindung mit der Furcht vor Entdeckung
gab ihm einen teuflischen Plan ein.

Wie im Fluge eilte er in sein und seines Genossen
Zimmer. Rasch ist dessen Koffer geöffnet und eine Hand=
voll Geld hineingethan. Dann hinaus, um unter einem
alten unbrauchbaren Mühlsteine, der im Hofe lag, das
Geld und die Papiere zu verstecken. Und dann in das Haus
zurück wie der Wind! —

Hei, wie es brannte, wie es knisterte. Er selbst saß
drunten in der Mahlkammer, scheinbar ahnungslos. Er
wollte sich von anderen die Schreckenskunde bringen lassen.
Man würde schnell genug die Flammen und den Rauch
auf dem Felde sehen.

Das Schindelbach brennt schon lichterloh, der Mühl=
knappe im kühlen Raum bei den brausenden Wassern und
klappernden Rädern merkt scheinbar nichts. Jetzt kommen
Leute herbeigestürzt, jetzt eilt er auch hinaus und ist beim
Retten der Eifrigsten einer. Zuallererst holt er des
Müllers Geldschrank herab und seine Habe und die seines
Mitknappen. Auf dem Hofe liegt schon ein großer Stapel
von Möbeln, Kleidern und Betten. Da langt eben sein
Nebenbuhler Schweder an, und Wöpfner bezichtigt ihn sofort
der Brandstiftung.

Es nutzt jenem nichts, daß er seine Unschuld beteuert;
jeder weiß, daß er mit dem alten Müller in letzter Zeit
Streit gehabt hat, daß er gekündigt worden ist. Er kann
nicht angeben, wo er gewesen — keiner hat ihn gesehen.

Zwei Stunden im Walde? Die Leute lachen über
die dumme Ausrede. Man schleppt ihn in Haft.

Und dann das Gerichtsverfahren, die Verhöre!

Wöpfner hat ausgesagt, sein Genosse habe ihm Rache
geschworen, weil er jenen aus seiner Stellung verdrängt
— weil er jenen bei seinem Mädchen ausgestochen habe.
Er giebt an, welche Aeußerungen Schweder bezüglich des
Geldes, das sie bei dem alten Müller gesehen, gethan
habe, und daß er im Besitz solcher Summe keinen Neben=
buhler mehr fürchten würde. In Schweders Koffer wird
Geld gefunden, über dessen Herkunft sich der Mühlknappe
nicht ausweisen kann.

Er leugnet zwar alles; er schwört bei Gott, daß seine
Seele nichts wisse von allen ihm zur Last gelegten Ver=
brechen, aber alles spricht gegen ihn, sein hartnäckiges

Leugnen dient nur dazu, ihn noch strafwürdiger erscheinen zu lassen.

Der Schrank des Müllers ist beraubt, das Haus angezündet — niemand kann der Thäter sein, als Schweder. Das Gericht wie die öffentliche Meinung sind gegen ihn. Und der Urteilsspruch lautet auf fünfzehn Jahre Zuchthaus.

Der Verurteilte schreit laut auf. Wöpfner, dessen Zeugnis das meiste gethan hat, ihn zu belasten, steht unerschüttert im Saale und hört die Verwünschungen, die jener gegen ihn schleudert.

Er sieht, wie jener abgeführt wird; er selbst geht aus dem Saal und trägt den Kopf hoch. Er ist frei, ist reich, nichts mehr steht ihm im Wege, sein das Leben, sein die Braut! Rüstig schreitet er fürbaß, dem Dorfe zu. Aber je näher er dem Ort seiner That kommt, desto stockender wird sein Schritt, desto zaghafter sein Herz. Obwohl es ihn mit Gewalt zu ihr treibt, fühlt er, daß er Friederike nicht mehr wiedersehen kann. Sie erscheint ihm beinahe wie eine Mitschuldige, weil auch ihre Aussage für jenen verhängnisvoll geworden ist.

Auf einmal macht er Halt. Er kann nicht in das Dorf hinein, unmöglich! Er schleicht in den Wald und wartet, bis es Nacht geworden ist. Dann erst wagt er sich näher. Er umstreicht der Geliebten Haus; er sieht sie in dem Zimmer neben ihrer alten Mutter sitzen, sie weint. Ueber wen? Ueber ihn, über den anderen?

Er hält es nicht aus. Fort, nur fort. Aber er hat noch ein Geschäft hier. Er muß nach der Stelle, wo das Mühlengehöft stand. Es liegt abseits — kein Mensch begegnet ihm. Ein feiner Regen rieselt vom Himmel nieder. Dort unter dem einen Mühlstein liegt der vergrabene Schatz. Er findet alles noch — Geld, Papiere. Mit hastigen Schritten eilt er davon. Ihm ist, als seien

die Verfolger hinter ihm. Die ganze Nacht ist er auf den
Beinen, gegen Morgen erst macht er Rast, setzt sich unter
einen Baum und mustert den Inhalt seiner Tasche. Er
überzählt das Geld; es sind an siebenhundert Thaler; er
sieht die Papiere durch und findet alle Dokumente, die
sich auf ihn und den anderen beziehen — Taufscheine,
Dienstbücher und sonstiges. Sogar ein Sparkassenbuch
auf den Namen Schweder, das der Müller gleichfalls in
Verwahrung gehabt hat.

Fort, nur fort! Er wandert und wandert, er scheut
sich, irgendwo einzukehren und Geld zu zeigen. Endlich
hat er das preußische Gebiet erreicht; er besteigt die Bahn
und fährt nordwärts. Er will aus dem Lande.

In Bremen besteigt er ein Schiff nach Amerika. Er
atmet erst freier, als er drüben gelandet ist. In dem
Augenblicke ist ihm, als fielen Bergeslasten von seiner
Seele.

Der Strom der Auswanderer reißt ihn mit in das
Goldland Kalifornien. Hunger, Elend, Arbeit sind sein
Los. Er ist hier unter einer Schar wilder Gesellen, von
denen vielleicht kaum einer besser ist, als er. Wer kennt
ihn — wer kümmert sich um ihn? Er vertauscht seinen
Namen mit dem seines Opfers, er vernichtet die eigenen
Papiere. Er heißt Schweder jetzt — Johann Bernhard
Schweder.

Franz Wöpfner ist für alle Zeiten tot.

Ein paar Jahre später ist er ein wohlhabender Mann,
das Glück ist ihm hold gewesen; er hat eine reiche Gold=
ader entdeckt. Tausende, viele Tausende sind sein eigen.
Er geht nach Osten zurück, er versucht sich im Getreide=
handel. Der Erfolg heftet sich an seine Fersen, Gold
über Gold fließt ihm zu. Eine Frau ist sein geworden,
zwei Söhne nennen ihn Vater.

Da stirbt sein Weib, und die alte Unruhe erfaßt ihn,

sein Wohnort ist ihm verleidet, er zieht hierhin und dort=
hin.   Schließlich geht er zurück über das große Wasser,
es zieht ihn mit Macht nach der deutschen Heimat.

Ein Zufall führt ihn nach der Hafenstadt.   Der Ort
gefällt ihm, und so beschließt er, sich hier niederzulassen.
Er legt seine Papiere vor, er ist amerikanischer Bürger —
Johann Bernhard Schweder, aus Dessau gebürtig.   Man
nimmt ihn auf, er wird reicher und reicher, er wird ein
Mann, vor dem alles den Rücken krümmt.

Sein Stolz, sein Glück, seine Freude sind seine Söhne.

Mag der Unglückliche in Thüringen ihm fluchen, diese
sollen ihn segnen.   Er verschwendet Geld für die Armen,
es giebt kein gutes Werk, dem er nicht Tausende zu=
wendet, von dem Empfinden getrieben, daß er etwas gut
zu machen hat, von dem keiner weiß.

Endlich sieht er sich auf dem Gipfel, den er seit vielen
Jahren erstrebt.   Der Adel der Stadt kapituliert vor ihm,
sein Sohn ist der Bräutigam der Tochter des Generals
v. Pattow.   Der Tag des Verlobungsfestes dünkt ihm
der stolzeste seines ganzen Lebens zu sein.

Und an diesem Tage hat das Verhängnis an seines
Hauses Pforten gepocht.   Gerade an diesem Tage.

Er ist es, der die gefürchteten Einbrecher, die die Stadt
seit Wochen beunruhigt haben, einfängt, und besiegelt da=
mit selbst sein Schicksal.

Er stöhnt laut auf.   Er hatte sein Opfer längst tot ge=
wähnt, und jener lebt nach Abbüßung seiner langen Strafe,
ist wirklich ein Verbrecher geworden — damit er seinen
Verderber von seiner Höhe stürze.   Wöpfner hat sich sicher
geglaubt, nun überkommt ihn die Ahnung einer ewigen
Gerechtigkeit.   Das ganze Gebäude von Lüge und Schein
wankt, stürzt und begräbt ihn unter seinen Trümmern.

Mit zitternder Hand zieht er ein Schubfach auf.   Dort
liegt das Sparkassenbuch, dort liegen die anderen Papiere,

den Namen Schweder betreffend. Es sind Ankläger, wie die beiden Münzen, wie die Narbe an seinem Knie, er kann dem Verhängnis nicht entrinnen.

Er sucht nach einem Bogen Papier und wirft einige Worte auf denselben hin; alsdann legt er diesen mit den anderen auf die Platte seines Schreibtisches.

Es ist spät in der Nacht. Von den Türmen schlägt es zwei Uhr. Er steht auf, nimmt eine Kerze, schiebt den Riegel von der Thür und geht durch das Haus. Er ist bleich wie ein Gespenst.

Im ersten Stock liegen die Zimmer Martins und Ferdinands. Leise, auf den Zehenspitzen schleicht er herzu und legt die Hand auf die Thürklinke. Soll er eintreten? Nein, er wendet sich.

„Um euretwillen," murmelt er vor sich hin. Er geht in sein Zimmer zurück, setzt sich auf seinen alten Platz und starrt mit großen leeren Augen in die qualmende verlöschende Flamme der Lampe.

––––––––

Noch ist es dämmerig. Der Diener steigt, ein Licht in der Hand, in das Erdgeschoß hinunter und tritt in das Zimmer des Hausherrn, um daselbst aufzuräumen.

Kaum daß er es betreten hat, gellt ein lauter Schrei durch das Haus. Er rennt davon. „Herr Schweder, Herr Assessor!" schreit er und rüttelt an den Thüren der Brüder. „Schnell, kommen Sie schnell! Der Herr Kommerzienrat —"

Schon sind sie draußen — notdürftig bekleidet.

„Was ist?"

„Der Herr ist tot."

Sie fliegen hinunter, sie treten ein, sie sehen, was sie schon ahnten.

Ein Toter sitzt in dem Lehnstuhl; ein Fläschchen und

ein Glas, in denen sich die Reste einer grünen Flüssigkeit befinden, stehen vor ihm.

Die Brüder starren sich wortlos eine Weile an; dann sinken sie sich weinend in die Arme.

Draußen ist grauer Tag. Durch die aufgestoßenen Fensterladen bringt das kalte, unfreundliche Licht des Morgens herein und bescheint alles, was hier vor sich gegangen ist. Auf dem Schreibtisch liegt ein Blatt mit der Aufschrift: „An meine Söhne."

Sie treten heran und entfalten es. Sie lesen:

„Was jener Mann sagt, ist wahr. Ich heiße Franz Wöpfner. Er hat gelitten für mich und mein Verbrechen. Wenn ihr könnt, macht an ihm gut, was ich an ihm gesündigt habe. Ich habe gefehlt und schwer gebüßt. Denkt eures Vaters nicht mit Verachtung!"

Martin ist wie versteinert. Ferdinand macht seinen Empfindungen in lauten Klagen Luft.

„Das ertrage ich nicht, das halte ich nicht aus. Ich war so stolz auf ihn — und nun! O pfui!"

Er fühlt jetzt nichts mehr für diesen Toten, er verspürt keinen Schmerz, er weiß nur, daß er mit entehrt, mit geschändet ist, der Träger eines gestohlenen, gebrandmarkten Namens. Er reißt den Ring Alinens vom Finger und schleudert ihn zu Boden: „Sie haben recht, wenn sie mich verstoßen — recht! Ich bin ein Entehrter."

Er rennt hinaus. Martin meint, die Erde unter ihm wanke. Er hält das Blatt mit dem Bekenntnis des Vaters in der Hand und liest es und liest es wieder, bis er vor den seinen Augen unaufhaltsam entstürzenden Thränen nichts mehr sieht.

Was ist das? Ein Knall erschüttert das Haus! Sind es der Schrecken noch nicht genug? Dieser Knall erzählt mit fürchterlicher Stimme, was geschehen.

Er eilt dahin, von woher jener kam. Er weiß, was

er sehen wird, und er sieht es — sieht es wirklich und
stürzt doch nicht ohnmächtig zusammen. Auf dem Teppich
seines Zimmers liegt Ferdinand mit durchschossener Brust.

Er regt sich — er lebt noch.

Martin wirft sich über ihn, rüttelt ihn und preßt die
Hand auf die Wunde, das Blut zu stillen, das so reichlich
aus diesem jungen, raschen Herzen hervorquillt.

„Ferdinand, was hast du gethan? Ferdinand, wach
auf," schluchzt er außer sich vor Schmerz und Verzweif-
lung.

Der Sterbende schlägt die Augen auf, ein Beben durch-
fliegt seinen Körper.

„Trage es allein, wenn du kannst, mir war's zu
schwer."

Das ist sein letztes Wort; er streckt sich lang aus und
ist tot.

————

Irdischer Gerechtigkeit entrückt und doch gerichtet. Die
ganze Stadt steht unter dem Eindruck der Vorgänge in
dem Kaufmannshause, die gestern kaum erst geglaubten
Gerüchte sind über Nacht zur Gewißheit geworden. Jeder
geht scheu an dem anderen vorbei, als wolle er fragen:
„Was steckt hinter dir? Wer bist du?" Wenn jener Mann,
der als ein Muster der Ehrenhaftigkeit galt, tief unter
jenem gestanden, der in enger Gefängniszelle erbitterte
Flüche ausstieß gegen den Mörder seines Lebens — wem
konnte man da noch trauen — wem glauben?

Verstört saß Martin in einem Winkel des Hauses.
Das Erlebte hatte ihn vollständig stumpf gemacht. Er
achtete nicht darauf, daß die Behörde kam, den That-
bestand aufzunehmen und dabei von den letzten Aufzeich-
nungen seines Vaters Kenntnis nahm, das alte Sparkassenbuch fand, die Papiere durchsuchte — ihn kümmerte
nichts mehr.

Kein Mensch kam zu ihm, ihm Trost zu spenden; er war verfemt. Nur der alte Amtsrichter suchte ihn auf.

Die Pattows erzählten jedem, der es hören wollte, daß sie sogleich beim Bekanntwerden der ersten Mutmaßungen über des alten Schwebers Vergangenheit die Verlobung aufgehoben hätten.

Die ganze Welt floß über von Mitgefühl für Aline und sprach dem General Anerkennung aus für die Bethätigung seiner ehrenfesten Gesinnung.

———

Ein Doppelgrab auf dem Kirchhof nahm die Ueberreste von Vater und Sohn auf. Nur wenig Leidtragende umstanden die Gruft. Martin, der Diener und die Herren des Comptoirs. Kein Sängerchor sang, keine Rede wurde gehalten; der Prediger sprach ein kurzes Gebet; das war die ganze Feier. Nur die Wogen des Meeres, die sich unweit dieser Ruhestatt brechen, rauschten donnernd gegen die Küste — der Wind pfiff in den entlaubten Baumkronen, und einige neugierige Spatzen zwitscherten auf einem Hügel nebenan und erhoben sich schließlich mit lautem Gekreisch in die Luft.

Der Dreiklang dieser Laute war die einzige Musik, die dieses Grab umtönte.

Als ein gebrochener Mann schwankte Martin heim. Er beneidete die Toten um ihre Ruhe. Sie hatten ein leichteres Los erwählt, als ihm geblieben war. Er war allein übrig, die Sühne für das Unabänderliche lag auf seinen Schultern. Seine Pflicht war es, diese zu schaffen, und um dieses Muß willen, durfte er sich nicht weigern, weiter zu leben. Wie leer, wie grauenvoll — das Vaterhaus! Die Schrecknisse der letzten Tage sahen noch aus jedem Winkel, jeder Ritze hervor.

Er setzte sich in das Zimmer seines Vaters und preßte

die kalte Stirn in die Hände. Er war verlassen von
allen.

Ein Geräusch weckte ihn aus seinem Brüten auf. Er
sah auf. Auf der Schwelle des Zimmers stand eine
schwarzgekleidete, verschleierte Gestalt.

„Hilma!"

Sie eilte auf ihn zu und warf sich an seine Brust.
Ihre Lippen suchten sich, ihre Thränen flossen inein-
ander.

„Du kommst zu mir? Du?" flüsterte er mit erstickter
Stimme. „Du wendest dich nicht von mir?"

„Ich bin dein!" erwiderte sie. „Was das Leben auch
bringt — dein."

Es war um die Weihnachtszeit. In Reisekleidern
standen Martin und Hilma neben der Mutter, die ebenfalls zur Reise gerüstet war. Die Trennungsstunde vom
heimischen Boden war gekommen.

In aller Stille war das junge Paar getraut worden.
Martin hatte den Staatsdienst aufgegeben. Das letzte,
was er in diesem gethan, war die Abfassung eines Gnaden-
gesuches für den unglücklichen Johann Bernhard Schweder.
Er hatte alles darin klargelegt und nichts verhehlt. Für
den Lebensrest des Beklagenswerten hatte er reichlich gesorgt.

Das väterliche Haus und einen Teil des Vermögens
hatte er der Stadt überwiesen zur Errichtung einer Armen-
stiftung. Er wollte in Amerika ein neues Leben beginnen,
drüben, wo niemand ihn kannte, wo die Schuld seines
Vaters, das Unglück des Bruders keine Schatten auf seinen
Weg warf.

Als die drei Auswanderer auf den Bahnhof kamen,
war die Sonne im Sinken. Rot ging sie über den Teichen

unter, die, jetzt von Eis bedeckt, wie glühende Spiegel in
der Landschaft lagen.

Die jungen Eheleute starrten auf das herrliche Farben=
spiel und drückten sich stumm und ergriffen die Hände.

Der rote Schein am Himmel ward heller und heller
und breitete sich immer weiter aus.

Was mochte er bedeuten?

War es eine Verheißung für die Zukunft?

Erzherzog Johann als deutscher Reichsverweser.

Erinnerungen an das Jahr 1848.

Von Fr. Regensberg.

Mit 14 Porträts.

(Nachdruck verboten.)

Am 18. Mai 1848 war zu Frankfurt a. M. die deutsche Nationalversammlung, das erste Parlament des deutschen Volkes, in der Paulskirche eröffnet worden, von dem Sybel sagt, daß diese Versammlung „von keiner früheren oder späteren in Deutschland an Geist und Talent, an Wissen und Beredsamkeit, an idealem Streben und edler Vaterlandsliebe übertroffen worden sei". Wenn sie trotzdem nicht zu leisten vermochte, was man von ihr erhoffte, so lag das nicht bloß an der vielbeklagten deutschen Uneinigkeit und Unverträglichkeit in politischen Dingen, die auch in der Paulskirche ihre Rolle spielte, und an dem Mangel staatsmännischer Begabung und praktischen Sinnes bei den dort versammelten vielen Professoren und sonstigen gelehrten und berühmten Leuten, sondern auch daran, daß man von ihm so Vieles und Schweres, um nicht zu sagen Unmögliches, erwartete, daß die thatsächlichen Leistungen notwendig dahinter zurückbleiben mußten.

Wohl war der Einheitsdrang im Volke mächtig er-

wacht, allein wie hindernd und feindselig ihm der ein-
gewurzelte Partikularismus oder Sondergeist, der am
schärfsten in dem Gegensatz Preußens zu Oesterreich hervortrat, entgegenstand, das hatte sich bereits durch die
Aufnahme des Dahlmannschen Verfassungsentwurfes seitens
des Bundesrates gezeigt. Letzterer hatte sich nämlich durch
siebzehn berufene Ver-
trauensmänner ver-
stärkt, die er mit Aus-
arbeitung des Reichs-
verfassungsentwurfes
beauftragte, welche als
Vorlage des Bundes-
tags der Nationalver-
sammlung zur Grund-
lage ihrer Beratungen
dienen sollte. Dieser
Entwurf rührte der
Hauptsache nach von
dem Germanisten
Eduard Albrecht her,
da aber der Bonner
Historiker F r i e d r i c h
C h r i s t o p h   D a h l-

Dahlmann.
(Verlag von Heinrich Keßler, Frankfurt a. M.)

m a n n, der mit Albrecht seiner Zeit an der Spitze der
Göttinger Sieben gestanden, wesentlichen Anteil daran
hatte und auch Berichterstatter der Siebzehn und ihr Wort-
führer beim Bundestage war, so trägt das Werk seinen
Namen. Dieser Entwurf sprach sich für Herstellung eines
konstitutionellen Einheitsstaates aus, in dem ein erbliches
Kaisertum mit verantwortlichen Ministern an der Spitze
stehen sollte; ihm zur Seite ein Oberhaus, gebildet aus
den regierenden Fürsten und 161 von den Kammern ge-
wählten Reichsräten, sowie ein aus allgemeinen, gleichen

und direkten Wahlen hervorgehendes Unterhaus. Die Reichsgewalt sollte ausschließlich über Kriegswesen, Diplomatie, Handels=, Zoll= und Verkehrswesen verfügen, alle Reichslande ein einziges Zollgebiet bilden. Alle Truppen der Einzelstaaten treten zu einem Reichsheer zusammen, dessen Offiziere der Kaiser ernennt, wie er auch über alle Festungen verfügt und die Garnisonen der Truppen bestimmt. Von den österreichischen Ländern nahm der Entwurf Cisleithanien in das Reichsgebiet auf, während er Transleithanien (Ungarn) völlig ausschied.

Dieser Entwurf fand in seinen wesentlichen Bestimmungen die Zustimmung des Prinzen von Preußen (späteren Kaisers Wilhelm I.), während sein Bruder, König Friedrich Wilhelm IV., Oesterreich die erbliche Kaiserwürde übertragen wollte und für sich nur die Stellung eines Reichserzfeldherrn in Anspruch nahm. Es war ferner klar, daß der Kaiser von Oesterreich nie in eine Trennung seiner Staaten willigen werde, selbst wenn man ihm die deutsche Kaiserwürde übertrüge, so daß der Entwurf thatsächlich auf das Ausscheiden Oesterreichs und die Erhebung des Hauses Hohenzollern auf den deutschen Kaiserthron abzielte. Es erhob sich Widerspruch von allen Seiten: die Fürsten empörte die Zumutung, daß sie im Oberhause mit 161 ihrer Unterthanen zusammensitzen sollten, und die radikale Presse tobte gegen das preußische Erbkaisertum. Der vorgelegte Entwurf fand daher beim Bundestag nicht die geringste Unterstützung und blieb in den Akten des Ausschusses liegen. Der Gang der Dinge war damit ziemlich unverkennbar vorgezeichnet, allein der Schwung der damaligen Volksbegeisterung ließ das übersehen. Man hoffte, daß es dem deutschen Parlament trotz aller Schwierigkeiten gelingen werde, den Bau des deutschen Einigungswerkes zu vollenden und den Spruch zur

Wahrheit zu machen, der den Abgeordneten in der Paulskirche entgegenleuchtete:

> „Deutschlands Einheit und Freiheit und Glück,
> O schafft sie! O bringt sie dem Volke zurück!"

Nachdem die Versammlung sich am 18. Mai für kon-
stituiert erklärt hatte, eröffnete sie der Alterspräsident
Dr. Lang aus Verden mit der Verlesung eines Glückwunsches

des Bundestages
an die „neue
Größe". Dage-
gen hatten die
Regierungen dem
Parlament kei-
nerlei Vorlage
durch den Bun-
destag machen
lassen; kein Ver-
treter derselben
begrüßte die Ver-
sammlung per-
sönlich bei ihrem
Zusammentritt.
Gleich am Schluß

Franz Raveaux.

der ersten Sitzung sollten auch die im Parlamente selbst
vorhandenen Gegensätze schroff hervortreten. Der Bischof
von Münster, Dr. J. G. Müller, ermahnte zur Abhal-
tung einer gottesdienstlichen Feier unter Hinweis auf die
biblischen Worte: „Wenn der Herr das Haus nicht baut,
so bauen die Bauleute das Werk vergebens." Da entgegnete ihm Franz Raveaux, der radikale Kölner Abgeordnete: „Auch ich will Ihnen einen Spruch anführen:
Hilf dir selbst, und Gott wird dir helfen!" Der Vorschlag des Bischofs wurde verworfen, allein Raveaux'

Sprüchlein sollte sich bei diesem Parlamente nicht bewähren.

Am folgenden Tage wählte man den hessischen Minister
Heinrich v. Gagern zum Präsidenten, auf den sich
von 397 Anwesenden 305 Stimmen vereinigten, während
die übrigen A. v. Soiron wählten, der den Fünfziger-
ausschuß im Vorparlament geleitet hatte. In der von
allseitigem Beifall begleiteten Ansprache, womit Gagern
sein hohes und von ihm in mustergültiger Weise beklei-
detes Ehrenamt antrat, erklärte er: „Wir sollen schaffen
eine Verfassung für Deutschland, für das gesamte Reich.
Der Beruf und die Vollmacht dieser Schaffung, sie liegt
in der Souveränität der Nation. Den Beruf und die
Vollmacht, dieses Verfassungswerk zu schaffen, hat die
Schwierigkeit in unsere Hände gelegt, um nicht zu sagen
die Unmöglichkeit, daß es auf anderem Wege zu stande
kommen könnte. Die Schwierigkeit, eine Verständigung
unter den Regierungen zu stande zu bringen, hat das
Vorparlament richtig vorgefühlt und uns den Charakter
einer konstituierenden Versammlung vindiziert. Deutschland will eins sein, regiert vom Willen des Volkes, unter
der Mitwirkung aller seiner Gliederungen; diese Mitwirkung auch den Staatenregierungen zu erwirken, liegt mit
in dem Beruf dieser Versammlung."

Im weiteren Verlaufe der Sitzung erschien auch der
ehrwürdige Ernst Moritz Arndt auf der Tribüne und
sprach unter dem Jubel der Versammlung einige tief-
bewegte Worte. Sein Zeit- und Leidensgenosse, der greise
Turnvater Friedrich Ludwig Jahn, forderte die
Anwesenden auf, dem Dichter Arndt den Dank des Volkes
auszusprechen für sein so oft gesungenes Lied: „Was ist
des Deutschen Vaterland?" und Soiron fügte bei: „Wenn
erst die Frage, „was Deutschland sei", keine Frage mehr
sei, wenn sie durch das Werk der Nationalversammlung

die rechte Antwort gefunden habe, dann solle Vater Arndt seinem trefflichen Liede einen Vers mit dieser Lösung hinzufügen." So knüpfte das erste deutsche Parlament gleichsam an die große Zeit der Erhebung Deutschlands von 1813 an, die in den Personen dieser beiden Patrioten, welche übrigens in den späteren Verhandlungen wenig mehr hervortraten, verkörpert erschien.

In den nächsten Wochen, die auf die Eröffnung des Parlaments folgten, sonderten sich die Parteien und gliederten sich in feste Fraktionen, deren Hauptunterscheidungsmerkmal die verschiedenen Ansichten über die Machtvollkommenheit des Parlaments und sein Verhältnis zu den Regierungen ausmachten. Man benannte

Heinrich v. Gagern.
(Nach dem „Album der deutschen Nationalversammlung".)

die Hauptparteien mit Vorliebe nach den Oertlichkeiten, wo sie sich außerhalb des Parlaments zu versammeln pflegten. Im „Steinernen Hause" und nachher im „Café Milani" tagte die „äußerste Rechte" unter v. Vincke und dem General v. Radowitz. Die stärkste und deswegen oft ausschlaggebende Partei war die „Rechte", erst „Hirschgraben", dann „Kasino", auch wohl die „preußische" oder „Professorenpartei" genannt. Sie vereinigte so viel ausgezeichnete Kräfte, daß von einem einzelnen Führer nicht wohl die Rede sein konnte. Unter den Mitgliedern ragten besonders hervor: Vassermann, Karl Mathy, der nach Einsetzung der Zentralgewalt Unterstaatssekretär im Reichsministerium der Finanzen wurde, Alexander v. Soiron; die Professoren Georg Beseler, Dahlmann, Albrecht, Droysen, Duncker, Waitz; ferner v. Beckerath, Heckscher, Simson, Karl Theodor Welcker, der nachherige Bevollmächtigte des Deutschen Bundes und Gesandte der Zentralgewalt; endlich noch Anton v. Schmerling, der österreichische Bundespräsidialgesandte.

Ernst Moritz Arndt.

Neben dem „Kasino" oder „rechten Zentrum" war das „linke Zentrum" oder der „Württemberger Hof" besonders zahlreich; auch in dieser letzteren Partei konnte man kein Mitglied als den eigentlichen Führer bezeichnen, da die Bedeutung vieler sich geltend machte. So zum Beispiel die von Biedermann, Mittermaier, Robert v. Mohl, Giskra aus Wien. Im Juli schieden die am weitesten links stehenden Mitglieder unter Raveaux und Heinrich Simon aus und bildeten die „gemäßigte Linke" oder „Westendhall"; auch einzelne bisherige Mitglieder der Linken traten bei, so Venedey, Friedrich Theodor Vischer und Schott. An der Spitze der „eigentlichen Linken" oder des „Deutschen Hofes" stand Robert Blum, nach seinem tragischen

Ende Karl Bogt; von ihr trennte sich gegen Ende Juni unter Arnold Ruge (nach seinem Austritt unter Ludwig Simon) die „äußerste Linke" oder der „Donnersberg" mit der Devise: „Freiheit, Gleichheit und Brüderlichkeit", die während der großen französischen Revolution den Deck= mantel für so viele Thorheiten und Greuel hatte abgeben müssen. Die von einem Ausschuß durchgearbeitete Ge= schäftsordnung wurde am 29. Mai auf Jakob Grimms Mah= nung in Bausch und Bogen an= genommen. Am 31. Mai wählte man auch den regelmäßigen Vorstand der Versammlung; fast einstimmig ging als erster Präsident wie= derum Heinrich v. Gagern aus

Friedrich Ludwig Jahn.

der Urne hervor, der darauf erklärte, daß er infolge dieser Berufung seinen Ministerposten in Darmstadt nieder= lege. Zu seinen Stellvertretern wurden Soiron und der Oesterreicher Freiherr v. Andrian gewählt.

Während der ersten Junihälfte betraf die bedeutsamste Verhandlung des Parlaments die Schaffung einer deut= schen Flotte; dem neugewählten Marineausschuß gehörte als Sekretär der noch in Frankfurt a. M. lebende Dichter und Schriftsteller Wilhelm Jordan an. Angesichts der Schutzlosigkeit von Deutschlands Küsten in dem mittler=

weile ausgebrochenen deutsch=dänischen Kriege war die Not=
wendigkeit einer Flotte so einleuchtend, daß sich keine ein=
zige Stimme dagegen erhob. Man bewilligte vorläufig
sechs Millionen Thaler dafür und bestimmte, daß die
künftige Zentralgewalt allein zur Verwendung dieser Summe
berechtigt und zu ihrer Verrechnung verpflichtet sein sollte.

Die Bildung und Einsetzung dieser Zentralgewalt bil=
deten nun zunächst die dringendste und wichtigste Aufgabe
der Versammlung, allein die darauf bezüglichen Ansichten
und Anträge gingen himmelweit auseinander. Da that
Heinrich v. Gagern, wie er es selber nannte, am 24. Juni
einen „kühnen Griff", indem er mit Umgehung der Fürsten
die Wahl eines Reichsverwesers vorschlug. Diese Wahl
fand am 29. Juni statt und fiel mit ungeheurer Majorität
auf den Erzherzog Johann von Oesterreich, was
Gagern mit den hinzugefügten Worten ankündigte: „Er
bewahre seine allezeit bewiesene Liebe zu unserem großen
Vaterlande, er sei der Gründer unserer Einheit, der Be=
wahrer unserer Volksfreiheit, der Wiederhersteller von
Ordnung und Vertrauen!" Das ganze Haus mit Ein=
schluß der Galerien stimmte in das auf den neuen Reichs=
verweser ausgebrachte Hoch stürmisch ein. Draußen er=
tönte das Geläute aller Glocken der alten Kaiserstadt, in
deren harmonischen Klang sich der Donner des Kanonen=
saluts mischte. Es wurde eine Abordnung von Mitgliedern
bestimmt, die dem Erzherzog die amtliche Kunde seiner
Erwählung überbringen sollte.

Johann Baptist Joseph, Erzherzog von Oesterreich (von
seinem Geburtstage auch Fabian Sebastian genannt), wurde
am 20. Januar 1782 zu Florenz geboren. Sein Vater
war der damalige Großherzog von Toskana, nachmaliger
Kaiser Leopold II., seine Mutter die spanische Infantin
Marie Luise. Von der zahlreichen Nachkommenschaft, die
sie ihrem Gemahl schenkte, litten die Söhne fast alle an

einem traurigen Uebel (epileptifchen Anfällen), von dem jedoch Erzherzog Johann nie die geringste Spur an sich trug, wie es auch die Töchter vollkommen verschonte, während es bekanntlich bei seinem älteren Bruder, dem berühmten Heerführer Erzherzog Karl, mehrfach gerade in entscheidenden Augenbliden eine verhängnisvolle Rolle gespielt hat.

Mit seinen Geschwistern kam 1790 auch der kräftige, lebhafte und heitere Prinz Johann nach Wien und wohnte als achtjähriger Knabe den Huldigungen und Krönungen in Frankfurt a. M., Ofen und Peft bei. Aufgewedten Geistes und hervorragend veranlagt, zeigte er schon früh Neigung für die militärischen Wissenschaften, nicht minder aber auch für die Geschichte und die Naturwissenschaften; vielfache geistige Anregung erhielt der Jüng-

Karl Mathy.
(Nach einer Lithographie von Ph. Winterwerb.)

ling durch den damals im Ministerium des Aeußeren zu Wien angestellten Geschichtsforscher Johannes Müller. Nachdem im März 1800 Erzherzog Karl den Feldherrnstab niedergelegt hatte, wurde Erzherzog Johann an die Spitze des von Kray höchst mangelhaft geführten österreichischen Heeres gestellt, dem er durch energisches Vorrücken und mehrere kleine Erfolge das verlorene Selbstvertrauen zurückgab. Bei Hohenlinden (3. Dezember) unterlag er jedoch der Uebermacht Moreaus. Auch bei Salzburg (14. Dezember), wo sein Heer mit größter Tapferkeit widerstand, versuchte er vergeblich, das siegreiche Vordringen der Franzosen aufzuhalten.

Nach dem Frieden von Luneville wurde der Erzherzog Generaldirektor des Fortifikations= und Geniewesens und Direktor der Ingenieurakademie, sowie der Kadettenakademie in Wiener=Neustadt; beide Anstalten hob er zu ruhmvoller Blüte empor. Seit 1800 bereiste er alljährlich Tirol und Vorarlberg, wo er alle Herzen für sich einnahm, und ent= warf, namentlich von Hormayr und Chasteler unterstützt, die Pläne für die organische Volksbewaffnung und die Befestigung des Landes. Von 1803 bis 1805 war er Stellvertreter des Erzherzogs Karl in dessen Eigenschaft als Hofkriegsratspräsident und Kriegsminister, hatte aber schon damals vielfach gegen Neid und Uebelwollen anzu= kämpfen.

Als 1805 der neue Krieg gegen Napoleon I. zum Ausbruch kam, trat er an die Spitze des Armeecorps, das sich Ney und den Bayern in Tirol entgegenstellte, und brachte, von den heldenmütigen Bauern unterstützt, der bayerischen Division Deroy am Passe Strub (3. November) eine Niederlage bei. Im März 1809 zum Befehlshaber der unter dem Namen des Heeres von Innerösterreich be= kannten Armee ernannt, rief er die Tiroler zur Erhebung auf und rückte, während Chasteler in Tirol vordrang, selbst nach Italien, wo er den Vizekönig Eugen bei Sacile (16. April) schlug. Jedoch hinderten ihn die Niederlagen des Erzherzogs Karl an der Donau, seinen Sieg auszu= beuten. Am 14. Juni erlitt er auf dem Marsche nach Preßburg bei Raab eine Niederlage. Bei Wagram (6. Juli) traf er zu spät ein, um den Verlust der Schlacht hindern zu können; es ist jedoch aktenmäßig nachgewiesen, daß er dort nicht eher eintreffen konnte, und ebenso, daß jene Schlacht keineswegs bloß deswegen verloren gegangen ist, weil der Erzherzog mit seinen 12,000 Mann nicht eher

auf dem Marchfelde eintraf. Am 26. August 1815 zwang
der Erzherzog Johann bie Festung Hüningen zur Ueber=
gabe. Darauf ging er nach Paris und kehrte über Eng=
land nach Desterreich zurück.

Auf einer seiner Reisen im Heimatlande wurde ihm zu
Ehren im August 1819 zu Aussee im steirischen Salzkammer=
gut eine länbliche Festlichkeit veranstaltet, wobei dem in ganz
Desterreich verehrten hohen Herrn junge Mädchen Sträuße
von Alpenblumen überreichten. Unter diesen Töchtern von
Bürgern und Beamten
befand sich auch bie sech=
zehnjährige Tochter des
Postmeisters in Aussee,
Anna Plochl, die durch
ihre Schönheit und An=
mut einen tiefen Ein=
druck auf das Herz des
bamals im 37. Lebens=
jahre stehenden Prinzen
machte. Dieser Ein=
bruck vertiefte sich noch
bei dem in einem be=
nachbarten Gasthause
veranstalteten Tanzver=

Karl Theodor Welcker.
(Nach einer Lithographie von H. Hasselhorst.)

gnügen, wobei der Erzherzog ebenfalls zugegen war. Im
folgenden Jahre wiederholte dieser seinen Besuch in Aussee,
weilte bort mehrere Tage und lernte bei dieser Gelegenheit
die junge Postmeisterstochter, deren Mutter bereits ver=
storben war, auch als Verwalterin des väterlichen Haus=
wesens und als Pflegerin ihrer zahlreichen jüngeren Ge=
schwister kennen und schätzen. Im Jahre 1822 scheint
er ihr bei seiner abermaligen Anwesenheit in Aussee ben
Heiratsantrag gemacht zu haben, doch blieben noch manche
Hindernisse zu überwinden, bis endlich 1827 der Ehebund

durch priesterliche Einsegnung in der Hauskapelle des Brandhofes in Steiermark, wo der Erzherzog am liebsten weilte, in aller Stille geschlossen werden konnte. Seine Gattin wurde 1834 zur Freifrau v. Brandhofen und 1845 zur Gräfin v. Meran erhoben; sie starb am 4. August 1885 in Aussee.

Durch seine zahlreichen gemeinnützigen Unternehmungen, wie durch das rein Menschliche seines Wesens und seine Neigung zum Volkstümlichen erfreute sich der Erzherzog zumal in Tirol und Steiermark einer beispiellosen Beliebtheit. Der ihm bei der Kölner Domfeier von 1842 in den Mund gelegte Trinkspruch: „Kein Oesterreich, kein

Karl Vogt.

Preußen, sondern ein einiges großes Deutschland, fest wie seine Berge!"*) erwarb ihm schnell auch durch ganz Deutschland Popularität und hat jedenfalls mit in erster Linie seine Wahl zum Reichsverweser beeinflußt.

Seine Reise nach Frankfurt gestaltete sich zu einem wahren Triumphzuge. Am 11. Juli zog er unter unbeschreiblichem Volksjubel in die herrlich geschmückte Stadt ein und wurde am 12. feierlich in die Nationalversamm-

---

*) In Wahrheit hatte der Erzherzog als Gast Friedrich Wilhelms IV. bloß auf das Zusammengehen Preußens und Oesterreichs getrunken.

lung eingeführt. Karl v. Stremayr, der spätere öster=
reichische Minister, der damals als einer der Schriftführer
in der Paulskirche fungierte, schildert die Scene folgender=
maßen: „Eine Deputation von fünfzig durch das Los be=
stimmten Mitgliedern, worunter auch Arndt, der seinen
Hut mit einem breiten Kranze von Eichenlaub geschmückt
hatte, holte den Erzherzog von seiner Wohnung ab; er
durchzog in ihrer Mitte zu Fuß die Stadt und kam an
die Pforte der
Paulskirche, bis
wohin ihm der
Präsident Hein=
rich v. Gagern
entgegenging.

Totenstille
herrschte im Saale
und auf den Ga=
lerien, die eine
unzählige Men=
schenmenge faß=
ten. Der Erz=
herzog durch=
schritt die Reihen

Wilhelm Jordan.

der Abgeordneten und stieg die wenigen Stufen hinan zu
dem Platze, der für ihn und die Präsidenten der Ver=
sammlung bestimmt war. Hier wurde ihm das Gesetz
über die provisorische Zentralgewalt vorgelesen und der
Reichsverweser aufgefordert, zu versprechen, daß er es zur
Wohlfahrt und zum Ruhme Deutschlands halten wolle.
Es war ein erhebender Anblick, als der Erzherzog, der
Enkel so vieler deutschen Kaiser und Könige, ohne Pomp
und Prunk im schwarzen Kleide den schweigenden Ver=
tretern aller deutschen Lande gegenüberstand und aus ihren
Händen durch den Mund des Präsidenten eine Gewalt

über alle Könige und Fürsten Deutschlands entgegennahm.
Nach dem Schlusse seiner Rede erscholl ein lautes viel=
hundertstimmiges Hoch, und dem Zuge, der ihn nach
Hause geleitete, schloß sich die ganze Nationalversamm=
lung an. Hierauf legte auch der Bundestag seine Ge=
walt in die Hände des Reichsverwesers nieder, und ein
Ereignis, vielleicht folgenreich wie wenige in der deutschen
Geschichte, ist ohne
äußeren Widerstand,
ohne blutige That,
in ernster Ruhe und
würdevoller   Feier
erfolgt. Viele zwei=
feln an der weltge=
schichtlichen Bedeu=
tung dieses Aktes.
Mögen sie nicht recht
behalten und möge
der Himmel verhü=
ten, daß die Ströme
Blutes, ohne die
sich fast kein großes
Werk in der Ge=
schichte vollzieht, auch

Reichsverweser Erzherzog Johann von Oesterreich.

diesem nicht erst nachfolgen müssen...."
Abends durchzogen Musikbanden die Stadt, während
die Volkshaufen bald den neuen Reichsverweser, bald
Friedrich Hecker und Gustav v. Struve, die
Häupter des Radikalismus im Süden und Urheber des
thörichten und mit leichter Mühe niedergeschlagenen April=
putsches im badischen Oberlande, und die Republik leben
ließen. Die Regierungen der Einzelstaaten wagten zwar
nicht, dem Reichsverweser ihre Anerkennung zu versagen,
allein die Zentralgewalt fand nur so lange Anerkennung

und Geltung bei ihnen, als sie nicht den Willen oder die
Macht besaßen, sich davon loszumachen. Johann selbst war
unstreitig vom besten Willen erfüllt, aber ihm fehlte die

Friedrich Hecker.
(Nach einer gleichzeitigen Darstellung.)

zielbewußte Energie, um den Zwiespalt zu überwinden,
in den er sich als österreichischer Erzherzog und Reichs=
verweser versetzt sah. Mit Recht spottete Franz Dingelstedt
damals:

„Zentralgewalt, Zentralgewalt,
Wie mächtig das, wie prächtig schallt!
Zum Unglück aber fehlt ihr halt
Bis jetzt noch Zentrum und Gewalt."

Zunächst umgab sich der Erzherzog mit einem ver=
antwortlichen Reichsministerium, in dem der Fürst von
Leiningen kurze Zeit den Vorsitz führte, nachdem Lu=

dolf Camphausen abge=
lehnt hatte; G e n e r a l
v. P e u c k e r übernahm
das Kriegsministerium,
v. Beckerath die Finan=
zen, Robert v. Mohl
das Justizministerium,
der Hamburger Advokat
Heckscher das Mini=
sterium des Auswärti=
gen und der Bürger=
meister von Bremen,
Duckwitz, das des Han=
dels. Das Reichsmini=
sterium verordnete, daß
in allen Staaten Deutsch=
lands die Garnisonen

Gustav v. Struve in seinem 60. Lebensjahre.

am 6. August ausrücken und, nach Verlesung einer Pro=
klamation des Reichsverwesers an das deutsche Volk, die
Truppen demselben als Zeichen der Huldigung ein drei=
maliges Hurra ausbringen sollten. Das erregte eine leb=
hafte Verstimmung bei den Regierungen, und in Preußen be=
schränkte man sich darauf, durch einen Armeebefehl bekannt
zu geben, daß der Reichsverweser den Oberbefehl über die
deutschen Truppen übernommen habe. In Oesterreich sagte
man den Truppen sogar amtlich überhaupt kein Sterbenswort
von dem „obersten Kriegsherrn" in Frankfurt. Noch stärker

trat die Ohnmacht der Zentralgewalt in den auswärtigen
Beziehungen hervor, und Preußen ratifizierte am 26. Au=
gust sogar den auf sieben Monate geschlossenen unrühm=
lichen Waffenstillstand von Malmoe mit Dänemark, ohne
vorher bei ihr anzufragen, obwohl dieser in manchen wich=
tigen Punkten von den Bedingungen abwich, zu deren
Feststellung das Reichsministerium Preußen ermächtigt
hatte. Damit trat für
die Zentralgewalt wie
für die deutsche Natio=
nalversammlung   der
entscheidende   Wende=
punkt ein.

Wohl hatte Erzher=
zog Johann bei dem
gleichfalls im August
gefeierten Kölner Dom=
baufest noch einen Toast
auf König Friedrich
Wilhelm IV. mit den
Worten „Eintracht und
Ausbauer!" geschlossen,
während der „Roman=
tiker auf dem Throne"
einen begeisterten Trink=
spruch ausbrachte auf

General v. Peucker.
(Verlag von Heinrich Keller, Frankfurt a. M.)

die „Baumeister an dem Dom der deutschen Einheit",
die Nationalversammlung, welche die kostbarste Zeit mit
endlosen Beratungen über die Grundrechte des deutschen
Volkes vergeudete. Länger jedoch ließen sich die Gegen=
sätze und Spaltungen unter den Regierungen nicht mehr
verbergen, und im Parlamente selbst trat die Verbitterung
der Parteien immer mehr zu Tage, während draußen
eine gewissenlose Demagogie die Volksmassen gegen die

Nationalversammlung zu verhetzen bemüht war. Die Folgen davon sollten nicht lange auf sich warten lassen.

Die Annahme des Waffenstillstandes von Malmoe durch das Parlament, die nach anfänglichem Widerstreben am 16. September doch erfolgte, weil eine Fortsetzung des Krieges ohne Preußen unmöglich erschien, rief am 18. September den Aufstand in Frankfurt hervor, der freilich durch die aus Mainz herbeigerufenen Truppen unterdrückt wurde, dem aber zwei Abgeordnete, General v. Auerswald und Fürst Felix Lichnowsky, zum Opfer fielen. Wenige Tage später brach Struve mit einer Schar von Flüchtlingen in das badische Oberland ein (1. September) und proklamierte in Lörrach die Republik. Seine Schar wurde jedoch von

Fürst Felix Lichnowsky.
(Verlag von Heinrich Keller, Frankfurt a. M.)

badischem Militär zersprengt, und er selbst auf der Flucht gefangen genommen. Hecker hatte sich an diesen Umtrieben nicht mehr beteiligt, sondern, an dem Siege der Revolution verzweifelnd, sich zur Uebersiedelung in die Neue Welt entschlossen.

Im Parlamente begann endlich am 19. Oktober 1848 die Debatte über die Reichsverfassung, an die sich dann im Januar 1849 die Beratungen über die Oberhauptsfrage schlossen. Am österreichischen Hofe hegte man anfangs ben Verdacht, daß Erzherzog Johann, der die Würde des Reichsverwesers ohne vorherige Rücksprache mit dem Kaiser Ferdinand angenommen hatte, die Absicht habe, selbst deutscher Kaiser zu werden. Das Parlament wollte bekanntlich diese Würde dem Könige von Preußen übertragen, doch Friedrich Wilhelm IV. lehnte ab. Während sich Erzherzog Johann nun bis dahin den Parteien gegenüber neutral verhalten hatte, wirkte er, der sich doch noch mehr als österreichischer Erzherzog denn als deutscher Reichsverweser fühlte, seit jener Ablehnung des Erbkaisertums durch den preußischen Monarchen offen im österreichischen Interesse dahin, daß keine Reichsverfassung zu stande kam und schließlich die Wiederherstellung des Bundestages als einziger Ausweg übrig blieb.

Am 20. Dezember 1849 trat Erzherzog Johann in das Privatleben zurück, um sich, wie vorher, der Förderung gemeinnütziger Unternehmungen in Steiermark zu widmen, wo sein Andenken dauernd im Volke lebt. Der ehemalige deutsche Reichsverweser starb am 11. Mai 1859 in Graz.

Allerlei Spazierstöcke.

Skizze von Ernst Otto Hopp.

Mit 19 Illustrationen.

Alles ist dem Wechsel der Mode unterworfen, selbst die Spazierstöcke. Bald „müssen" ganz dünne Stöcke getragen werden, auf die man sich nicht stützen kann, und die wie Reitpeitschen aussehen, bald unförmlich dicke mit keulenförmigen Köpfen, die bei plötzlichen Angriffen als Verteidigungswaffen dienen könnten und denen, die sie tragen, ob ihrer Last Schweißtropfen entlocken. Einmal Stöcke mit goldenen und silbernen Krücken, die den Reichtum ihrer Besitzer prahlerisch laut verkündigen sollen, bald solche mit zierlichen Schnitzereien an den Krücken, die sehr vorsichtig behandelt werden müssen, weil sie sonst unfehlbar in Stücke brechen; ein andermal Knüppel aus heimischem Eichenholz oder exotischen Gewächsen — kurz, die Mode schreibt einen steten Wechsel vor.

Mit mitleidigem Lächeln betrachtet der Enkel Großvaters Stock, und der Vater sieht kopfschüttelnd auf den greulichen Ziegenhainer des studierenden Sohnes. Aber ganz abschaffen lassen sie sich nicht, und unterweilen sind sie sogar nützlich; im Winter, wenn Schnee und Eis auf ben Wegen liegen, schützen sie uns vor dem Ausgleiten, bergan und bergab geben sie uns Halt, auf langen Wanderungen unterstützen sie den Müden, und gegen fremde Hunde, Wegelagerer und allerlei Ungetier flößen sie den Trägern ein gewisses Gefühl der Sicherheit ein. Wenn sich aber auch die Mode von Zeit zu Zeit ganz gegen sie erklärt, als Regen= und Sonnenschirmhalter sind sie seit vielen Jahrzehnten unentbehrlich geworden.

Aeltere Junggesellen, allein im Leben stehende Men=

Der Stock als Zigarrenspitze.

schen, und besonders zurückgezogene Beamte und schaffens= müde Rentiers pflegen sich gern Sammlungen anzulegen, auch von solchen Stöcken, die besonders in Wien und Lon= bon, aber auch sonstwo, ihre Verehrer finden. Solche Samm= lungen enthalten oft seltsame Exemplare. Das Sammeln von Stöcken hat sich zu einer Leidenschaft herausgebildet; die einen kaufen historische Stöcke zusammen, unter denen der einfache Rohrstock, mit dem der preußische Soldatenkönig Friedrich Wilhelm I. seinen Unterthanen Liebe einzuflößen beflissen war, und die womöglich noch einfachere Krücke seines genialen Sohnes, des alten Fritz, vielbegehrte und teuer

bezahlte Kuriositäten sind. Viele dieser Stöcke aus der
brandenburgisch=preußischen Königsfamilie finden sich im
Hohenzollern=Museum in Berlin, und sind natürlich für
keine Summe käuflich. Stöcke aus alter Zeit und hohen
Familien waren oft mit Perlen und Juwelen eingelegt; so
besaß der frühere Schah von Persien einen sonst einfachen
Stock, dessen Wert an Perlen und Diamanten auf zehntausend

Der Meßstock.

Mark geschätzt wurde. Ein Stock, der früher Dom Pedro,
dem Kaiser von Brasilien, gehört hatte, geriet nach mancher=
lei Wanderungen und Wandlungen in den Besitz einer
deutschen Adelsfamilie; derselbe enthält an der Krücke eine
Einlage von mehreren echten, großen Diamanten, deren
Wert kaum viel geringer sein dürfte.

Am verbreitetsten sind die einheimischen Naturstöcke aus
Weinreben, Dornsträuchern, Eichen und Buchen, Weichsel=
kirschholz und andere; aber auch an Bambusstäben, Oliven=

und Korkeichen=, Ebenholz= und Sandelholzstöcken ist kein
Mangel mehr in Deutschland, seit wir vielfache Verbin=
dung mit dem Ausland haben.   Prachtvolle Holzarten zu
Spazierstöcken liefern unsere Kolonien Kamerun und Deutsch=
Neuguinea, und geradezu unverwüstlich sind die Lianen=
stöcke von dort, die sich durch einen be=
sonderen Prozeß in alle beliebigen For=
men biegen lassen.

    Bei der Stock=
fabrikation gibt es
allerhand Kunstgriffe

Der Stock des Landarztes.   Zusammenlegbarer Stock.   Stock des Geologen.

und kleine Geheimnisse; der rundgebogene Griff ist in vielen
Fällen ein künstliches Präparat, der Knopf oder die Krücke
werden oft erst hinzugefügt, wenn der andere Teil des
Stockes fertig ist, und sogar an Surrogaten fehlt es nicht.
Aus einem Dornstock wird eine künstliche Rebe gemacht und
aus einem glatten Haselstecken ein Weißdornstock, der einen
höheren Preis erzielt, oder aus einem Pappelstab eine echte

Olivenstütze. Durch Beizen, Einbinden, Biegen, Brennen
wird die ursprüngliche Form und Farbe des Stockes ge=
ändert, und das einfache und wertlose Holz dadurch zu
einem kostbaren Spazierstock. Das Publikum glaubt es, und
das ist für den Verkäufer die Hauptsache. Die allerechte=
sten exotischen entpuppen sich nach Beseitigung der Farbe
oder Beize nicht selten als im heimischen Wald empor=

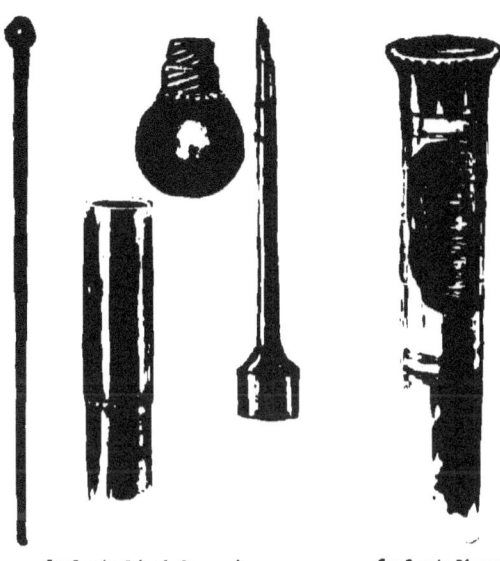

Stock mit Federhalter und   Stock mit Kamm
Tintenfaß.   und Bürste.

gesproßte Knüppel. Und das macht im Grunde gar nichts,
denn der im Haardtwalde gewachsene Reisebegleiter und
Wandergenoß ist durchaus nicht schlechter und ebenso zu=
verlässig und vertrauenswürdig, wie der angeblich aus Java
oder Ecuador importierte.

   Neuerdings ist aber noch eine ganz besondere Art von
Stöcken Mode geworden, nämlich solche, die eigentlich nur
in zweiter Linie Stöcke sind, hauptsächlich aber Futterale

ober Hüllen für alle möglichen und unmöglichen Gegen=
stände. Mit diesen wollen wir uns heute eingehender be=
schäftigen.

Der Stock mit der Entenkopfkrücke, aus der man
raucht, ist ein kleines Beispiel davon, wie vielseitig heut=
zutage der Stock
verwendet wird.
Auch gibt es
Stöcke, die im
Innern einen
Maßstab enthal=

Stock mit Trinkbecher.

ten. Sorgsam ausgehöhlte, mit künstlichen
Einsätzen versehene dicke Stäbe dienen dem
Landarzt zur Aufbewahrung von Instru=
menten und Medizin; auch giebt es zusammenlegbare Stöcke,
die der Reisende, wenn er sie nicht braucht, leicht im Kofferchen
unterbringen kann. Der Geologe kann darin seinen für
die Untersuchung von allerlei Gestein auf den Fußreisen
im Gebirge unentbehrlichen Hammer unterbringen, der
wandernde Dichter oder Schriftsteller, der mit dem Nieder=
schreiben seiner glücklichsten Einfälle und Geistesblitze nicht
warten kann, bis er in das nächste Wirtshaus gelangt,
Tinte und Federhalter; und wem an würdiger Verschöne=

rung des äußeren Menschen gelegen ist, wer Haar= und
Bartpflege auch im Hochgebirg nicht unterlassen mag, der
verwendet den Stock als Behälter für Kamm und Haar=
bürste. Ohne Zweifel ist der Stock, der in seinem Knopf
einen Trinkbecher birgt, für Fußwanderer ein praktisches

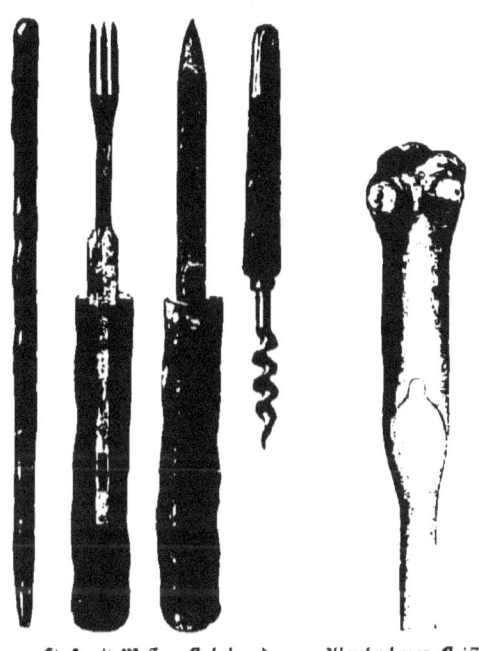

Stock mit Messer, Gabel und   Abnehmbarer Griff eines
Korkzieher.   Naturstockes.

Instrument, und wer fleißiger Wassertrinker ist, und sich
für eine Tageswanderung gut ausrüsten will, versehe sich
mit einem solchen Trinkstocke. Wer im Walde aus dem
Rucksack zu speisen liebt, findet einen Stock, der Messer,
Gabel und einen Korkzieher enthält. Einen Knüppel, der
sich in einen Feldstuhl verwandeln läßt, zeigt unser näch=
stes Stockbild; einen wirksamen Schutz gegen Räuber,

Strolche und Vagabunden enthält der Revolverstock. Bei
vielen dieser Stöcke kann man schwer den Punkt entdecken,
an dem der Kopf abgenommen werden kann, sie sind ab=
sichtlich so hergerichtet, daß der nicht Eingeweihte ihren
eigentlichen Zweck nicht ahnt, indem zum Beispiel die Rinde
des Holzes den Stock so umkleidet, daß, wie auf unserem

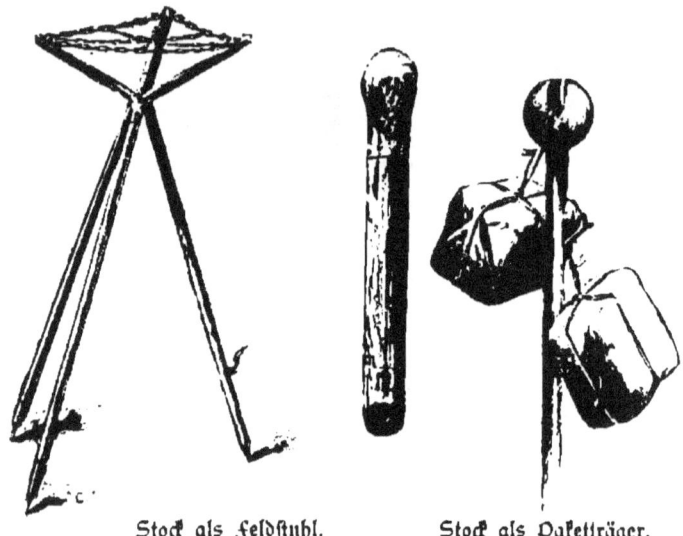

Stock als Feldstuhl.   Stock als Paketträger.

Bild, die trennende Linie fast unsichtbar ist. Dies ist haupt=
sächlich bei Naturstöcken der Fall.

Es giebt Stöcke, die kleine Tische enthalten, die man
aufklappen kann, Stöcke mit einem Vorrat von Zigaretten=
tabak, Rauchgerätschaften u. s. w., Stöcke, die Streichhölzer
oder, speziell für Maler bestimmt, Farben enthalten. Wer
in der Dunkelheit Besuche in fremden Häusern abzustatten
hat — in den Vorstädten und in manchen kleineren
Städten pflegt die Beleuchtung nicht selten eine mangel=
hafte zu sein —, wird sich des Kerzenstocks gerne bedienen.

In den neu angelegten amerikanischen Städten sind die
Häuser meistens von einer verblüffenden Aehnlichkeit oder

Der Revolverstock.

Gleichheit, jedes hat unweigerlich drei Fenster, und oft
stehen ihrer vierzig oder fünfzig nebeneinander, die man

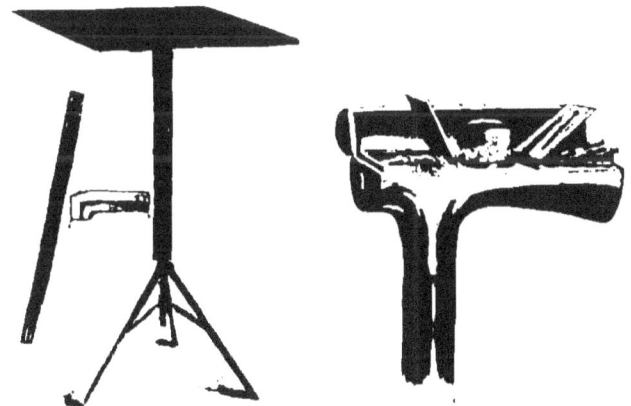

Stock mit zusammenlegbarem Tischchen.   Stockgriff mit Rauchgerätschaften.

gar nicht unterscheiden kann. Wer nun am Winterabend
eine Adresse aufzusuchen hat und die Hausnummer bei dem

flackernden Gaslicht der Straßenlaterne nicht lesen kann, für den ist ein solcher Kerzenstock ein bequemer Helfer.

Auf einer Sommerfahrt nach Helgoland entdeckte ich bei einem mitreisenden Franzosen einen Stock, der einen

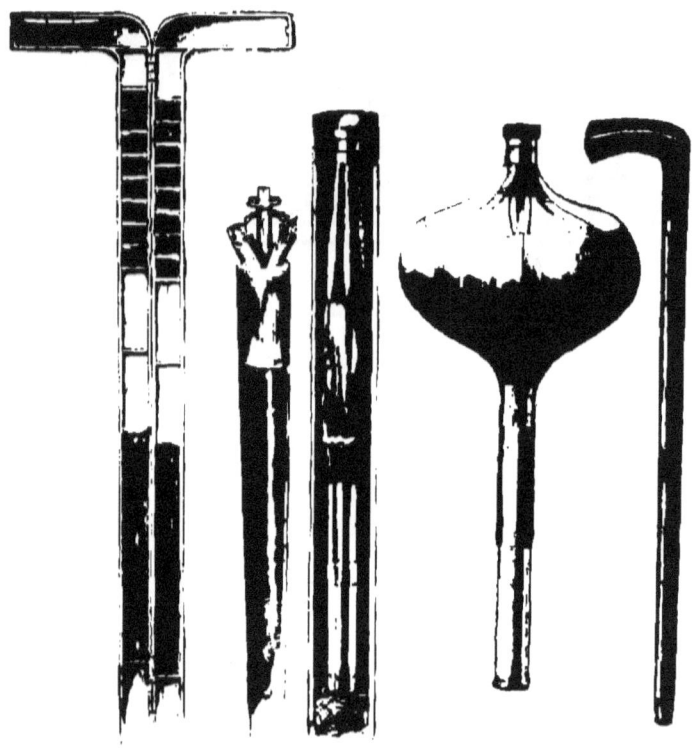

Stock mit Tuschfarben und   Stock mit Ballon, als Hilfe gegen
Streichhölzern.   das Ertrinken.

Rettungsapparat enthielt. Der Besitzer behauptete, mit Hilfe des entfaltbaren Ballons, den das Innere des Stockes barg, könne er sich lange über Wasser halten, falls das Schiff unterginge. Die See ging hoch und es stürmte; es war aber doch wohl ein Glück, daß er nicht dazu kam,

seinen Stock zu verwenden, ich konnte nicht umhin, diesen
neuesten Lebensretter mit einem gewissen Mißtrauen zu be=
trachten. Bei einer anderen Seefahrt wurde mir ein Stock
gezeigt, der ein hübsches Fernrohr enthielt, was schon eher
annehmbar ist.

Ein in der Vorstadt wohnender Kaufmann, mit dem ich
befreundet war, be=
saß einen Stock, den
er als sehr praktisch
rühmte; der dicke
Knopf hatte einen

Der Kerzenstock.

tiefen Einschnitt, in dem man kleine Pakete aufhängen
konnte. Vielleicht wäre er unseren Landbriefträgern zu
empfehlen. Ob der Stock sich aber wirklich als bequem
bewähren würde, ist billigerweise zu bezweifeln.

Diese Spazierstöcke mit allerlei geheimnisvollem, mehr
oder minder praktischem Inhalt sind Kunstprodukte des
Schreiners oder Drechslers und werden gut bezahlt, viele
sind patentiert; ob sie aber die Erwerbung eines Patents
gelohnt haben, ist eine Frage, die der Fabrikant nicht immer

bejahend beantworten wird. Unser modernes Leben ist
ohne Frage etwas zu kompliziert geworden, diesen Eindruck
machen auch die Kunststöcke, welche Musikwerke und allerlei
Utensilien enthalten, ohne die man bei einer Fußtour denn
doch immer noch auskommen kann, ohne ein Barbar zu sein.
Die meisten Wanderer ziehen jedenfalls die einfachen, derben
Landesprodukte vor, die man gewöhnlich in den Badeorten
und Sommerfrischen in großer Auswahl trifft, und die so
billig sind, daß kein großer Schaden entsteht, wenn man

Stock mit Fernrohr.

sie auf irgend einer Bergeshöhe oder im nächsten Gasthof
stehen läßt.

Der Geschmack ist verschieden. Der eine liebt den in der
Drechslerwerkstatt mit allem Raffinement moderner Technik
ausgelegten, den attrappenförmig mit allerlei Ueberraschungen
ausgestatteten kostbaren Stock, der andere den aus dem Walde
stammenden einfachen und kräftigen Naturknüppel. Ich habe
in Amerika einmal fast drei Tage dazu gebraucht und meinen
Händen Blasen verursacht, als ich mir selbst einen Spazier=
stock schnitzen wollte; es war eisenhartes Hickoryholz, fast
härter als die Klinge meines bescheidenen Taschenmessers.
Eben dort — es war in der Nähe der New Yorker Villen=
vorstadt Yonkers am Hudson — lernte ich einen originellen

Naturstockfabrikanten kennen, der ab und zu aus seiner
Waldhöhle erschien und durch seinen sonderbaren Aufzug
den Janhagel des Ortes um sich sammelte. Er trug nämlich
keine Schuhe und Strümpfe und keine Kopfbedeckung, da
er der Meinung war, beides sei unnatürlich und unzuträg-
lich, die Menschheit müsse wieder zu einfacheren und ge-
sünderen Lebensbedingungen zurückkehren und in der Wildnis leben. Im Sommer nährte er sich meist nur von
Beeren, Quellwasser, Wurzeln und Früchten, für den
Winter erwarb er sich durch Stockverkauf den nötigen
Proviant und hatte sich sein geräumiges Erbloch, in dem
er vegetierte, durch Moos und Blätterschichten so stark aus-
tapeziert, daß er der Kälte zu trotzen vermochte. Er schnitzte
wirklich prachtvolle Stöcke, und mancher reiche Mann, der
ihn um seine Bedürfnislosigkeit beneidete, kaufte ihm seine
Ware ab und unterstützte den wilden Waldmenschen. So
kam es, daß er gute Geschäfte machte und sogar Geld auf
der Sparkasse hatte. Eines Tages fand man ihn aber
ermordet vor seiner Höhlenwohnung liegen, Strolche hatten
ihn erschlagen und ausgeraubt. Zwei seiner Stöcke brachte
ich mit aus den transatlantischen Ländern, sie sind mir
zehnmal lieber, als alle die verkünstelten, sonderbaren Mode-
erzeugnisse und Kuriositäten, die unsere Bilder heute den
Lesern vorgeführt haben, wenn ich auch zugeben will, daß
für spezielle Zwecke mancher brauchbare sich darunter befinden mag.

Mannigfaltiges.

Der Patronentaschenlieferant. — Doktor Francia, der Präsident und Diktator von Paraguay, regierte diesen südamerikanischen Freistaat bis 1837 auf die sonderbarste und gewaltsamste Art. Allen Fremden verschloß er das Land und verbot gänzlich die Einfuhr und Ausfuhr von Waren. Er war selbst sehr vielseitig: Advokat, Theolog, Mathematiker, Feldmesser und noch manches sonst. Daher stammte wohl auch seine Gewohnheit, ohne weiteres bei anderen Leuten dieselbe Vielseitigkeit vorauszusetzen. Um alles bekümmerte er sich, um die geringsten Kleinigkeiten, so auch mit besonderem Eifer um die Uniformierung und sonstige Ausrüstung seiner Soldaten.

Die Infanterie sollte mit neuen und zweckmäßigeren Patronentaschen versehen werden. Solche aus europäischen Fabriken zu beziehen, fiel ihm nicht ein; das wäre ja gegen sein strenges Abschließungssystem gewesen. Wohl aber hatte er sich auf irgend eine Weise als Musterexemplar eine sehr schön gearbeitete englische Patronentasche verschafft. Eines Tages ließ er den einzigen Sattler, welcher damals in der noch recht kleinen Hauptstadt Assumpcion ein kümmerliches Dasein fristete, zu sich bescheiden. Er zeigte ihm die Mustertasche und sagte: „Meister Diego Ramirez, möglichst rasch müßt Ihr mir einige tausend solcher Patronentaschen machen. Ich werde gut dafür zahlen."

Der Sattler, ein alter Mann, schüttelte verlegen und beinahe erschrocken das graue Haupt, indem er sprach: „Excellenz wollen gnädigst verzeihen, das ist mir nicht möglich! Solche Arbeit

kann ich nicht liefern. Ich bin überhaupt nur ein armer Flick=
sattler."

„Wer sonst in der Stadt könnte derartiges arbeiten?"

„Niemand, Excellenz! Das dürfen Sie mir glauben. Solche
Taschen können in ganz Paraguay nirgends gemacht werden."

„Ich behaupte im Gegenteil, das ist gar nicht so schwierig;
sogar der erste beste Schuster kann solche Taschen verfertigen,
wenn man nur auf richtige Weise seine Fähigkeiten dazu an=
spornt und entwickelt. Ihr aber seid ein alter einfältiger Esel,
Meister Diego. Geht!"

Der alte Ramirez entfernte sich, im stillen sich glücklich preisend,
daß es ihm nicht noch schlimmer ergangen.

Francia rief gebietend: „Man hole geschwind den ersten besten
Schuster!"

Eiligst liefen zwei seiner Trabanten hinaus auf die Suche.
An der nächsten Straßenecke wohnte ein armer Schuster. Der
junge Mann, eben erst glücklich verheiratet, hieß Jacinto Gomez.
Die Sendboten traten bei ihm ein.

„Holla, Meister, Ihr müßt uns sogleich folgen!"

„Wohin?"

„Zum Präsidenten."

„Zu seiner hohen Excellenz? Was hat denn das zu bedeuten?
Um was handelt es sich?"

„Um Patronentaschen."

„Das ist mir doch wirklich ganz rätselhaft."

„Seine Excellenz wird's Euch schon erklären. Kommt ge=
schwinde! Die Sache hat Eile."

„Ich bin im Arbeitsanzuge, muß mich doch erst umkleiden."

„Das ist ganz einerlei. Folgt uns so, wie Ihr da seid!"

Gomez mußte also mitgehen, so gekleidet, wie er vom Schuster=
schemel aufgestanden war. Als sie im einfachen Hause des Präsi=
denten — der es verschmähte, im Regierungspalaste zu wohnen
— angelangt waren, wurde der junge Mann sogleich zu ihm
geführt.

„Euer Name?"

„Jacinto Gomez."

„Ihr seid Schuster?"

„Jawohl, Excellenz."

„Seht diese Patronentasche an! Davon brauche ich einige tausend Stück. Die sollt Ihr mir machen oder unter Eurer Leitung anfertigen lassen."

„Excellenz, das ist nicht mein Handwerk. Stiefel, Schuhe, Pantoffeln kann ich machen; das habe ich gelernt; aber Patronen= taschen —"

„Die muß ein tüchtiger Schuster auch machen können, das ist meine Meinung."

„Unmöglich, Excellenz!"

„He, Wache!"

Zwei Soldaten traten ins Zimmer.

Der Präsident gebot: „Nehmt diesen eigensinnigen Burschen in die Mitte und bringt ihn sofort ins Gefängnis, wo er bei Wasser und Brot sitzen soll, bis er es gelernt hat, solche Patronen= taschen zu machen."

„Erbarmen, Excellenz!" rief schreckensbleich der junge Schuster.

„Fort mit ihm!"

Jacinto Gomez wurde hinaustransportiert. Man schleppte ihn ins Gefängnis und ließ ihn da sehr viel Elend ausstehen. Einen Arbeitstisch, einen Schemel, die Mustertasche, ein Quan= tum Leder und das sonst noch zur Anfertigung von Patronen= taschen Nötige erhielt er ohne Verzug.

Mit verzweiflungsvoller Energie machte er sich im Schweiße seines Angesichts im dumpfen Kerker an die Arbeit. Die erste Patronentasche, welche er unter dem Zwange solcher Um= stände zu stande brachte, gelang ihm sehr schlecht. Dieselbe wurde dem Präsidenten zur Prüfung vorgelegt und von ihm mit Un= willen verworfen. Schon etwas besser geriet die zweite, wurde ihm aber auch wiederum, als noch nicht annehmbar, zurückgeschickt. Die dritte Patronentasche jedoch konnte als ein wahres Meister= werk gelten; sie war von der englischen Mustertasche kaum zu unterscheiden. Doktor Francia war sehr wohl damit zufrieden. Er ließ den talentvollen jungen Schuster aus dem Gefängnis zu sich bescheiden.

„So, Gomez," sagte er, „nun habt Ihr's also richtig gelernt, gerade so, wie ich es voraussah. Nun braucht Ihr bloß jungen

Schustergesellen und anderen Lederarbeitern in dieser Art von
Arbeit Anleitung zu geben, und Ihr seid fortan mein Patronen=
taschenlieferant, was Euch selbstverständlich zu Eurem großen
Vorteile gereichen wird."

Jacinto, der nach den ausgestandenen Leiden nunmehr die
Sonne seines Glückes strahlend aufgehen sah, verneigte sich und
sprach ehrerbietigst: „Ich danke unterthänigst für so viel Huld
und Gnade! Würden Eure hohe Excellenz vielleicht geruhen,
mir auch Stiefellieferungen für die Armee anzuvertrauen, für
die Infanterie sowohl wie für die Kavallerie?"

„Jawohl, das soll auch geschehen, lieber Meister Gomez,"
versetzte gnädig der Präsident. „Das weitere darüber werdet
Ihr bald erfahren. Geht!"

Frohgemut begab sich Jacinto Gomez nach Hause, wo seine
hübsche Frau, die sich seinetwegen so sehr geängstigt, ihn mit
Freuden empfing. In der Folgezeit stand er stets hoch in Gnaden
bei dem sonderbaren alten Tyrannen. Er lieferte fürs Militär
Patronentaschen und noch mehr Stiefel und Schuhe, wofür er
so gut bezahlt wurde, daß von Jahr zu Jahr sein Wohlstand stieg.
So wurde der einst so arme Schuster mit der Zeit ein sehr
reicher Mann.   F. L.

Neue Erfindungen. I. Der Gepäckträger „Touristen=
freund." — Mit der schönen Jahreszeit beginnen auch wieder
die Fußwanderungen, denn glücklicherweise ist die Freude am
fröhlichen Wandern in Berg und Thal, Wald und Feld noch
immer in Deutschland allgemein verbreitet. Bei seinen Touristen=
fahrten aber hat wohl schon jeder einmal die Unbequemlichkeit
empfunden, welche die Unterbringung und Fortschaffung der
mannigfachen Gebrauchsgegenstände macht, die der moderne Kultur=
mensch nun einmal nicht entbehren kann. Auf größeren Touren,
wo man mit dem Rucksack oder der Umhängtasche ausgerüstet
ist, erledigt sich ja die Frage leicht; aber bei den Sonn= und
Feiertagsausflügen in die nähere Umgebung der Großstädte weiß
man oft nicht, was man mit Hut, Stock oder Schirm, dem aus=
gezogenen Rock, dem Trinkbecher u. s. w. anfangen soll, denn seine
Hände will man doch frei behalten. Da ist der vom Wintersport=
verlage in Berlin (Kleinbeerenstraße 9) in den Handel gebrachte

Gepäckträger „Touristenfreund" ein will:
kommener Helfer in der Not. Diese kleine,
nur 24 Gramm wiegende, aus vernickeltem
Metall und Leder bestehende Vorrichtung
in Länge von 20 Centimeter besteht aus
einem Haken, Lederschleifen und einer
Zange, kann von den Damen leicht am
Gürtel, von den Herren an Rock oder
Weste befestigt werden und dient in
vielseitiger Weise zum Befestigen kleiner
Gegenstände, die sonst die Hände oder
Taschen beschweren würden. Die prak:
tische Neuheit kostet nur 1 Mark und
hat sich als Freund des Wanderers
bereits vielfach bewährt.

Der Gepäckträger
„Touristenfreund".

II. Das Kühl: und Butter:
schränkchen „Triumph". — Ein
Eisschrank zum Kühlerhalten von Speisen und Getränken ist
heutzutage für jeden Haushalt fast eine Notwendigkeit. Beson:
ders die in der Hitze vergehende und dann weder appetitlich
aussehende noch angenehm schmeckende Butter macht unseren Haus:

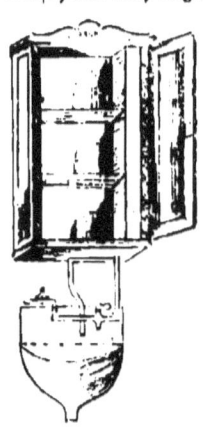

Kühlschränkchen
„Triumph".
1898. XII.

frauen viel Sorge und Mühe, denn nicht
überall ist der Bezug von Eis leicht und
billig, und täglich ungezählte Male in
den Keller hinunterzulaufen, um Speisen
hinunterzutragen oder heraufzuholen, ver:
mehrt die Arbeit im Haushalt in lästiger
Weise, selbst vorausgesetzt, daß man einen
guten Keller hat, was keineswegs überall
der Fall ist. Was fängt man also an,
wenn kein solcher vorhanden und die Be:
schaffung von Eis zu teuer und umständ:
lich ist? Diese Frage werden sich schon
Tausende von Hausfrauen aus unserem
Leserkreise vorgelegt haben, und wir freuen
uns, heute darauf eine Antwort geben zu
können. Die Firma Paul Hanisch in Leipzig

15

bringt nämlich ein Kühlschränkchen in den Handel, das in der Küche an der Wand befestigt und durch ein Mundstück oder einen Schlauch mit dem Hahn der Wasserleitung in Verbindung gesetzt werden kann. Die Konstruktion ist so eingerichtet, daß das Wasser durch den eigenen Druck fortwährend durch das Schränkchen zirkuliert und die darin aufbewahrten Gegenstände frisch erhält. Wie aus der Zeichnung zu ersehen, tritt das Wasser an einer Seite in die Kühlkammer ein und, nachdem es diese durchlaufen, durch ein Abflußrohr wieder heraus. Der Preis des Schränkchens beträgt nur 20 Mark. Will man auch Wasser direkt aus der Leitung entnehmen können, ehe es das Schränkchen passiert hat, so steigt der Preis durch Anbringung eines besonderen Ablauf= hahnes um 2½ Mark. Da das solide und sauber gearbeitete Kühlschränkchen „Triumph" nur 48 Centimeter hoch, 34 Centi= meter breit und 28 Centimeter tief ist, also nur geringen Raum beansprucht, so kann man es ohne jede Unbequemlichkeit auch in einer kleinen Küche anbringen.   F. Z.

Seltene Auszeichnungen. — Nach der Schlacht bei Eggmühl (1809) begab sich Kaiser Napoleon I. von Truppe zu Truppe, um selbst die Belohnungen zu verteilen, die nach dem Gewinn der Schlacht für hervorragende Tapferkeit in Aussicht genommen waren.

Als er vor die Front des 17. Infanterieregiments trat, das mit besonderer Auszeichnung gefochten hatte, rief er mit lauter Stimme dem Obersten zu, er solle ihm sofort den bravsten Offi= zier nennen, da er diesen zum Grafen erheben wolle. Die Offi= ziere Napoleons mußten immer auf überraschende Fragen gefaßt sein. Der Oberst aber war im ersten Augenblick nicht in der Lage, wirklich den tapfersten Offizier des Regiments angeben zu können und nannte aufs Geratewohl einen Namen. In diesem Augenblicke schrie ein kleiner Kapitän, der, wie sich später heraus= stellte, ein vorlauter Gascogner war:

„Das ist nicht wahr, Sire, ich bin der tapferste Offizier des Regiments!"

Ohne weiteres abzuwarten, trat er von seiner Stelle inner= halb des Regiments vor die Front, vor dem Kaiser salutierend.

In der That stellte es sich heraus, daß dieser kleine gascog=

nische Kapitän Wunder der Tapferkeit verrichtet hatte. Er wäre
um seine Belohnung gekommen, wenn er nicht Dreistigkeit und
Geistesgegenwart in diesem Augenblicke besessen hätte. Ein anderer Herrscher hätte sich vielleicht durch die Dreistigkeit, mit
welcher der Kapitän seinen Obersten Lügen strafte und sich vor-
drängte, abgestoßen gefühlt. Napoleon aber schätzte Geistesgegenwart und Energie über alles, er ernannte den Gascogner auf
der Stelle zum Grafen und beschenkte ihn außerdem reichlich
seinem neuen Stande gemäß.

Merkwürdigerweise sollte bei der Verteilung der Belohnungen
bei demselben 17. Regiment und an demselben Tage noch ein
zweiter interessanter Fall eintreten.

Es wurde dem Kaiser ein Sergeant vorgestellt, der mit
außerordentlicher Tapferkeit gefochten hatte. Der Kaiser wendete sich zu einem der ihn begleitenden Adjutanten und befahl
kurz: „Man gebe dem Tapferen das Kreuz der Ehrenlegion!"

Aber der Sergeant wies lächelnd auf seine Brust, auf welcher
sich bereits diese damals von allen Soldaten so heiß begehrte
Auszeichnung für persönliche Tapferkeit befand. Man hätte ihn
sonach nur noch mit dem Offizierskreuz dekorieren können, mit dem
allerdings das Vorrücken zum Offizier verbunden gewesen wäre.

Der Kaiser wendete sich an die Vorgesetzten des Sergeanten
und erfuhr, daß er weder lesen noch schreiben könne. Es war
also unmöglich, einen solchen Mann zum Offizier zu ernennen.
Einem Nicht-Offizier aber das Offizierskreuz der Ehrenlegion zu
verleihen, war gegen die Statuten des Ordens, deren Aufrechterhaltung dem Kaiser sehr am Herzen lag.

Es gab eine peinliche Pause, während welcher Napoleon
überlegte. Dann nahm er dem Adjutanten ein Kreuz der Ehrenlegion ab und heftete es eigenhändig dem Tapferen neben das
ihm schon verliehene an die Brust, indem er sagte: „Mein Sohn,
ich verehre dir für deine Tapferkeit noch einmal den Orden
der Ehrenlegion."

So wurde dieser Sergeant gewissermaßen eine Sehenswürdig-
keit für die ganze Armee. Er war der einzige Mensch, dem
zweimal, und zwar vom Kaiser selbst, das Kreuz der Ehrenlegion
verliehen worden war.

Damit war der Zwischenfall vorläufig erledigt. Später stellten sich indessen große Schwierigkeiten heraus, als der Name des Dekorierten in die Liste der Ritter der Ehrenlegion eingetragen werden sollte. Es mußte dem Kaiser die Frage zur Entscheidung vorgelegt werden, und Napoleon befahl, da der Mann bereits in den Listen stände, sei die zweite Verleihung desselben Ordens nicht einzutragen, ihm aber ein zweiter Berechtigungsschein aus: zustellen. Außerdem solle ihm eine lebenslängliche Pension ge- währt werden, die dem doppelten Ritter der Ehrenlegion noch bis in die dreißiger Jahre von dem Kanzleramt des Ordens der Ehrenlegion in der That ausgezahlt wurde.

Fast ebenso erging es einer Marketenderin, der einzigen Frau, der Napoleon selbst das Kreuz der Ehrenlegion auf dem Schlacht= felbe verliehen hatte.

Nach dem Ordensstatut waren Frauen nicht berechtigt, Ritter zu werden, und um das Statut nicht zu verletzen, erfolgte auf besonderen Befehl des Kaisers keine Eintragung des Namens der Dekorierten in die Liste. Dagegen erhielt auch sie eine Pension, die aus der Kasse des Ordens der Ehrenlegion zu zahlen war.

Erst vom Jahre 1852 ab dürfen Frauen in Frankreich den Orden der Ehrenlegion erhalten, und er ist dort in den letzten vierzig Jahren überhaupt nur zweimal an Frauen verteilt wor= den. Das eine Mal an die Frau eines Forschungsreisenden, die ihren Gatten in Männerkleidung jahrelang auf seinen Reisen durch Indien begleitet und mit ihm unsägliche Gefahren und Strapazen bestanden hatte.

Die zweite Dekorierte war die Frau des Maires von Dizon. Diese Frau hörte in einer Nacht, in der sie sich ganz allein in ihrem Hause befand, in dem Bureau ihres Mannes, der verreist war, ein verdächtiges Geräusch. Sie nahm ein Licht, einen Revolver und begab sich furchtlos in das Bureau. Hier fand sie drei maskierte Einbrecher damit beschäftigt, die Kasse und den Dokumentenschrank zu plündern. Als sich die Einbrecher entdeckt sahen, stürzten sie voller Wut auf die unglückliche Frau. Aber den ersten und zweiten schoß die Gattin des Maires nieder, so daß die Räuber sofort zu Boden stürzten, während sie den britten in dem Augenblick niederstreckte, als er, betroffen über den unerschütterlichen Mut der Frau, sich aus dem Fenster flüchtete.

Es stellte sich heraus, daß die Einbrecher es weniger auf Geld, als darauf abgesehen hatten, öffentliche Dokumente zu entwenden, deren Verlust für Staat und Regierung von außerordentlichem Nachteil gewesen wäre.

Die mutige That der Frau des Maires wurde mit der Verleihung des Ordens der Ehrenlegion belohnt, und diese Ritterin war auch die erste, die in die Liste des Ordens eingetragen wurde. A. O. A.

Sonderbare Bausteine. — Bei keiner Sache, die der Mensch zur Befriedigung seiner äußeren Bedürfnisse gebraucht, ist er so abhängig von seiner Umgebung, als bei der Beschaffung seines Baumaterials. Wie in Sandgegenden der Ziegelstein, in Kalkgebirgen oder Sandsteinformationen der Quaderstein die Gegend beherrscht, wie es Oertlichkeiten giebt, wo Marmor billiger als Ziegel ist, so baut man im Walde von Holz, an Vulkanen aus Lava und Tuff, und in den arktischen Gegenden sind die Häuser aus Eis. Es kann daher auch kaum wundernehmen, wenn man an Korallenküsten die seltsamen Gebilde, welche die kleine unterseeische Tierwelt oft zu ungeheuren Bänken und Riffen auftürmt, losbricht und Häuser daraus baut. Die Ortschaft Tur am Roten Meere ist fast ganz aus Korallenblöcken erbaut, und auf Ceylon wird der Korallenstein als Baumaterial sehr hoch geschätzt. Mit einer fabelhaften Leichtigkeit, die es vielleicht sogar gestatten würde, Korallenblöcke als Baumaterial nach Europa zu verfrachten, verbinden sie eine sehr große Festigkeit und ein schönes Aussehen, welches die Korallensteine sogar zu Verzierungen und Verblendern geeignet macht. Auf Jaffnapatam (Ceylon) sind schon große Brücken mit weiter Bogenstellung aus Korallen erbaut worden, in Chundikuli hat man die Ornamentierung einer gotischen Kirche daraus hergestellt und allgemein ist die Verwendung der Korallenbruchstücke als Pflastermaterial. B.

Mir und mich. — Der Feldmarschall Graf York v. Wartenburg hatte in der Jugend einen sehr mangelhaften Schulunterricht genossen. Schon als Knabe von zwölf Jahren war er als Junker in die Armee Friedrichs des Großen eingetreten, und

wenn auch, wie es in der zweiten Hälfte des vorigen Jahr=
hunderts vielfach üblich war, der Feldprediger den Junkern
Unterricht erteilte, so reichte derselbe jedenfalls nicht sehr weit.
York hat noch in späteren Jahren bedauert, daß er in seiner
Jugend so wenig gelernt habe, und ist emsig bemüht gewesen,
die Lücken in seinem Wissen auszufüllen. Allein zur erfolg=
reichen Weiterbildung fehlten ihm die Grundlagen, und sein
späterer Fleiß vermochte nicht, das früher Versäumte völlig wie=
der einzuholen. Namentlich waren seine Kenntnisse im Deutschen
recht schwach. Der berühmte Heerführer empfand dies oft schmerzlich
und pflegte, wenn die Rede auf den korrekten Gebrauch der
Muttersprache kam, zu sagen: „Die verdammten Mir und Michs!
Beim Schreiben geht es noch, da macht man einen Buchstaben,
den jeder lesen kann wie er will, aber beim Sprechen muß man
heraus damit."   H. Ww.

Ein Weinfall. — Vor kurzem fand in New York eine Aus=
stellung statt, bei der vorwiegend kalifornische Erzeugnisse ver=
treten waren. Den Hauptanziehungspunkt bildete etwas noch
nie Dagewesenes: ein 32 Fuß hoher Rotweinfall, der in ununter=
brochener Strömung 5000 Gallonen — etwa 20,000 Liter —
in der Minute über künstliche Glasfelsen hinabführte. Unten
wurde die Flüssigkeit in einem großen Becken aufgefangen und
von dort durch eine mächtige Saugpumpenmaschinerie, die hinter
der Kaskade eingerichtet war, nach dem Speisebehälter wieder
hinaufgeschafft. Von der Kraft dieser Weinmasse macht man sich
einen ungefähren Begriff, wenn man bedenkt, daß sie imstande
wäre, eine Mahlmühle von gewöhnlicher Größe zu treiben.

Die Kaskade bestand aus zwei Hauptfällen. Der obere Fall
war 20 Fuß hoch und stürzte in einem einzigen mächtigen Strahl
herab. In dem Becken, welches diesen Strahl auffing, wurde
derselbe zunächst durch einen direkt in diesen geleiteten Strom
von 2500 Gallonen per Minute verstärkt und dann in eine Reihe
von kleineren Fällen zerteilt, was durch sinnreiche Anordnung von
Glasfelsen erreicht wurde

Der Eindruck dieses gigantischen künstlichen Falles wurde
noch durch allerhand Zuthaten erhöht. Auf den soliden Krystall=
felsen, welche die Kraft der Flüssigkeit brachen, waren Moose und

Pflanzen angebracht, und überhaupt der ganze Rahmen der
Kaskade war durch einen hängenden Garten von Blumen,
Blattpflanzen und Früchten aller Art, die der kalifornische
Boden hervorbringt, gebildet. Durch besondere Wagen wurde
alle zwei Tage der nötige Bedarf zur Erneuerung dieses
Schmuckes von der Küste des Stillen Ozeans herbeigeschafft.
Das glänzendste Schauspiel bot der Fall zur Nachtzeit dar, da
er mit all jenen Zauberkünsten ausgestattet war, die durch
Elektrizität und farbige Gläser erreicht werden. Ueber dem Fall
selbst wölbte sich ein Bogen von elektrischen Glühlichtern, welche
das Wort California bildeten.

Zur Freude und zur Erquickung der Besucher war das eigent=
liche Piedestal dieses Monumentes des kalifornischen Weinbaues,
das heißt der unter dem Hauptbecken befindliche Teil der An=
lage, in Form von romantischen Grotten hergerichtet, in welchen
Tische und Bänke zur Rast einluden. Dort träufelte in kleinen
Rinnsalen das rotschimmernde Naß aus dem Becken herab und
wurde in Gläsern und Bechern von jungen Mädchen aufgefangen.
Diese kredenzten es kostenlos dem Besucher.			v. B.

Vom Tode erweckt. — Während der berühmte französische
Bildhauer James Pradier († 1852) an seiner Statue der Ata=
lante arbeitete, traf er eines Morgens in einer Vorstadt von
Paris eine junge Bäuerin, deren prachtvolle Gestalt und selten
graziöse Bewegungen ihm sofort in die Augen fielen. Er suchte
die Bekanntschaft des schönen Mädchens zu machen, und nach
vieler Mühe gelang es ihm endlich, das liebliche Kind für Kopf
und Hals seiner Atalante als Modell zu gewinnen. Längere
Zeit erschien nun das Mädchen täglich in Pradiers Atelier, bis
sie eines Morgens unerwarteterweise ausblieb. Als sie auch
während der nächsten Tage nicht erschien, begab sich der besorgte
Künstler in die Wohnung des Mädchens. Zu seiner Bestürzung
fand er sein Modell bewußtlos, anscheinend in den letzten Zügen
liegend; ein heftiges Nervenfieber hatte binnen kürzester Frist
das blühende Leben geknickt. Und als der Bildhauer am folgen=
den Tage wieder vorsprach, zweifelte niemand mehr daran, daß
der Tod eingetreten sei. Tief ergriffen stand Pradier am Toten=
bette. Bald jedoch regte sich die Künstlernatur in ihm, und er

schickte sich an, von den schön geformten Händen und dem edel geschnittenen Gesicht der Entseelten einen Gipsabguß zu nehmen. Das Leben war indes nicht entflohen; das Mädchen lag vielmehr im Starrkrampfe, unfähig der schwächsten Regung, aber bei vollem Bewußtsein. Das Modellieren der Hände verursachte der Scheintoten keine Beschwerden; allein der Gedanke, daß alsbald auch ihr Gesicht mit einer dichten Gipskruste bedeckt und jede Luftbewegung abgeschnitten werden sollte, erfüllte sie mit solchem Entsetzen, daß es ihr unter den qualvollsten Anstrengungen glückte, die Fesseln ihrer Glieder zu sprengen. Sie machte eine schwache Bewegung — der Bildhauer fährt erschrocken zurück und glaubt, er habe sich getäuscht — noch ein Augenblick, noch ein letztes Ringen — da erhebt sich die Scheintote vom Lager und wirft dem vor Grauen sprachlosen Prabier die flüssige Gips= masse ins Gesicht. Schließlich genas, dank der furchtbaren Er= regung, das Mädchen. Vor Prabier aber empfand sie seit jener Stunde fürchterlicher Todesangst eine unüberwindliche Abneigung, und durch nichts war sie zu ferneren Besuchen seines Ateliers zu bewegen.   G. R.

Pflanzenvergiftungen. — Wenn wir von Vergiftungen sprechen, denken wir ausschließlich an solche von tierischen Wesen. Allein nicht nur diese, sondern auch die Pflanzen erkranken, wenn sie durch die Wurzeln gewisse Lösungen in sich aufnehmen, und zwar außer bei Stoffen, die auch den Tieren und Menschen schädlich sind, auch bei Verbindungen, die auf den tierischen Körper keinerlei krankhafte Wirkung ausüben. Von den eigent= lichen Giften greift arsenige Säure die Pflanzen sehr scharf an. Wenn sie von den Wurzeln aufgesogen wird, so bringt sie bei Bohnen eine Veränderung der Farbe von Grün in Gelb und Braun hervor, während die Blütenfarben in Gelb und Weiß verwandelt werden. Auch Fichten, denen man in den Nähr= boden eine Dosis arseniger Säure gegeben hatte, erkrankten unter Vertrocknen des Gipfeltriebes und der Nadeln, wobei man in den Zweigen 0,0010 Prozent der Trockensubstanz arsenige Säure vorfand. Erbsen, Hafer und Buchweizen wachsen bei Aufnahme von arseniger Säure langsamer oder sterben ganz ab. Noch eine Gabe von 1 Millionstel bringt, auch wenn sich die Dauer der Einwirkung nur auf zehn Minuten beläuft, noch bemerkbare Störungen hervor. Ebenso verderblich ist Blausäure. Dieselbe verhindert die Keimung von Samen vollständig. Wird sie von wachsenden Pflanzen aufgenommen, so ändern diese oft ihre Farbe in Gelb oder Braun, die Stengel und Plattstiele werden schlaff und die Pflanze geht in zwei bis drei Tagen zu Grunde.

Obgleich das Eisen zu den Nährstoffen der Pflanzen gehört, so sind doch gewisse Eisensalze für sie giftig. Eisenvitriol ist bereits in einer 0,05prozentigen Lösung für die Keimung und das Wachstum nachteilig, und schon ein Zusatz von 0,25 Gramm Eisenvitriol zeigte bei einem Versuche für die Pflanzen einen schädigenden Einfluß. Ebenso sind die Pflanzen sehr empfindlich gegen Sodawasser, von dem sehr verdünnte Lösungen eine Erkrankung der Wurzel und Absterben der Blätter herbeiführen. Am auffälligsten ist es aber, daß Salzwasser für die Pflanzen ein Gift ist. Eine Ausnahmestellung hiervon nehmen nur die eigentlichen Salzpflanzen ein, das heißt die besonderen Pflanzen= arten, die nur an den Ufern der Salzseen oder in Salzsteppen wachsen, also in ihrem Vorkommen an Kochsalz gebunden sind. Für sie ist sogar eine konzentrierte Kochsalzlösung unschädlich, denn an ihrem Standort ist der Boden oft von auskrystalli= siertem Kochsalz überzogen. Alle Nicht=Salzpflanzen aber leiden durch Salzwasser, indem sie im Wachstum zurückbleiben oder ab= sterben. An Raps, Klee und Hanf zeigt sich die nachteilige Wirkung schon bei einer Lösung von 0,5 Prozent, am Weizen bei 1 Prozent. Eine konzentrierte Lösung, auf Blätter äußerlich aufgetropft, zieht eine bleibende Schädigung nach sich. Dr. Frank brachte solche Tropfen auf junge Blätter von Ahorn, und schon nach einer Stunde hatten die betropften Stellen ein mißfarbiges, welkes Aussehen. Später, als die Versuchsblätter des Ahorns erwachsen waren, zeigten sich immer noch die getöteten Stellen, um die sich die übrige Blattmasse faltig zusammengezogen hatte.

Es ist mit diesen Versuchen bewiesen, daß die Beschädigungen der Pflanzen durch Seewinde an den Meeresküsten vom Koch= salzgehalt des durch den Sturm mitgeführten Seewassers her= rührt. Es ist am Seestrande eine gewöhnliche Erscheinung, die man zum Beispiel an der Ostsee auf Rügen beobachtet, daß an den dem Meere zugekehrten Waldrändern die Blätter der Bäume und Sträucher mit zahllosen kleinen schwarzen oder braunen toten Spritzfleckchen übersäet sind, deren Entstehung auf die angedeutete Weise zu erklären ist. Eine noch stärkere Beschädigung tritt ein, wenn die hinter Dünen gelegenen Baumbestände durch Springfluten benetzt werden. Hierüber haben Hartig und Schütze Versuche angestellt. Es wurden Saatbeete und Pflanzbeete der Kiefer, Fichte, Akazie und Rotbuche mit einem Quantum von 14 Liter Kochsalzlösung auf einen Quadratmeter Bodenfläche übergossen, und die ein= und dreijährigen Fichten starben sowohl durch Ostseewasser, das 2,7 Prozent Kochsalz hat, als auch durch Nordseewasser, das 3,47 Prozent Kochsalz enthält. Einjährige Akazien sterben ebenfalls größtenteils durch Ostsee= wasser, sechsjährige Fichten dagegen nur durch Nordseewasser, während dreißigjährige Rotbuchen den schädlichen Einfluß bloß durch abgestorbene Blattspitzen zu erkennen geben. Th. E.

Künstliche Luft durch Benutzung von Sauerstoff. — Zur Er= leichterung des Atmens in luftleeren Höhen nehmen die Luftschiffer gegenwärtig mit Sauerstoff gefüllte Säcke mit, um mittels eines Schlauches denselben einzuatmen. Diese Benutzung des Sauer= stoffes zum Erleichtern des Atemholens kam vielleicht zum ersten= mal am Krankenbette Friedrich Wilhelms II. von Preußen in Anwendung. Der König hatte in dem Sommer von 1797 den Pyrmonter Brunnen gebraucht, kehrte aber im August in sehr leidendem Zustande nach Potsdam zurück. Am 29. September sah er bei der Begrüßung seiner Schwägerin, der Erbprinzessin von Baden, seine Haupt= und Residenzstadt Berlin zum letztenmal. Von da an verweilte er bis an sein Ende im Neuen Palais am Heiligen See bei Potsdam. Sein Leiden bestand in der Brust= wassersucht, die mit Geschwulst der Beine und nachher auch der Hände verbunden war. Die schmerzhafte Krankheit hatte Schlaflosig= keit, beschwerliches Atemholen und Stocken der Sprache zur Folge. Da gab der zweiundsiebzigjährige Bergwerksbesitzer v. Randel, der als Privatmann auf seinem Landgute bei Dessau lebte und sich gut auf Chemie verstand, dem Könige, zu dem er oft Zutritt hatte, den Rat, sich einer künstlichen Lebensluft zur Erleichterung des

Atmens zu bedienen. Friedrich Wilhelm, eine Milderung seiner qualvollen Leiden von diesem Vorschlage erhoffend, ließ sofort den Universitätsrat Hermbstädt aus Berlin nach Potsdam kommen, damit er die künstliche Luftart bereite. Hermbstädt gab in Uebereinstimmung mit den übrigen Aerzten die Erklärung ab, er halte von diesem Mittel nicht viel, da aber der hohe Kranke Wert darauf lege, so werde er natürlich den Versuch machen. Er entwickelte also Sauerstoff aus Braunstein, fing ihn in Ballons von Goldschlägerhäutchen auf, und man legte jeden Abend einen solchen Ballon auf einen Stuhl in der Nähe des königlichen Bettes, so daß die Luft mittels eines Schlauches während der Nacht langsam ausströmte und am Morgen noch Lebensluft vorrätig war. Den Tag über wandte man dies Mittel zur Linderung der Atemnot nur dann an, wenn wegen ungünstiger Witterung Fenster und Thüren geschlossen bleiben mußten. Und der Erfolg blieb nicht aus. Der König, der monatelang keinen ruhigen, traumlosen Schlaf mehr gehabt hatte, fand endlich die ersehnte Ruhe und fühlte sich auch bald wieder kräftiger und gesünder. Schon begann er wieder im Zimmer auf und ab zu gehen und sich in einem Rollwägelchen im Garten des Neuen Palais spazieren fahren zu lassen, ja, er besuchte am 7. Oktober die Aufführung im Schauspielhause und am 8. ein Konzert im Schloßgarten. Er hatte sich indessen zu viel zugemutet; am Abend des 9. Oktober kehrte sein Uebel in verdoppeltem Maße zurück, und trotzdem der Gebrauch von Lebensluft in erhöhtem Maße fortgesetzt wurde, sanken die Kräfte des Königs von Tag zu Tag sichtlich. Immer aber raffte er sich wieder auf; er wollte sogar am 18. November noch nach Berlin reisen und kam auch an diesem Tage dahin, jedoch — als Leiche.   T.

Was Detektives kosten. — Ueber die immensen Kosten, welche zuweilen aus der Verfolgung von Verbrechern und Gaunern durch Detektives entstehen, geben folgende Fälle genügenden Aufschluß.

Vor einigen Jahren geriet in New York ein Schriftstück von großer finanzieller und gesellschaftlicher Wichtigkeit durch Zufall in die Hände eines Mannes, der die Kenntnis des Inhalts dieses Papiers dazu benutzte, bei mehreren Damen, denen aus der

Veröffentlichung des Schriftstückes Schaden an ihrem guten
Rufe erwachsen wäre, fortgesetzt Erpressungen auszuführen. Man
übergab die Sache schließlich einem Privatdetektive mit der Weisung,
sich entweder des Gauners oder des betreffenden Schriftstücks zu
bemächtigen, koste es, was es wolle. Der Detektive jagte nun
den flüchtigen Schurken durch Amerika, Europa, einen Teil
Asiens und Afrikas und vermochte ihn endlich in Australien
abzufassen. Die erwachsenen Kosten beliefen sich auf nahezu
6000 Dollars — etwa 25,000 Mark, sie waren unter den ob-
waltenden Umständen aber keineswegs zu hoch.

Bei einer kürzlichen Verfolgung von Diamantenräubern ver-
ursachten die angeworbenen Geheimpolizisten der Juwelenfirma
Tiffany & Co. in New York allein einen Kostenaufwand von über
8000 Dollars. Die gestohlenen Diamanten hatten einen Wert
von mehr als 500,000 Dollars, und da die Detektives bei der
Verfolgung der Banditen über 10,000 englische Meilen zurück-
legten und hierbei eine endlose Reihe von Hindernissen, ja Gefahren zu überwinden hatten, so erschien die besagte aufgewendete
Summe, wenn auch groß, so doch nicht übertrieben.

Eine aufregende Jagd auf einen Verbrecher hatte seiner Zeit
der New Yorker Detektive Dorey zu bestehen. Ein höherer Kirchen-
beamter hatte Kirchengelder in Höhe von mehr als einer Million
Dollars unterschlagen, war von Belgien nach New York, von
da nach Südamerika und durch die verschiedenen Staaten dieses
Kontinents nach der Insel Cuba geflohen, wo ihn Dorey nach
den ausdauerndsten und unverdrossensten Nachforschungen er-
mittelte und verhaftete. In diesem Falle war die von dem Geheimpolizisten zurückgelegte Meilenzahl keine so große, doch hatten
sich für ihn so außergewöhnliche Reiseschwierigkeiten ergeben,
daß auch seine Rechnung in die Tausende von Dollars ging,
welche indes im Hinblick auf den Umstand, daß die unter-
schlagene Summe wiedererlangt wurde, kaum in die Wagschale
fielen.

Außerordentliche Schwierigkeiten überwand seiner Zeit auch der
New Yorker Detektive Golden bei der Verfolgung des Fälschers
Robinson. Letzterer hatte durch geschickte Nachahmung einiger
Worte in einer Handschrift sich in den Besitz von 187,000 Dol-

lars gesetzt, war von Lancaster in Virginien nach Philadelphia
und von da nach New York geflohen, wo er über eine Woche
verweilte. In London, wohin Robinson von New York fuhr,
wohnte er einige Wochen in dem berüchtigten Stadtteil White=
chapel Er setzte dann seine Flucht nach Spanien fort, wurde
dort durch das Gebirge verfolgt und flüchtete hierauf nach
Portugal, wo abermals eine Jagd auf ihn unternommen wurde.
Für eine Weile wußte er sich unter den dortigen Banditen
zu verbergen, bis ihn schließlich Golden aus seinem Lager
trieb. In Frauenkleidung flüchtete der raffinierte Spitzbube
nun nach Südamerika. Golden aber segelte mit dem nächsten
Dampfer hinter ihm her. Robinson versteckte sich in Peru,
der gewandte Geheimpolizist fand jedoch seine Spur auf. Eine
Fahrt seitens des Fälschers der Westküste Südamerikas ent=
lang durch die Magelhaensstraße nach Montevideo rettete den
Flüchtling ebenfalls nicht vor seinem unermüdlichen Verfolger,
denn zehn Tage nach der Ankunft Robinsons in besagter Stadt
befand sich auch Golden zur Stelle. Wieder begab sich der gehetzte
Verbrecher auf die Flucht. Dieselbe brachte ihn nunmehr nach
Buenos Aires in Argentinien und nach einer umständlichen Fahrt
nach Rio de Janeiro. Zuvor hatte er, um Golden irre zu führen,
diesen auf eine falsche Spur geführt. Doch nützte ihm dieser Kniff
ebensowenig, wie die vorher von ihm angewandten Schliche. Bald
war auch der Detektive in der brasilianischen Hauptstadt, wo ihm
endlich nach Monaten ruheloser Tage und schlafloser Nächte die
Verhaftung des Verbrechers gelang.

Nicht selten werden die bedeutenden Ausgaben, welche aus
der Unterhaltung eines Detektives entstehen, durch eine bestimmte
Rolle, die derselbe in dem betreffenden Falle zu spielen hat, be=
dingt. In den höheren Gesellschaftskreisen New Yorks erinnert
man sich noch recht wohl jenes jungen Mannes, der, als angeb=
licher Angehöriger einer abligen Familie Englands, der Tochter
eines reichen New Yorkers den Hof machte. Der Vater konnte ein
gewisses Mißtrauen gegen den Freier seines Kindes nicht unter=
drücken; er hielt ihn für einen Schwindler, besaß aber natürlich
keine Beweise für seine Vermutungen. Um sich die nötigen Auf=
klärungen zu verschaffen, warb er einen Detektive an. Des

letzteren Aufgabe war es nun vor allem, das Vertrauen des Engländers zu gewinnen. Zu diesem Zwecke gab er sich selbst für einen reichen Sohn Albions aus, wohnte in einem vornehmen Hotel, hielt Pferde und Wagen, einen Lakaien, besuchte die Pferderennen, wettete, speiste in den teuersten Restaurants, gab auch sonst Geld in Menge aus und — fand endlich, daß der Verdacht des alten Herrn begründet war. Hierfür brachte der Geheimpolizist die unwiderlegbarsten Beweise, und so hielt es nicht schwer, die junge Dame zu überzeugen, daß sie einen Schurken zum Anbeter hatte. Die Rechnung des gewandten Detektives stellte sich über 10,000 Dollars, die Dame aber war vor Schande und Elend bewahrt geblieben. v. B.

Getäuschtes Vertrauen. — Als im September 1798 bei der politischen Umgestaltung der Schweiz die Franzosen den Kanton Unterwalden eroberten, fiel auch der erblindete Maler Melchior Würsch in Buochs, seinem Geburtsort, wo er seit drei Jahren bei seinem Bruder Franz Joseph in Zurückgezogenheit lebte, der Kriegsfurie zum Opfer. Der Heldenkampf seiner tapferen Landsleute gegen das Eindringen der französischen Heeresmacht endete nach langem Ringen mit ihrer Niederlage, und der 9. September 1798 wurde für Nidwalden ein Tag des entsetzlichsten Jammers.

Wütend durch den langen Widerstand und erbittert durch ihre starken Verluste, stürzten sich die Sieger in die offenen, nur noch von Wehrlosen behüteten Dörfer und Höfe, mordeten Weiber, Kinder und Greise, sengten und brannten alles nieder.

Es war gegen zwei Uhr nachmittags, als die Kunde von der Ankunft der Franzosen nach Buochs gelangte und einen Teil der Bewohner bewog, ihre Rettung in schleuniger Flucht zu suchen. Auch Franz Joseph Würsch mit seinen zwei Mägden — die übrigen Mitglieder der Familie hatten schon früher den Ort verlassen — bereitete sich mit einem Geistlichen zur Flucht vor, als der blinde Melchior sich erhob und sie zu bleiben bat. „Was wird man mir, einem blinden, wehrlosen Greise anhaben?" sagte er. „Ich kenne die Franzosen, ich habe unter ihnen gelebt, sie sind menschlich und freundlichen Wesens. Ich spreche ihre Sprache — laßt uns bereit sein, sie gut zu empfangen." Diese Worte hielten den Bruder Franz Joseph und die beiden Mägde

zurück, der Geistliche aber war nicht von seinem Vorsatz ab-
zubringen. Er hieß alle niederknieen, segnete sie und entfernte
sich dann. Man verschloß nun das Haus, und bald sahen die
Zurückgebliebenen in der Ferne die Truppen sich dem Dorfe
nahen. Als an die Thür geklopft wurde, befahl Melchior zu
öffnen und stand auf, um die Eintretenden zu empfangen. Doch
nach wenigen Augenblicken stürzten die Mägde, von Säbelhieben
zurückgetrieben, in die Stube, die sich sofort mit Soldaten füllte,
und während Franz Joseph blutend niedersank, wendete sich einer
gegen den Blinden, der eben im Begriffe war zu sprechen, legte
sein Gewehr auf ihn an, und mitten durch die Brust geschossen
fiel mit dem Rufe: „Jesus Maria!" der Greis rücklings zu
Boden. Die Barbaren steckten das Haus, dessen Räume der Ge-
mordete mit Werken seiner Hand ausgeschmückt hatte, in Brand
und verließen es dann. Das Haus ging, wie der ganze schöne
Ort Buochs, in Flammen auf und brannte vollständig nieder.
Als man unter den Trümmern nach der Leiche des Unglücklichen
forschte, war auch nicht mehr die geringste Spur seiner Asche zu
finden, die Glut der Flammen hatte selbst die Knochen verzehrt.
Melchior Würsch war als beklagenswertes Opfer seines schönen
Vertrauens gefallen. D.—l.

Künstlerstolz. — In den Zeiten des ersten französischen
Kaiserreichs entzückte die Seiltänzerin Charlotte Saqui durch
ihre Kühnheit, Geschicklichkeit und Grazie das ganze Pariser
Publikum. Bei der Taufe des „Königs von Rom" zeigte sie
ihre Künste auf einem Seile, welches zwischen den Türmen der
Notre Dame-Kathedrale gespannt war, und brannte sogar praf-
selnde Feuerwerkskörper in dieser schwindelnden Höhe ab. Napoleon ließ ihr eine Wiederholung dieses lebensgefährlichen
Spieles verbieten. Die Artistin aber gehorchte nicht, sondern gab
stolz zur Antwort: „Der Kaiser wagt sein Leben für seinen
Ruhm, er möge es also auch uns überlassen, unser Leben für
unseren Ruhm zu wagen!"

Napoleon verzichtete in der That darauf, der Akrobatin ferner
Vorschriften zu machen. C. R.

Die Tochter Lord Byrons. — Lord Byrons einst sehr ge-
feierte Tochter Ada, das einzige Kind aus seiner unglücklichen

Ehe mit Lady Milbanke, wurde ein Opfer der in England auch unter der Damenwelt stark verbreiteten Leidenschaft für hohe Wetten. Sie hatte bei einem Derbyrennen 80,000 Pfund Sterling in Wetten eingesetzt und verlor diese ganze Summe, wodurch ihr Privatvermögen bis auf einen kleinen Rest verbraucht war. Ihr empörter Gemahl, Lord King, trennte sich von ihr und bewilligte ihr nur eine kleine geringfügige Pension, von welcher die Dame auf einem Gute in der Grafschaft Rutland ärmlich lebte. Der Kummer über den verlorenen Glanz bereitete ihr daselbst ein frühzeitiges Ende.   W. H.

Ein königlicher Kochkünstler. — Ludwig XVIII., der, wie alle Bourbonen, mit einem trefflichen Appetit gesegnet war, besaß eingehende Kenntnisse in der Kochkunst, und seine Lieblingsbeschäftigung war das Erfinden neuer Speisen. Sein Oberhofmeister, der Herzog von Escars, war dabei sein geheimer Berater und Mitarbeiter; aber die Liebhaberei seines Herrn kostete ihm schließlich das Leben.

Ludwig XVIII. hatte nämlich unter anderen die truffes à la purée erfunden. Um nun das Geheimniß dieses Gerichts nicht preiszugeben, bereitete er es stets eigenhändig nur mit Beiziehung des Herzogs von Escars. Beide verzehrten eines Tages davon eine außerordentliche Menge. Um Mitternacht fühlte sich der Herzog schwer leidend und befahl, den König, dem ein gleicher Unfall begegnen könne, zu wecken und ihm zu melden, daß den Herzog das Trüffelessen auf den Tod krank gemacht habe.

„Er stirbt!" rief Ludwig. „Er stirbt an meiner Trüffelpüree! So hatte ich also doch recht, wenn ich ihm stets sagte, mein Magen sei besser als der seinige!"   G. L.